堕ち蟬

小橋隆一郎

KKロングセラーズ

堕ち蟬

小橋隆一郎

KKロングセラーズ

第一章

行政解剖

『新宿』ただ今、到着しました。

スピーカーからアナウンスが館内に流れると、ピーンと張りつめた空気が建物全体を包み込み、それまで部屋で待機していた担当職員たちの表情から笑顔は消えていた。もう無駄口をたたく者は誰もいない。カーテンの袖から覗く閉めきった窓には数枚の落葉樹の枯葉がこびりつき震えている。職員の眼にはそれが内側に溜まった結露の水滴を欲しがっているように見えた。

慣例として、運ばれてきた遺体は個人の名前ではなく所轄警察署の地域名で呼ばれることになっている。

東京都豊島区、大塚にある東京都監察医務院。白いワゴン車によって一人の男性の遺体が到着した。年齢は不詳であるが、三十代半ばとみられる比較的若い男性であった。

搬送車は表玄関の入り口を避けるように、左側のコンクリート壁で隔離された坂道をスルスルと音も立てずに降りて行き、やがて地下室に直結している大きな鉄の扉の前で止まった。すでに連絡を受けて待ち構えていた職員が、内側から重い扉を開ける。微かに鈍い金属が擦れる音がした。搬送車の後部のハッチバックが大きく跳ね上がった。中から遺体が収容された棺が取り出される。

心臓が止まった瞬間から凄まじい勢いで、まるでドミノ倒しのように細胞が自己融解を始める。運ばれてきた若い男性の遺体はすでに硬直し氷のように冷たい。ヒトを形成している六十兆個余の細胞はすべてが死に絶えていた。

真新しい木の香りがする棺の中に閉じ込められ、ここまで運ばれてきた遺体は、到着するやいなや、遺体を搬送してきた警察官が二名、慣れた手つきで着ていたコートを脱がしハンガーに掛ける。それから身に着けていた着衣をすべて剥がされ、ステンレス製のストレッチャーに無造作に移し替えられた。

室内なのに吐く息が白く濁った。両手をすり合わせるような仕草で行政解剖に必要な検案書を、警察官の一人が出迎えた監察医務院の職員に手渡している。

引き継ぎが始まった。呼吸停止、心停止、瞳孔散大、ヒトの死の判定に必要な三条件はすでに所轄の警察医によって確認されていた。

十二月七日の深夜、新宿三丁目花園神社の境内で、ベンチ脇に蹲《うずくま》るように倒れていたのを巡回中の警察官によって発見されたのだ。銀杏の落葉の上に霜が掛布団となって遺体を覆っていた。この時季、深夜の寒さでは低体温症は命取りにもなる。

死亡推定時刻は、日付が替わった十二月八日金曜日の午前二時から四時の間と推定された。

ホームレスの増加が社会問題になっている新宿区内では、死体が若者であっても決して珍しいケースではない。しかし、こういった死因不明の場合、死因の特定には行政解剖の結果を待たなければならない。

監察医務院の三階には行政解剖を担当する監察医や検査技師たちの控え室があり、すでに他の所轄警察署から送られてきた遺体の解剖を終えたばかりの一班の監察医の三田村が、ドリップ式のコーヒーカップになみなみとコーヒーを注ぎながら一息ついていた。

その控え室のドアーを勢いよく開け、東都大学医学部の大学院を卒業し法医学講師の辞令を受けたばかりの三班の監察医、新町京祐《しんまちきょうすけ》が顔を出した。基礎医学が専門であっても異例の出世である。小柄できゃしゃな体格ではあったが、体から自信に満ちたエネルギーが迸っていた。急いで階段を駆け上がってきたのか息が上がり、顔が上気している。

「おはようございます。下で掲示板を見ましたが、今日は午前中だけで六件も入っているのですね」

愛想よく先輩の三田村に挨拶する。

「そうだね。新町先生、今日はもしかしたら当たりの日かもしれないよ」

すでに解剖を終えている三田村が新町に応答した。

「その方が、僕にはやりがいがありますよ」

新町の言葉がよく聞こえなかったのか、三田村は後ろを向いたまま黙ってコーヒーを啜《すす》っている。

それ以上会話をつづける時間的余裕はなかった。新町は休憩している同僚たちに軽く会釈すると、壁際の自分の名札のロッカーの前に立った。

「おはようございます」

新町と同じ三班に所属する検査技師の藤本が後ろから声をかけてきた。体格のよい藤本は学生時代に柔道部で全国大会に出場したことが今でも自慢だった。

「今日は、東都大学の医学生さんたちの見学実習日だから大変ですね」

藤本に頷《うなず》きながら、京祐は急いで自分のロッカーから術衣を取り出した。学生たちは近くの公園に集合させ、最後の注意事項を伝えると、別の裏口から静かに監察医務院の講義室に待機させていた。

「そうなんだよ。今日はうちの法医学教室の大切な実習日だから、何体か来てもらわないと勉強にならないからね、検体が多いのは大歓迎だよ」

新町は早口で答えると、脱いだフランネルの上着とズボン、それにトレンチコートをハンガーにかけ、即座にロッカーにしまいこんだ。

藤本が小さな声で新町に報告する。

「それから先生、学生さんの昼の弁当は注文しておきました」

「ありがとう、うちの検体がすでに下に到着しているから、学生には講義より行政解剖の見学実習を先にするからね。午前中に行う予定だった監察医務院のビデオと、標本室の見学は午後にまわすよ」

「わかりました。佐々木にはどう伝えましょう」

「もう僕が連絡したから、先に地下に行っていると思うよ」

「そうですか、すみません」


『世田谷』到着しました。

再びスピーカーから別の検体が監察医務院に到着したことを知らせるアナウンスが館内に響いた。

「混んできたな、じゃあ藤本君、我々も行くか」

新町はコーヒーを口にする間もなく、慌《あわ》てて部屋を飛び出した。藤本が新町の後に続く。廊下に出ると冷たい空気が首筋を撫でた。

解剖のスタッフは、一班につき約三名、すなわち解剖を直接担当する監察医と切り出された標本の作製を担当する検査技師、それに臓器の重量や状態を記入してゆく補佐の検査技師の三人で構成されている。

新宿から運ばれてきた検体の解剖を担当するのは三班であった。

いつもと変わらない表情で、新町と藤本はエレベーターに乗り地下の解剖室へと降りて行った。

新宿から運び込まれた遺体は、すでに先に解剖室に下りていた補佐の佐々木と医務院の事務職員らによって手際よく手続きがとられ、早くも行政解剖の準備は完了していた。

「新宿三丁目の花園神社の境内のベンチ脇に、蹲るようにして倒れていたのですが、身元を確認できるものは何もなかったようです」

搬送に付き添ってきたベテラン警察官の一人が声を押し殺すように佐々木たちに向かって説明する。何回も監察医務院に搬送している警察官の宮地とは顔なじみだ。

「アル中か、それとも薬物ですかね……。この寒さで野宿じゃ低体温症でもたないでしょう。ケンカか物盗りかわからないが、個人を特定できるような持ち物は、カバンも財布も所持していなかった」

宮地の説明に佐々木が改めて遺体の顔を見た。

「こんな若さで急死ですか……。何があったのかわかりませんが、それにしてもこの酒臭さは異常ですね」

　佐々木が異臭に顔を背ける。

「この不景気では、アルバイトでも働き口が少なくなっているからね……」

　宮地とのやり取りに、佐々木が大きく頷き話しかけた。

「最近では、マンガ喫茶やネットカフェで寝泊まりする若いフリーターが増えているのでしょう。ねぐらも確保できなかったのかも」

　宮地が納得したように佐々木に説明をする。

「いやな社会現象だね。それにしてもこの仏さん、今でも体に酒の臭いが染みついている。何かそれなりの事情があったのだろうが、この歳で仕事も持たずアル中なんて、オレに言わせれば生来の怠け者なんだよ」

「宮地さん、なぜ彼が無職とわかるのですか？」

　佐々木が質問した。

「ああ、手指を見ればわかる。あの手はまったく労働をしていない」

　佐々木が感心したように頷いた。

　宮地の他にも搬送してきた警察官がもう一人いたが、無職でそれもアル中を決めつけている宮地のあまりに強い語気に、黙ったままだ。

身に着けていたすべての遺留品をビニール袋に詰め込みながら、宮地はさらに眉を顰《ひそ》めた。脱ぎ捨てられた黒のダウンの内ポケットから小さな女性の写真が出てきたからだ。

「なんだ、これは」

宮地の声に佐々木が横から写真を覗き込んだ。

「これは東南アジア系の女性ですか」

「出稼ぎのフィリピンパブの娘じゃないか……」

裏には消えかけてはいるが『マリア』と記されたサインが読み取れた。宮地はそれ以上の詮索はせず、アルコール依存症に至った背景を如何にも察したかのように、溜息混じりに息を吐き出した。女性の写真をゴム手袋の手で、別の小さなビニール袋に入れた。吐物で汚れたダウンジャケットからは、それ以外に身元の手がかりとなるものは何も出てこなかった。

周囲に吐物と入り混じってアルコール臭が充満し、鼻をついた。

新町は解剖室に入る前に、入念に手洗いを続けていた。遺体からの感染を防ぐためには重要な作業である。薄いゴム手袋を装着し、その上からさらに滑らないように厚手の綿の手袋をはめた。

一方、遺体は白木の棺から取り出され、すでに金属製のストレッチャーに移し替えられていた。この時点で、男性は遺体から行政解剖を待つ検体へと変わった。佐々木の手でストレッチャーが押され、解剖室の入り口に立つと自動ドアーが開いた。死因不明の遺体が次々と運び込まれる解剖室では、室内での感染防止と強烈な異臭対策のため、解剖室内部自体が強力な陰圧の換気装置になっている。

その自動ドアーが開くたびに、空気の流れが変わり、ヒューという大きな音を出す。静寂な解剖室にとっては無気味な音だった。

三班の佐々木と藤本によって新宿からきた検体は、すでに決められている解剖台に再度移された。

流し台のような、底には無数の穴があいたステンレスの解剖台が、氷のように硬く冷たくなった検体を待ち構えている。紫斑模様が死亡時からの時間経過を訴えていた。

次の瞬間、佐々木の手によって三班の解剖台にライトが点灯された。白色蛍光ライトの光によって若い男性の遺体が、なお一層、青白く浮かび上がって見える。すぐさま宮地がカメラを構えた。自殺や他殺の可能性も考えられるからだ。数回のフラッシュが遺体に向かって閃光を発した。

そこへ手洗いを終えた三班の監察医である新町がヒューという音とともに入ってきた。手術帽とマスクで被われているが、目線は鋭かった。

そして新町が解剖台に近づくやいなや、待ちかねたように宮地が検案書を小声で読み上げ、死体が発見された状況説明を始めた。

「推定ですが年齢三十代半ば前後、男性、姓名住所は現在のところ不詳、昨夜未明、新宿三丁目の花園神社の境内の中にあるベンチ脇に倒れていたのをパトロール中の警察官が発見、保護した時にはすでに死亡していたようです」

新町はマスク越しに、黙ったまま頷いて見せた。

横に立っている若い警察官に指示を与えながら、宮地はさらに説明を続けた。

「外からでは特に目立った外傷はなし、病死、自殺、他殺は現在のところ不明です。この寒さでは低体温症ですか……」

新町は宮地の問いかけにも黙ったまま、手渡された検案書に何度も目を通している。たとえどのような検体であっても行政解剖に私的な感情の入り込む余地はない。こういった死因が不明なケースでは必ず行政解剖で死因究明がなされるのである。

すでに佐々木の手によって検体の肛門から体温計が挿入され、直腸温が黒板に記入されていた。

いよいよ三班のスタッフが、検体をのせた解剖台をぐるりと取り囲み、所定の位置についた。

解剖に携わる監察医は必ず解剖台検体の右側に立ち、解剖台を挟《はさ》むようにして検査技師と補佐職員が左側に位置し向かい合う。

解剖室には壁面の外側にガラス窓で隔離された狭い見学のスペースが設けられている。行政解剖は司法研修生や医学生など、限られた人達にのみ見学が許可されていた。

新町が見学ルームに目をやると、数十名の医学生達が極度に緊張した面持ちで、窓ガラス越しに起立した姿勢で並んでいた。彼らの緊張感が解剖台にまで伝わってくる。

「では、始めます」

新町は静かに検体に向かって黙礼した。

「合掌……」時を同じくして、見学スペースでも、引率してきた法医学の医局員の指示で、見学実習の医学生たちがいっせいに手を合わせた。

黙祷の数秒間が流れた。

まず、解剖に入る前に十分な視診が行われる。

死後硬直によって蝋人形のように固まってしまった検体を監察医は紫斑の状態、死亡から経過した時間や死亡時の体勢までを丹念に調べてゆく。

やはり死亡推定時刻は十二月八日金曜日、午前二時から四時の間とされた。

すかさず若い警察官がメモを取る。

その時右側に位置する新町の視線は、右側腹部の手術痕に釘付けになった。

「ちょっとこれを見てごらん……。交通事故の傷じゃないね。このナルベ（手術痕）は腎臓のオペ（手術）かな？ それにしては、上腹部にも切開がおよんでいる……」

新町の眼差しはさらに厳しさが増した。

「藤本君、少し右肩を持ち上げて、背中をこちらの方に向けてくれ」

今度は新町の眼が右の腹部から背中にかけての弓状切開の手術痕に集中する。

その手術痕は腹直筋外縁に沿って始まり、腹直筋を横断して恥骨結合上部にまで広範囲におよんでいた。

「これは腎臓のオペだろう。しかし、これほど上腹部からの切開は単に腎臓だけじゃない……。位置からして胆嚢か肝臓かも」

独り言のようにマスクの中で呟いた新町は、左側から身体を支えている藤本に声をかけた。

「やはりそうだ。藤本君、左の手首を見てごらん……。これはシャント（人工透析に必要な動静脈吻合手術）の痕じゃないか。透析患者なら、何らかの理由で腎臓のオペをしていたとしてもおかしくないからね」

「これは本当に腎臓のための手術痕なのですか。だとしたら、上腹部に及ぶ傷はどこの手術なんでしょう」

藤本が不審そうに検体を観察する。

「それは、これから開けてみないと詳しいことはわからない」

会話に同調するように、宮地が手に持っているカメラを検体の手術瘢痕部に近づけシャッターを切った。

「それにしても、シャント痕も古く、真新しい注射針の痕も見当たらないようだから……。最近では、透析を受けていない可能性が大だね」

新町が眉を顰めた。

「えっ？　先生、透析患者なのに透析を受けなくても、生きてゆけるのですか」

宮地が驚いたような声を上げて新町の方を見た。

「だから透析が必要なくなるとしたら……。この背中からのナルベは腎臓移植によって新しく出来たものかもしれない。しかし、上腹部については、これから腹部を開けてみれば、どんなオペを受けたのかは明らかになるでしょう」

新町の表情は厳しいままであった。

「側腹部にもいくつかの紫斑があるが、蹴られたものか殴られたものか、もう少し開いて詳しくみないとわからないね」

検体を支えている藤本が尋ねた。

「先生、透析患者だったのはいつ頃のことなんでしょうか」

今度は藤本の質問を遮るように宮地が話に割って入ってきた。

「それにしても前も後ろも手術が多すぎませんか」

「これだけたくさんの手術を受けたのだから、外科手術の履歴から仏の身元を確認する手がかりにはなるでしょうね」

「それはそうだ……」

新町の説明に宮地が納得したように頷いた。

「ちょっとこのままの体勢で、検体の手術痕を何枚か写真に撮っておいてもいいですか」

宮地が再びカメラを検体に向かって構えた。

宮地とのやり取りは、解剖台から離れ、黒板の前に立っている佐々木の耳にも届いていた。特異な検体の状況に佐々木にも緊張が伝わっている。

「佐々木君、記入してくれ」

新町の口頭での報告指示に、佐々木が次々と視診の状況を三班に用意された黒板にチョークで書き加えていく。

側臥位から仰臥位に戻された検体は項部に硬い木枕が当てられた。いよいよメスによる切開が始まるのだ。

見学実習の医学生たちの表情にも新たな緊張が走った。だれひとり身動きする気配もない。

新町は右手にメスを握ると、頸部の直下から糸を引くように胸部にかけてスーと皮膚を切り裂いた。

それに続くかのように赤黒い血液が、紫斑によって鉛色に変色した身体をゆっくり音もなく、外を覆っている皮膚を伝って流れ落ちる。

胸部の皮膚が左右に剥がされると、そこには肋骨が露出してきた。

骨切バサミによって肋骨が次々と切断され切り離されてゆく……。

ジョリッ、ジョリッと、骨が砕ける鈍い音が解剖台に響いた。

今まで胸部を保護し守ってきた肋骨が肋間筋とともに外され、その下からは無防備にさらされた心臓や肺臓が露わになった。

新町はまず心膜を切り開き心臓の取り出しにかかった。

「心臓の表面の血管はきれいだし、どうやら心臓病の問題はなさそうだね」

そう言いながら新町は次に左右の肺臓を取り出し、右手に持っている脳刃で割（カッ）を入れた。肺胞の状態を指先で押しながら視診で確認する。

次にゆっくりと気管支を左右に開いて宮地に見せた。

「誤飲の可能性はありますね。おそらく嘔吐したときに気管に入って詰まらせたのでしょう」

対側の藤本は、胸部に納められていた肺臓が取り出され、空洞になった胸郭から、小さな金属の柄杓で中に溜まった血液を外に汲み出している。

そして最後にはスポンジで吸い取り、周りを拭うようにすると、中に溜まっていた血液が胸腔内からきれいに取り除かれ、大きな空洞が露呈した。

いよいよ待ち構えていたかのように、腹部に取りかかる。ナルベに沿ってメスが当てられた。左右に開かれた内部臓器を見た新町がマスクの中で叫んだ。

「この検体には肝臓の一部がない。左葉が切り取られている……」

「えっ、なぜですか」

先ほどまで胸郭をスポンジで拭っていた藤本が、急いで腹部をのぞき込む。

「事情はわからないが、見てごらん、肝臓の左葉がない。しかし、きれいに外し縫合もしてあるから、これは意図的に切除されたものかもしれない」

「肝臓も悪かったのでしょうか」

藤本の問いかけに新町は即答を避けた。

「うっむ……。これだけじゃあ、なんとも言えない」

さらに丁寧に門脈を切断しながら、残されていた右の肝臓を取り出す。新町は台の上で切り出された肝臓の右葉組織を確かめるが、軽度の脂肪肝は肉眼でも見られたものの、異常組織を疑わせる断片を確認するには至らなかった。

次に胃腸が開かれた。嘔吐していた胃の内容物には僅かな焼きそばとモツ煮込み豆腐とキュウリの残渣《ざんさ》があった。他の十二指腸や小腸の消化管には異常所見は見当たらない。胆嚢や総胆管、そして膵臓も問題はなさそうだ。

そして解剖は下部の臓器、腎臓に移った。新町の眼差しが右の腎臓に集中した。

「これは……。やはり、この検体の右の腎臓は、最近になって誰かから移植されたものじゃないか……」

腹部臓器に取りかかっていた新町の手は止まったままだ。

切り出された組織片をひとつひとつ保存ビンに入れていた藤本であったが、腹腔内を興味深そうにのぞき込む。離れていた佐々木もその声につられ、解剖台に戻ってきた。

藤本が恐るおそる右の腎臓を指さした。

「やはりこの腎臓は他人から移植されたものですか」

臓器移植患者が死亡した場合、事故死を除いて大抵は病理解剖となり、行政解剖の例は極めて少ない。新町は、まず本来この検体が所有していた左の腎臓の取り出しにかかった。

「左の腎臓は取り出してみると、ほらっ、こんなに萎縮しているのがわかるだろう。触れてみると石のように硬くなっていて、これは腎不全で腎硬化に至った機能していない萎縮腎だね」

佐々木も藤本と同じような姿勢で、右の腎臓を覗き込んでいる。

「新町先生、腎不全だとすると左の腎臓は機能していなかったのですか」

「おそらくこの検体は、以前は透析患者だったのは確かだ」

「じゃあ、透析患者で腎臓移植の手術記録を調べれば、複雑な外科手術の履歴をさがすより、この仏の身元がわかるというわけですか」

突然、声を上げた宮地に新町が答えた。

「そうですね。最近は透析を受けていないかもしれないけれど、推定年齢と性別と血液型で、過去の透析患者の既往歴から、結構簡単に身元は判明するかもしれませんね」

「ええ、さっそくその線で調べてみます」

宮地は何度も小さく頷きながら、重要事項を手帳に書きとめた。

新町は次に右の移植された腎臓を吻合部に沿ってゆっくり丁寧に検体から取り外しにかかった。

そして、新町はマスク越しに、周りに聞こえるような大きな声で伝える。

「この検体も若いが、ドナー（腎臓を提供した側）も、若い人じゃないかな……。藤本君、この腎臓は別の人間の臓器だから、この検体の中でも、別にわけて保存しておいてくれ」

「右の腎臓だけでいいですか」

「そうだ。たとえ、腎臓一個でも、他人のＤＮＡを持った臓器だから、別の人格を持った個体だからね」

「はい。わかりました」

取り出されたドナーの腎臓は、藤本の手によって未使用の新しいトレーに移され、検体の臓器とは別の個体番号が記入された。

解剖台の上で脳刀によって横にスライスするように二分割された左の腎臓は、新町が想像していたとおり、皮質も髄質も石のように硬く、全体が斑状に石灰質で占められていた。

「この機能不全になった左の腎臓は、後から侵入してきた他人の腎臓を、快く受け入れたのだろうか。でも、宿主の腎機能がすでに回復不可能なら無条件降伏しかないか……。それにしても肝臓の部分切除はいったい何のために行ったのだろう」

不可解だった。マスクの中で誰にも聞こえない声で新町は呟き、腎不全に勝てなかった左の腎臓の表面を撫でるようにして血液を拭った。そして病魔との闘いに敗れた腎臓を労うようにトレーの上に戻した。

「日本では、腎移植の数は多いのですか」

事件性が薄いと思ったのか、宮地が執刀している新町に質問した。

「数的にはまだそんなに多くないでしょうね」

「この仏はどれくらい前に腎移植をしたのでしょうか」

「そうですね……。この状態からして、それ程前ではないですね。おそらく二、三年前じゃないかな」

それを聞いていた藤本が言った。

「ところで新町先生。腎臓って臓器は誰から貰っても良いのですか」

「ドナー、つまり提供する側とそれを貰う側との間で、臓器の組織が適合していないと移植手術は難しい。ただ血液型だけで移植すると、生体の拒絶反応を起こしてしまって、腎移植の成功率は低くなる」

「そうですか……。ほかの臓器も同じですか」

「腎臓以外の臓器なら、もっとシビアだろうね」

新町にとっても臓器移植された検体の行政解剖は初めての経験だった。

「臓器移植って脳死問題を含めて、今では社会問題になっていますからね」

得意そうに宮地の声が心なしか大きくなった。

藤本がそれに答える。

「そうですよ。成功しないと、せっかく提供したドナーの気持ちが報われなくなってしまう」

「新町先生、もう一つ聞いてもいいですか」

宮地が首にかけていたカメラを外しながら、新町に話しかけた。

「ええ、いいですよ」

「腎臓を移植する場合、その移植される腎臓は、生きている人から貰うことが多いのですか」

宮地の質問に新町は丁寧に受け答えする。

「腎臓は二つあるから、その一つを提供しても残されたひとつの腎臓で腎機能は保たれる。だから提供者の日常生活には一応不都合はないんです。日本においては親、兄弟からの生体間腎移植がほとんどですがね……」

「死体からの腎移植は出来るのですか」

宮地が前から気にかけていた疑問を新町にぶつける。

「心停止をきたした直後、すぐに取り出すような脳死での臓器ならいいが、移植に必要な還流もせずにただ死後の時間が長く経過した腎臓では、移植しても腎臓としてはもう機能しないでしょう」

「難しい問題ですね」

顔をしかめて宮地が言った。

「日本には腎臓バンクって制度があるから、そこからも調べてみれば、きっと身元はすぐにわかりますよ」

「ところで、この検体が手術している肝臓は何の病気だったのですか」

「それは今の段階では、よくわかりません」

この検体が抱えている問題は複雑で、背景には想定できないような事実が隠されているのかもしれない。新町は心の中で思った。

「この男にどんな事情があったにせよ、腎臓移植までして透析から逃れようとしたのに、なれの果てが、東南アジアの女に入れ込んで、さらにアル中になるなんて……。腎臓を提供した人がこの事実を知ったらがっかりするでしょうね」

手帳に記入していた宮地が腹立たしそうな表情で眉を顰《ひそ》めた。

「そうですよ。これじゃあ臓器提供したドナーが浮かばれませんよ」

藤本が宮地の考えに同調した。藤本はそれだけではおさまらなかった。

「こんな結果になるなら、こんなやつに腎臓をやらなければ良かったのに……」

ガラス越しの医学生たちに聞こえる会話ではなかったが、新町が藤本の無駄口を制した。

「検体が臓器移植をしていようと、いまいと、その背景にあるものについて今の行政解剖には直接関係ないだろう。ここでの仕事は死因の解明が第一だから、それ以外の要因についての個人的感情は必要ない。検体に対する誹謗中傷は言葉に出さないように」

新町は検体に対する心構えを正した。法医学を専攻する者の絶対条件だからだ。

「すみません……」

すぐさま藤本が大きな体を小さく折りたたんで謝った。

「もういいよ。たとえホームレスでも億万長者でも死体になってこのステンレスの台に上がれば同じ遺体であることは変わらない。検体に対して、そこに何らかの差別意識を持ち込むことはよくないよ」

新町は厳しい表情のまま窘《たしな》めた。

「せっかく腎移植までしたのに、最後はアル中になるなんて……。この男にとっては、やむにやまれぬ事情があったのでしょうね」

藤本の言いわけが逆効果となった。

「もういい。死に至った経緯を想像するのは勝手だが、死者のプライバシーの問題まで踏み込むことは止めた方がいいよ。それは我々の仕事じゃない」

「はい、わかりました……」

新町の叱責に藤本は肩をすぼめて声を落とした。

「生きているときの犯罪抑止は我々の役割で、解剖は先生方の仕事。そのあと事件の解決は再び我々の出番ですからね」

宮地の的外れな発言に、新町はマスクの中で苦笑したが、その眼は決して笑っていなかった。

「アル中になるほどお酒を飲んでいたのなら、アルコール依存症の履歴からも身元が割れる可能性があるかもしれませんよ」

「なるほどそうですね、着ていた服なんかもゲロと酒で臭くてかなわなかったですよ。やはり死因にアル中は関係あるのですか」

「急性アルコール中毒が直接の原因ではないでしょうが……。打撲の傷も数ヶ所あります。さらに今の季節なら低体温症もあるし、心停止を引き起こした原因については、詳しいことはもう少し調べてみないとわかりません。膀胱には、ほんの少しだが尿も溜まっていたようだから、移植された腎臓の機能はある程度保たれていた可能性は大ですね。とすれば直接の死因について、吐物誤飲による気道閉塞かもしれません。いずれにしても、もう少し調べてからでないと……」

宮地が小声で質問した。

「じゃあ、この移植された腎臓は仏が息をひきとるまでは働いていたのですか」

「それは確かです」

そうこうしている間も、解剖は粛々と進められていった。

「まあ、現段階では可能性としては、気管に吐物が詰まっていたことを考えると、吐物の誤飲による急性呼吸不全というのが妥当な線ですね。それに低体温症が加わった」

「他殺の可能性は一応ないと見ていいのですか？」

それまで硬かった宮地の表情が緩んだ。

「それは可能性としても少ないと思います。まあ、腹部や下肢に何ヶ所かの打撲による出血斑はありますが、自分で酔っ払って転んだのか、誰かに蹴られたのか、確かなことはもう少し時間がかかります」

「そうですか、わかりました」

宮地が解剖台から少し後ろに移動した。

肉眼で十分観察され、切り出されたブロックの組織は、次々と藤本の手によってホルマリンの入ったサンプルビンに詰められていった。

いよいよ頭蓋骨の内部に取りかかるため、新町は頭部側に回った。

項部にあてがわれていた木の枕が外され、顔面は大きく右側に向けられた。

メスによって頭皮がぐるりと、まるで弧を描くように切り開かれ、後ろから前に向かって頭皮がゆっくりと剥がされた。

頭皮を剥いでいた新町が再び宮地を頭部側に呼び寄せる。

頭部皮下の状態をチェックするためである。

「ちょっとこれを見る限り、頭部には外傷もないし、殴られたような打撲による皮下出血などはなさそうですね」

「わかりました」

宮地が答えた。

新町の合図で、今度は剥き出しにされた頭蓋骨に鋸の刃が当てられた。

ザッ、ザッ、ザッ！　それはまるで長い時間水に浸かっていた古板を糸鋸で引くかのような音であった。

粛々と作業が進む解剖室に、新たな音が加わった。

カン、カン、カン、カン……。静寂な解剖室に不似合いな甲高い響きがこだまする。

頭蓋骨の溝に鑿《のみ》があてがわれ、新町が木槌を振り下ろした。
二、三回、骨を引き剥がすような鈍い音がしたかと思うと、ガッと引き裂かれ頭蓋骨はいとも簡単に外れた。

軟膜が切り開かれ、中から真っ白な大脳皮質が顔をみせた。

さっそく硬膜下血腫などの頭部外傷に注意しながら脳組織の取り出しにかかる。丁寧に両手で抱えるようにして外された脳組織は、さっそく藤本が持ってきたステンレスのバットに移し替えられた。

検体から取り出された脳が、たった今、脳を失ったばかりの男の顔の上を通り過ぎた。残酷な場面だが、裏返しにされた自分の頭皮で両目をふさがれていることが、せめてもの救いなのかもしれない。

確かにヒトの司令塔ともいえる脳幹を根こそぎ頭蓋骨から切り離した瞬間、辛うじて組織として「ヒト」を形成していたニューロンが、プツッと小さな音を立てて切断されたのだ。

ゆっくりと脳刀で切り開かれていく大脳皮質の中にもダメージはなかった。

「無縁仏のまま葬られるのは可哀想だから、何とか透析とか腎移植の線から身元を調べてみて下さい。もしかしたらアルコール依存症にならざるを得なかった背後の事実関係もわかるかもしれませんよ」

綿の手袋をはめたまま、血糊の付いたビニールの前掛けをスポンジで拭い、水が勢いよく出るホースで洗い流しながら新町は言った。

「ええ、そうですね、さっそくそうします」

搬送に付き添ってきた宮地は、カメラをケースに収め、それまでメモをとっていた手帳をポケットにしまい込んだ。若い警察官に退室を促す。

そして、新宿から搬送されてきた検体の行政解剖はすべて終了した。ステンレスの解剖台に移されてから四十六分しか経過していない。

すでに、頭部をはじめ、身体の大半は藤本の手によって縫合されていた。

保存される標本に必要な一部の組織を除き、切り刻まれたそれぞれの臓器片がいくつかのステンレストレーの上に山積みされている。

そこには脳も肺臓、肝臓も腸管もそして左の腎臓も同居していた。

そして解剖の終了とともに、縫合されずに残されている上腹部の切り口から、細切れになったすべての臓器がいっしょくたになって元の身体に一気に流し込まれた。

大脳も小脳もそして間脳も、心臓や残された肝臓や胃や大腸と一緒に、解剖によって新たに生み出されたデッドスペースに押し込まれていった。

頭皮が後部から縫い合わされ、外された頭蓋骨が元の位置に合わされるが、そこにあったはずの脳組織は、今はすべて腹の中に収まっている。

しかし、新町は移植された臓器提供者の右腎臓だけは、そのまま検体の身体に戻すのをためらった。

「この移植された腎臓は、やはり別にわけて、そのまま新しい保存ビンに入れておいてくれ」

「わかりました」

右の腎臓はそっくりそのまま新町から藤本の手に渡った。

機能不全に至った左の萎縮腎を最後に体内に戻し、開いていた最後の部分の縫合が行われた。

藤本が解剖台の下から再びホースを取り出し蛇口をひねった。勢いよく流れ出る水とスポンジで検体の血糊の痕が拭い去られ、きれいに汚れが洗い流される。

行政解剖は終了した。新町は黙礼を済ませると解剖台から離れた。

「終了します」

見学していた医学生たちも同時に黙祷した。

その時、新町の耳に微かではあったが蝉の鳴く声がした。今の季節ではあり得ない。

新町は立ち止まった。

　後ろを振り返った新町の眼に、行政解剖を終えたばかりの検体が、光を浴び、静かにステンレス台の上で浮かび上がって見えた。検体にはすべてを終了した安堵感が感じられた。気のせいかもしれない……。

「三班の解剖台のライトを消してくれ」

「はい」

　新町は残って保存ビンの整理をしている佐々木に声をかけた。

「佐々木君、何か変な音が聞こえなかった？」

　佐々木が怪訝な表情で周囲を見渡す。

「いいえ、何も……」

　それは蝉が掴《つか》まっていた樹木から滑り落ちる断末魔のような叫び声であった。幻聴なのだろうか、しかし確実に『堕ち蝉』の鳴き声だと思われた。

　新町はもう一度立ち止まり後ろを振り返った。ライトが消されたステンレス台の上に、解剖を終えた若い男性の遺体が静かに横たわっている。真冬に蝉がいるわけがない。

「新町先生、どうされたのですか。顔が真っ青ですが」

佐々木が駆け寄ってきた。

「いや、なんでもない……」

新町はその場から逃げるように、急いで解剖室を出た。

換気の空気のヒューという音を残し、自動ドアーが閉まった。

第二章
満月様顔貌

東都大学医学部付属病院、４Ａ内科病棟……。４０２号室に二十六歳になった新町京祐は入院していた。

順風満帆に医学部の学生生活を過ごしていた京祐に、突然病魔が襲いかかった。

医学部の四年生も学期末を控えた二月になって、風邪をこじらせたのがすべての始まりだった。

化膿性扁桃腺炎と気管支炎、解熱と共に症状は改善したが、一週間も経たないうちに現れた血尿と蛋白尿……そして乏尿。呼吸器感染が後になって腎炎を引き起こすなんて考えてもみなかった。A群β溶血性連鎖球菌による急性糸球体腎炎の発症だった。二十四歳になったばかりだった京祐は、なんとか外来通院で五年生に進級。五月の連休までは必死になって頑張ったが症状は改善せず、糸球体腎炎による腎機能は悪化するばかりであった。

ついに五年生の前期で休学を余儀なくされ、入院による治療が開始された。確定診断を得るために腎生検が施行され、膜性増殖性糸球体腎炎と診断された。ただちにステロイドの大量投与が開始された。半年間のステロイド治療によって腎機能は一時的に改善傾向を示しいったん退院したが、医学部に戻るまでの体力はなかった。その後、病態は改善することなくやがてネフローゼ症候群へと移行する。

腎性貧血による虚脱感と浮腫。再入院した京祐には、再び時計の針が止まったような入院生活が待っていた。足踏み状態の中、同級生たちは六年生になり、やがて卒業すると国家試験を経て研修医になった。その同級生の活躍を、京祐は病院のベッドの中からじっと見つめているだけであった。

二度にわたって入退院を繰り返したにもかかわらず、京祐が抱える慢性腎不全の病状はいっこうに回復の兆しすら見えてこない……。腎機能に対する治療方針も転換を迫られていた。

眠れない日々が続き、眠れたとしても、二、三時間で目が覚めてしまう。それからは容易に眠りにつくことができない。これから先の不安と治療効果がない憔悴感が京祐を支配していた。

最近になって、京祐は白い色が嫌いになった。

理由は簡単だ。京祐を取り巻く殆どの物が白を基調としているからだ。白色の蛍光灯が付いている白い天井、周りの壁紙も少し煤けてきてはいるが白、シーツも掛け布団も枕カバーの色も白、白、白、長期間に亘ってモノトーンの原点である白色が京祐を取り囲む。

病室の電動ベッドの背もたれを起こし、寄りかかっていた京祐は、ゆっくりと起き上がった。枕元に置いてある目覚まし時計は朝の五時を指している。入院中の京祐にとって目覚ましの時間を設定する必要はない。

音を立てずに立ち上がると、事故防止のため少しの隙間しか開かない窓から、カーテンの中に潜り込むようにして外の景色を眺めた。外は夜が明けたばかりでまだ薄暗い。

病院裏の路地と隣の建物の外壁が混ざり合い、全体が灰色にくすんで見えた。辺りに人影はない。

同室の入院患者が起きだしたのか、後ろで人の気配がした。

眠りが浅いのは何も京祐だけではない。しかし、カーテンで仕切られた狭い空間だけが京祐の世界だった。

遠くに目をやると、建設機材を持ち上げる恐竜のような巨大クレーンが今日の出番を待っている。突然、小鳥の集団が鳴き声を合唱させながらどこかに移動していった。朝陽が見えない西向きの窓の外で、ビルの外壁に挟まれるようにして一本の大きな楠《くすのき》があった。おそらくビルが建設される前からの先住者に違いない。遠くで蝉の鳴き声がした。もうすぐ夏が終わってしまう。次に来る秋の舞台には立てないことを知っていて、叫んでいるのだろう。

京祐の耳には蝉の鳴き声が泣き声に聞こえた。

カーテンから抜け出し、空になったベッドを振り返ると、ベッドの頭上に新町京祐の名前の入ったホルダーが、白いパイプにぶら下げられている。

名前は色褪せているが、間違いなく新町京祐が患者であることを周囲に伝えている。

そして患者氏名の下には担当医とグループ名が、黒いマジックで記入されていた。

京祐の視線が下の文字をゆっくりと捉えた。主治医、大森グループ、大森、田代、木田、そして水島と明記されている。

そのことについては、何も思うまい、何も考えまいと京祐は心に決めていた。病気のことを今更悔やんでみても、何ひとつ状況は変わらないのは知っている。しかし、運命という、ひとことで片付けて欲しくはなかった。

糸球体腎炎にさえ罹らなかったら、今ごろは、名札に書かれている名前の位置は患者ではなく、主治医グループの方に加わっていたであろう。

このまったく意味のない葛藤を、入院中の二年間に、何十回、いや、何百回繰り返したことだろう。その度ごとに、諦めきれないわだかまりが沸々と頭の中を渦巻き、消えることはなかった。


ベッドに戻り横になった京祐が少しうとうととしかけた頃、カチャカチャと食器が触れ合う音に再び目が覚めた。朝の病院食の配膳が始まったのだ。

病院の朝食は早い。制限食であっても、空腹を抱える京祐にとっては待ち遠しいはずの朝食だったが、今朝に限っては食欲がなかった。食べ残したトーストの残がいが乗っている食器も早々に片付けてもらった。今日が教授回診の行われる特別の日だからである。最近になって薬物治療や制限食での限界を、身体で京祐は感じていた。とはいえ治療方針の変更にはかなりの抵抗があった。教授回診が何かの都合で、突然中止になることを期待している自分がいた。

いやな予感が絡みつき京祐を捕らえて離さなかった。

「新町君！」

突然、個別に仕切られているカーテンが大きく開き、勢いよく声をかけられた京祐は、思わず声の主を見上げた。そこには息を弾ませ、京祐の入院カルテを両腕に抱えて立っている水島洋子の姿があった。

「教授回診は隣の401まできているのよ。早く診察の準備をしておいてね」

そう伝えると、水島は足早に病室を出ていった。

三年前の水島洋子は京祐の医学部の同級生であった。しかし、今は新人の研修医と、入院患者の立場に分かれている。京祐は患者であり、水島は京祐の主治医グループの研修医なのだ。長い髪をポニーテールにまとめ、専門医が持つようなリットマンの聴診器を頸にかけている。それがスレンダーな体形に似合っていた。

白が嫌いなはずなのに、真っ白い水島の白衣だけは眩しく輝いて見えた。

しばらくすると４０２号室の両開きのドアーが大きく開いた。

この病室は六人部屋である。それぞれ受け持っている患者の主治医が、カルテをたずさえ病室に入ってきた。それまでの静寂がまるで嘘のようにざわついている。私語はないにしても、十名を超える団体が病室ごとに移動するのだから、それなりに騒がしくなるのはやむをえなかった。

病棟の看護主任が、回診のため診察に応じて隣のベッドとの仕切りのカーテンを引いていった。回診を待っている患者たちにも教授回診独特の緊張感が伝わってきた。

再びベッドにやってきた水島に京祐は笑顔で会釈するも、水島の反応はなかった。

京祐は自分が無視されたことも、教授回診によるプレッシャーがそうさせたものだと思っていた。

水島によってベッドの足元の台に、分厚くなった京祐の病棟カルテが広げられた。

京祐にとっても、自分の最新の検査データに興味がないはずがない。

しかし一方では詳しく知ることには抵抗を感じていた。病状の結果表を見るのが怖いといった方が、正しい表現かもしれない。

水島は、あとから顔を出したオーベン（グループ長）の大森に最新の京祐の血液データの数値を胸から取り出したボールペンで指し示し、用意しておいたグラフで腎機能の推移を小声で説明し始めた。

おそらく教授回診の予行演習のつもりなのだろう。

かえって大森の方が、病気で長期休学を余儀なくされている水島の同級生である京祐を気遣って、最新の数値に対しては、目視するも声を出さずに黙って頷くだけであった。

いつもと違う雰囲気に、京祐の不安は増すばかりであった。なぜか、今回の教授回診が京祐の将来を左右するように思えてならなかった。

第二内科、伊藤教授が、ポリクリ（内科実習）の学生たちを引き連れ４０２号の病室に入ってきた。

大学病院における、権威主義の象徴のような威圧感があった。しかし、その権威に憧れて医学部を目指したのも京祐なのだが、その医師を目指していた医学生が、いざ患者の立場になってみると、こうも教授回診が違って見えてくるものかと悲しかった。

水島が緊張している意味が、ようやく理解できた。今回から京祐の教授回診時の説明を第二内科の新人研修医である水島が行うらしい。

そして、ついにその順番がやってきた。

多くの研修医や、かつて下級生であったはずなのに、追い越されてしまったポリクリの医学生たちの視線が、息を呑んで京祐の身体に注がれる。見世物じゃないのに……。看られる側の患者の立場は弱い。

「新町君……。気分はどう？　体重は増えてないね」

伊藤はポケットから聴診器を取り出すと、講義のときには見せたこともないような、優しい笑顔で話しかけてきた。

病棟の看護師長が京祐のパジャマの前をはだけ、伊藤の持った聴診器が第四肋間の心尖部に当てられる。ヒヤッとした冷たい感触が伝わってきた。

「最近の制限食はどう。我慢できる」

「はい、塩分も5グラム以下に極端に制限しています」

京祐は「極端」という言葉を強調した。伊藤は頷いただけで聴診器を再びポケットに入れた。少し間をおいてから伊藤が尋ねた。

「最近の尿量は？」

京祐が答えようとするのを、側にいる水島が遮った。

「現在、ラシックス40ミリを4錠処方しておりまして、尿量は1日量で500から800です」

伊藤は主任教授の表情に戻っていた。研修医の水島に質問する。

「現在のプレドニンの量は？」

「120から使い始めて、今のところ……40ミリまで下げています」

「バン（尿素窒素）とクレアチニンは？」

水島が回診時のために作成しておいたグラフを慌てて広げる。さっそくデータを読み上げようとするのを、伊藤が止めた。

「詳しいことは後でカンファレンスの時にでも聞かせてもらうから、ここではいいよ」

「はい……」

水島はちょっぴり不満そうに、用意してきたグラフを折りたたんだ。

今度は伊藤が京祐に話しかけた。

「ところで、新町君、君は、何年生で休学したの」

「五年生の五月から休学しています……」

「そうか、五年生か。退院したら早く復学してしっかり勉強しなさい。そして卒業して、医者になった方が君の将来のためになる」

「えっ、退院できるんですか」

思いもよらない伊藤の発言に一瞬希望を持った。だがすぐに現実が襲ってきて、京祐は顔を曇らせ不安をにじませた。

そんな京祐の感情を無視するかのように伊藤が続けた。

「早く退院して医学部に戻り、一生懸命勉強しなさい。そして医師国家試験にパスして、立派な医者になることが、今の君のためにいちばん良い選択肢じゃないか」

伊藤は京祐の復学を勧めた。

「………」

京祐は黙ったままであった。しかし、伊藤の考え方だけは理解することができた。しかし、理解はできても納得するには時間がかかる。いや納得できない、受け入れ難い壁が、またひとつ目の前に立ち塞がったようだ。

いつ教授回診に加わったのかわからなかったが、山崎病棟医長が黙ったままの京祐に代わり、伊藤に返答した。

「そうですね、これからの状態によっては、できるだけ早い時期に、シャントオペ（血液透析のための動静脈吻合の手術）の準備も考えておきます」

それはあきらかに人工透析への治療転換の宣告であった。伊藤は小さく二度頷くと、次の患者のベッドへと移動した。

伊藤による教授回診が終わった後も、京祐はぞろぞろと教授について回るポリクリの学生たちに心の動揺を悟られまいと、できる限り無表情で取り繕った。

いったん血液透析を始めてしまえば、ほんのわずかであっても現在残っている腎機能は、たちどころにその機能を停止し、そしてもう二度と機能が回復する見込みはなくなる。それぐらいの知識は京祐も持っている。

「研修医の水島君は君の元の同級生だろう」

茫然自失になっている京祐を気遣って、病棟医長の山崎が声をかけてきた。

京祐のカルテを抱え病室を出ようとしている水島が戻ってきて山崎に答えた。

「はい。入学から四年生までは同級生でした……」

水島の返事は間違っている。唇を真一文字に閉じている京祐だが、そう叫びたかった。

たとえ二カ月の短い間でも、五年生の五月までは同級生として一緒だったことを忘れているらしい。だが、言い返す気にはなれなかった。そんなことは水島にとってはどうでもいいことなのだ。

「彼の将来を第一に考えて、友達としても十分にフォローしてあげなさい」

山崎病棟医長は水島にそう言い残すと、急ぎ足で教授回診の後を追うように次の病室へと姿を消した。水島も後に続く。

まるで引き潮が引くように、人の波がこの４０２号室から去っていった。

京祐の心の中に、ぽっかりと大きな空洞ができた。入院中の腎生検によって、ＭＰＧＮ（膜性増殖性糸球体腎炎）と診断されているが、確定診断なんて京祐にはどうでもよかった。この慢性腎不全との闘いに敗れたことがショックだったのだ。すぐ目の前に透析患者としての京祐が待ち構えている。

「ここに置きますよ」配膳係のおばさんの声がした。いつの間にか京祐のテーブルの上に昼食のトレーがのせられている。今となっては、厳しい水制限や腎不全食で耐えたことが虚しくなって、ベッドサイドテーブルから小銭の入った財布を掴みだした。冷たい日本茶を自動販売機で買ってすぐにでも一気飲みしたかった。

「新町君、元気出しなさいよ」

　声がした方を振り返ると、そこには回診を終えて病室に戻ってきた水島が立っていた。京祐は慌てて握り締めている小銭をポケットの財布にしまい込んだ。

　水島には気づかれていないようだ……。透析を宣告され、落胆している気持ちを悟られたくない。京祐は無理に笑顔を作った。それがかえって無気味な表情に見えたのか水島が不審そうに京祐を見返した。

「教授回診はもう終わったの」

　京祐はかつて同級生だったときの気持ちのまま声をかけた。

「ええ、終わったわ」

「疲れただろう」

「私は大丈夫……。研修医は体力が勝負だから」

　水島の表情は、教授回診時の緊張感から解き放たれていた。頸に聴診器をぶら下げ研修医として意気揚々としている水島に、京祐は嫉妬を感じた。

　また自分だけが足踏みしている悔しさがこみ上げてきたが、しかし、ここで水島に泣き顔を見せるわけにはいかない。感情を必死に抑えながら京祐は水島に呟いた。

「やっぱり、透析になるのかなあ……」

「そのことについては、新町君も今日の今日、言われたばかりでショックだろうから後でゆっくり説明するわ」

「こんなにプレドニン（副腎皮質ステロイドホルモン）を大量に、しかも長期間にわたって使っていたのに、僕の腎機能は回復しなかった……」

両手で副作用のムーンフェイス（満月様顔貌）を摩《さす》りながら、不安そうに話す京祐に、水島の返答はそっけなかった。

「新町君にはステロイドがあまり効かなかったようね……」

「プレドニンを多量に使ったおかげで、髪の毛は抜けるし、顔はこんなにパンパンに腫れてしまって……。結局、なんの治療効果もなくて副作用だけが残ってしまった」

京祐はプレドニンの副作用をひどく気にしていた。違う自分がいるようで鏡を見るのが怖かった。

「そんなことはないでしょう。治療としては一番いいと思われる方法を選択しているんだから、薬に最大の効果だけを期待しても無理よ。病気には妥協することだって必要でしょう。医療の結果はいつも百点満点とは限らないのよ」

その水島の言い方が京祐の胸をチクリと刺した。

「そんなことは僕でもわかるよ……」

「じゃあ、いいじゃない。それに髪の毛だって、ステロイドを減量しているから以前よりは生えてきたでしょう。ムーンフェイスだってプレドニンが切れたら元に戻るわよ」

「そうかなあ……。こんなに副作用が出ても頑張ったのにな……」

「だからこそ、すぐにでもシャントをつくって、早く退院した方が精神衛生上から言ってもいいんじゃない？」

「精神衛生って？　僕が悲嘆にくれて自殺でもしたら、主治医としては困るから？」

なげやりな京祐の言葉に、水島は不機嫌になった。

「新町君も医学生でしょう。そういう言い方ってないと思うわ」

最後の言葉も言い終わらない内に、水島は白衣をひるがえし、４０２号室から出て行ってしまった。

もう少し違った答えを期待していた京祐は不愉快だった。研修医の水島に嫉妬しているのは事実だが、心のどこかで彼女に優しさを求めている部分があった。それは元同級生に対する感情だけがそうさせているのではない。水島が同級生の加藤と付き合っていることは、京祐とて知らぬわけがなかった。

その日の午後になって、京祐は水島に再び面会を求めた。

病院の屋上には小さな庭園が造られ、外に出られない入院患者の憩いの場所となっていた。そこに水島を呼び出した。病室では話しづらかった。主治医としての水島ではなく、元同級生の友達としての関係修復を図りたかったからである。教授回診の時に言い渡された人工透析の導入時期についての意見も聞いてみたかった。

残暑の陽射しが眩しい。屋上にはコンクリートの照り返しを防ぐために、小さな藤棚があり、下にはプランターが置いてあった。たとえそれが植木鉢であっても、そこに咲く小さな草花が、どれだけたくさんの病んだ心を慰めてくれただろう。

京祐はベンチに腰掛けた。病室内の冷房から解き放され、むせ返るような外気の暑さが、かえって腎不全の京祐にとって皮膚の発汗を誘発して気持ちよかった。

背後で人の気配がした。振り返ると眼鏡を掛け、怪訝そうな表情の水島が突っ立っていた。

「あれ、いつから眼鏡なんか掛けているの」

「コンタクトの調子が悪くて外しているだけよ。そんなことより、こんな場所に呼び出したりして、いったいどういうつもりなの」

迷惑そうで不機嫌な水島の態度に京祐は困惑した。

「透析導入時期について、何か伊藤教授から聞いてるんじゃないかと思って」

慌てた京祐は口ごもった。

「透析のことなら、私より病棟医長の山崎先生が説明してくれるはずだわ」

「やっぱり、僕には透析以外には手立てがないのかな」

「まだそんなことを考えてる。新町君だって、医学生なんだから慢性腎不全における透析の適応ぐらいわかるでしょう」

「医学生、医学生といわれても、今はただ休学している患者の身だから、患者の立場になってみればそんなに簡単に割り切れるものじゃないよ」

「そんなこと、いつまでも悩んでいても、時間の無駄じゃない。透析がどうしても嫌なら、嫌と、はっきり言えばいいのよ」

「嫌と言いたくても、僕にはほかに選択肢がないんだろう」

「最終的に決めるのは新町君だからね……」

「でも水島は僕の主治医の一人だ」

険悪な雰囲気が、さらに水島の気持ちを苛立たせた。

「私に何を言いたいの」

水島は眼鏡を外すと、白衣のポケットからハンカチを取り出し額の汗を拭った。

「だから、これから先、薬や食事で腎不全と闘っても負けるだけなんだろう」

「勝つとか負けるとか、君のそのぐずぐずした優柔不断な態度が、私には理解できない」

「………」

京祐は口唇をへの字に結んで黙ってしまった。

いったん透析を始めてしまえば、もう二度と腎機能が元に戻ることはない。まだかろうじて残っている腎機能への未練を捨てきれない。その気持ちを水島に伝えたかったのに、うまく話すことが出来なかった。

「いいのよ。どうするかは、私じゃなくて、新町君が決めることなんだから」

「決めるって言ったって、もうすでに結論は出てるんじゃないか」

「そういうことを言っているわけじゃないでしょう。大切なのは、あなたが今の時間を、どう使うかってことじゃない」

「今の時間って、どういうこと？」

「だから、今のままで入院を続けていても、いいわけないでしょう。一日も早く退院して医学生に戻るのが一番大切なんじゃないの。伊藤教授に言われたように勉強をして卒業して、国家試験に合格して、医師になることが今置かれている新町君の最大の目標でしょう」

「だから、みんなでいっしょになって、透析をするように勧めているってわけか……」

京祐は青空を見上げて大きな溜息をついた。

「腎不全に対する治療としては、正しい最高の選択肢なのに、どうしてそれほどまで透析拒否に拘《こだわ》るの」

「透析をすることが最高の治療なのか」

「何を言っているの、このまま透析を受け入れないと生命が危なくなるのよ」

「わかっているけれど、僕には透析を受ける以前の問題で、今でも自分が慢性腎不全患者になったこと自体が納得いかないから……」

「わかってない！　いまさら病気になったことを、とやかく言っても仕方ないでしょう。

現実から目を逸らしても、解決にはつながらないわ」

「結局、透析を受け入れるしか、僕には道が残されてない……。そうなんだろう」

「何よ！　私を責めてどうしたいの」

水島の語気がどんどん荒くなっていった。

「いくら透析導入が医学的に正しくても、やはり納得して決めるのは、患者である新町君自身なんだから、よく考えて自分で結論を出せばいいのよ」

「優しくないんだな……」

「私に何を期待しているの。あなたの主治医のひとりとして話を聞いてあげているのに、どう優しくないの。新町君のことを心配しているからこそ、忙しい時間を割いてここに来ているのに、そんなひねくれた考え方なら、もう二度と私を呼び出さないで」

水島は立ち上がると、外していた白衣のボタンをかけ直し、すぐにでもこの場を立ち去ろうとした。

「ちょっと待ってくれよ」

水島に同情を求めたわけじゃなかった。相談のつもりがとんでもない方向へ進んでしまったことを、京祐は焦った。しかし、水島の機嫌が変わることはなかった。

「第二内科のカンファレンスで教授が決めたことを、研修医の私に文句を言われても筋違いでしょう」

「何もそこまで医者であることを強調しなくてもいいじゃないか。どうせ僕は患者ですよ」

「何を言っているの。私が医者で君が患者だなんて、そんなことまったく意識したこともないわ」

水島の口調からは、怒りさえ感じられた。

「昔からそうだったけれど、新町君のいつも煮え切らないその態度は、直しておかないと、社会に出たら誰も相手にしなくなるわよ」

にじみ出る汗を拭う水島の姿が羨ましかった。

「生きて社会に出られるかどうか、わからない……」

「もういいわ。話をしても時間の無駄ね」

水島は白衣をひるがえし、出入口に駆け出した。後ろを振り返ることはなかった。

京祐は水島が消えた方向を見つめながら、いつまでもベンチに座り込んでいた。

その日の夜になって、京祐はさっそく山崎病棟医長からの呼び出しを受けた。水島から何らかの報告があったのだろう。来るべき時がきた。ある程度の覚悟はできているものの、やはり不安を払拭できない。

京祐は病棟ステーションの真向かいにあるカンファレンスルームに向かった。ノックしても、中からの返事はなかった。京祐は立ち止まったまま振り返ってステーションカウンターの中にいる当直の看護師に声をかけた。

「山崎先生は中にいらっしゃらないのですか」

「あっ、どうぞ、山崎先生はすぐに戻って来られるそうですから、中でお待ち下さいとのことです」

京祐は恐る恐るドアーのノブを回し、部屋の中に入った。壁側には移動式のシャーカステン（レントゲンフイルムを投影する機械）が数台置いてあった。机の上には所狭しと、カルテや検査結果用紙が無造作に山積みになっている。

答案用紙が置いてある学校の職員室に忍び込んだような錯覚に陥る。京祐は無意識のうちに目で自分のカルテを探していた。

京祐の名前のホルダーが付いた分厚いカルテは、すぐに見つかった。今朝水島が抱えていたカルテだ。

「これだ……。僕のカルテ……」

水島が作った腎機能の推移を示すグラフも綴じられている。震える両手でそっと開いてみた。

そこで京祐が見た最新の検査結果の数値は、あまりにもショッキングな値であった。

「ウソだろ。尿素窒素が86・4……。クレアチニンも9で赤字の基線を超えている」

思わず呻き声が漏れた。ここへ呼び出された以上覚悟はしていたものの、最後の望みを検査結果に託していた京祐の落胆は相当なものだった。

やはり奇跡は起こらなかった。と同時に、「透析」の二文字が今京祐に突きつけられる。

そのとき、ドアーをノックする音とともに、山崎が部屋の中に入ってきた。

京祐は慌てた。データを盗み見したことを隠そうとするが、危険な異常値を知ってしまった動揺は、かえって動作をぎこちなくさせた。

「やあ、待たせてごめん。座ったままでいいよ」

山崎はそんな京祐の心配など一向に構う様子もなく、スチールの椅子を引き出すと腰を掛け、話し始めた。すでに京祐がカルテのデータを見たことは承知しているようだった。

「新町君、君にとって今一番大切なことは、現在の君の腎機能の状態を正確に把握することだろう？　わかるよね」

長期にわたって記録され、分厚くなった新町京祐のカルテの中から、山崎は整理されたグラフと、覗き見たばかりの検査結果表を机の上に広げた。

「君が、見ての通りだ。すでに腎機能は瀕死の状態でギリギリの線でしか、機能していないね」

「そうですか……」

京祐はそう言い返すのが精いっぱいであった。

「勿論、透析を無理強いするわけじゃなく、決めるのは君自身であることには変わりないのだが……。とにかく、この数字をよく見てくれ」

「はい……。頭の中では理解しているはずなのですが、気持ちの上で整理がつかなくて」

山崎はＧＦＲ（糸球体濾過率）の折れ線グラフを指で示した。

「確定診断から数えて、三年近くも頑張ったのは認めるがね、尿が少し出ているからといって、君の腎機能が働いているわけじゃない。君の腎臓の状態はハイアウトプット・レーナルフェイリヤーといってある程度の尿量は保たれるのだが、機能は空回りしてギブアップ寸前……それが正しい今の現状なのだ」

説得力のある山崎の説明を、京祐は唇をかみしめながら聞いていた。

「尿が比較的出ているから、透析を始めることには抵抗があるかもしれないが、透析の導入時期についてはすぐにでも開始した方がいいと思うよ……。プレドニンの効果も、これ以上は期待できないとなると、もう結論を出してもいいじゃないのか。データからみて、むしろ遅いぐらいだ」

「このまま、もう少しだけ食事療法で頑張れないでしょうか」

無駄な抵抗かもしれないと、わかっていても京祐は食事療法を主張した。

「主治医からも説明がいっていると思うが、これからの状態如何によっては、いつ症状が急変して、ＰＤ（腹膜透析）を受ける事態になってもおかしくない。君の意見を充分考慮した結果の結論だから、手遅れにならないうちに決心したまえ」

「僕の腎臓の機能はそんなに悪化していたのですね」

「このデータが示すとおりだ」

再び腎機能のグラフを京祐の目の前に広げ、指し示す。腎不全の宣告に京祐はがっくりと肩を落とした。

「もっと前を見なさい」

山崎は説明を終えると、ゆっくりと京祐のカルテを閉じた。

「シャントを作ったからといって、血液透析が安定するまでには、ある程度の時間は必要だからね」

「生きてゆくには、それしか今の僕には選択する道はないということですよね」

「そう言ってしまえば、何も言えなくなってしまうが、よく冷静に考えてみてくれ。新町君は医学を志している医学生なのだろう……。学生時代に、病気に対して貴重な経験をしたのだから、このことを生かして患者の気持ちのわかる医者になることが、今の君が抱えている問題に対する、最大の解決法じゃないのかな」

京祐は白旗を振りかざしながら病院から走り去っていく自分の姿を思い描いた。

「わかりました……。ところで山崎先生、一つ質問してもいいですか」

「ああ、何？」

「他に治療への選択肢は残されていないのですか……」

それまで穏やかに話していた山崎の表情が突然険しくなった。

「新町君……それは腎臓移植のことを言っているのか」

「……」

京祐は厳しい山崎の視線から逃れるため下を向いて唇をかみしめた。

「いくら臓器移植法が制定されたからと言って、いったい君は、誰から腎臓を提供してもらうつもりなんだ。何か当てでもあるの」

「いえ、別に……。ただ移植の選択もあるかなと思って……」

「親子とか兄弟とか、特別な事情の場合に限っての腎臓移植は許されるが、臓器は単なる物じゃないからね」

「脳死からの提供もあるかもしれません……」

京祐は思い切って口に出してみた。

「君ね、腎臓の臓器移植を願って登録しているヒト（レシピエント）が、何千人、いや何万人いると思っているのかね。詳しい数はわからないが、透析患者の殆どが、チャンスがあれば腎臓移植を望んでいるんだ」

山崎は透析を受ける前に、腎臓移植のことを考えている京祐に疑念を抱いた。

「今の君にはその選択肢は、ないと考えた方が正しいよ」

「そうですか……」

山崎はちょっと呆れたような顔つきで言い放った。

「明後日、シャントオペの予定を組んだが、どうしても納得できないのなら自己退院しなさい。そして君が希望する治療を受け入れてくれる病院を自分で探して転院したまえ。どこの病院にでも情報提供書は書いてあげるから、よく考えて結論を出すように」

業を煮やした山崎の自己退院の宣告に、京祐は驚いた。それほど切迫した状態なのだ。

「今晩よく考えてから、明日の朝、僕のところに返事を持ってきてくれ」

山崎は京祐の優柔不断な態度がわからないでもなかった。透析の導入という結論は、殆どの腎不全患者が否定的になる。京祐も例外ではないのだ。

病状は尿毒症を誘発し、予断を許さない事態に追い込まれている。抵抗している京祐の背中を強く押すことが、最良の方法であると山崎は考えていた。

「わかりました。腎臓移植は断念しますが、人工透析治療はちょっと……」

「何だって。透析も立派な治療の一つじゃないか。人工透析の技術が多くの腎不全患者の命を救ってきたことを忘れてはいけないよ」

京祐がこれほどまで透析を拒否する理由のひとつに、針刺しに対する異常なまでの恐怖感（尖端恐怖症）があることを誰にも話してはいなかった。

やりきれない気持ちを自分にぶつけることで、京祐の気持ちが少しでも楽になればそれでよい。山崎は話題の矛先を変えた。

「じゃあ、新町君は、今、患者の立場で医者に対して何を期待している」

「……それはやっぱり、病気が治ることです」

「それは、その通りだろうが、医者は神様でもなければ、超能力者でもないんだよ」

「それはわかっています」

むきになって言い張る京祐には残された選択肢はなかった。

「知っていたらそんな言葉は出ないだろう。新町君も医者を目指しているのだから言っておくけれど、医者の手は決して神の手じゃないからね。患者の病気を医者の力で治しているなんて驕り高ぶった考えを持っているなら、間違いだよ」

「………」

「患者の自然治癒力を、ほんの少し手助けするだけが、医者としての仕事だと思っていた方がいいよ。透析のことを言う前に、君自身が君の身体の一部である腎臓を労わることが、一番大切なことじゃないか」

「僕の腎臓には、もうその自然治癒力は残っていないんですよね」

「おそらく……。それだけは間違いない事実だ」

今にも泣き出しそうな京祐の肩を優しくたたきながら山崎は言った。

「そんなにがっかりした顔をしないで、なんでも前向きに考えないと先に進まないよ。早く退院して、卒業したらこの第二内科に入局しろよ、俺が鍛えてやるから」

頷きはしたものの、京祐はもう抵抗する気力は残っていなかった。やりきれない気持ちのまま、とぼとぼと病室に戻った。

ベッドに潜り込んだが、すぐに不安が蘇ってきた。何度も検査のために行われた採血も、死ぬほどの苦痛を感じていた京祐である。

それを、あんなに太い針先で皮膚を引き裂き血管に突き刺す行為には耐えられそうもない……。

これから先、尖端恐怖症に一生曝されるのだと思うと京祐は眠れなかった。何度も何度も寝返りを打ったが、眠りの扉は強固に京祐の前に立ちはだかり、容易に開こうとはしない。

その内に隣の患者のいびきが気になり始めた。

京祐はベッドから起き上がると、そっと病室から脱け出しトイレに駆け込んだ。大部屋の病室ではひとりになりたくても、プライベートな空間を確保するのはきわめて困難である。

京祐の居場所はもうトイレしか残っていなかった。声を押さえ嗚咽を堪えていると、大粒の涙がムーンフェイスの頬を伝って流れて落ちた。

洋便器の上に腰掛けたまま、しばらく時間が過ぎた。

慢性腎不全と闘った結果が無条件降伏なんて認めたくはない。しかし、透析を受け入れなければ、すぐそこに死が待ち構えていることは確かである。

無駄だとわかっていても、両手で腰背部をそっと摩ってみる。身体の外からでは直接腎臓に触れることはできない。その時、右の背中に疼くような鈍い痛みが走った。

腎生検の針の傷痕場所である。嫌な記憶が再び蘇ってくる。撫でまわしていると、少しは痛みが和らぐように思われる。一旦流れ出した涙はもう止めようがなかった。

京祐はただひたすら腰背部を摩り続けた。

第三章
蜘蛛の糸

大学の校門に続く街路樹の桜が満開になった春、新町京祐は東都大学医学部を無事卒業した。

二十四歳から二十六歳の夏まで休学を余儀なくされた二年間の空白に何の意味があったのだろう。あの慢性腎不全の壮絶な闘病生活をいまさら思い返しても仕方のないことであった。医学部の五年生の前期から学生生活への復帰は果たしたものの、六年生に進級するにはさらに一年がかかった。外来透析と医学部の勉学生活の両立は決して楽なものではなかった。腎機能は透析によって人工的に回復しても精神的な負担は重くのしかかったままであった。

嫌な過去は早く忘れること、病気のことは忘れることが唯一京祐に残された、未来を生きることへのチャレンジなのだと自分に言い聞かせ、必死になって遅れた分を取り返そうと勉強した。新たに同級生になった学年では友達ができることはなかった。

二月に二十九歳になったばかりの京祐は、卒業した春には医師国家試験を受験、無事に合格した。プレドニンの副作用であるムーンフェイスは今ではもう見られない。

しかし、透析患者である現実から逃げ出すことはできない。せめて苦労して得た医師の資格をどう生かすべきなのか、進路の選択に悩んでいた。人とのかかわりが苦手な京祐は考えた末、基礎医学である法医学の佐藤教授を訪ねた。

教授室をノックする音とほぼ同時に中から大きな声がした。京祐が恐るおそる戸を開けると奥から佐藤が顔を覗かせた。眼が大きく口髭をたくわえた風貌を見るのは法医学の講義以来である。こんなに近くで見る佐藤は目力だけでなく迫力があった。

「新町です……」

「中に入ってそこの椅子に掛けてくれ」

椅子にかけさせた佐藤は、立ち上がると笑いながら京祐にいきなり乱暴な質問をぶつけた。

「君は死体に興味があるのか？」

「べつに特別そういうわけではありませんが……」

「いや、臨床医を捨てて基礎医学に来るのにはそれなりの覚悟がいるからな……。最初から生身の人間じゃなく死体を好むのは相当の変人だからね」

佐藤は冗談を言いながら腰を下ろしたが、視線は鋭い。

「医師免許は取得しましたが、なにせこんな状態ですから……」

京祐が上着の長袖をまくりシャントの包帯を見せると、佐藤は二度ばかり大きく頷いた。

「透析ならなおさら、臨床医のデューティはきついだろう。基礎教室なら研修医制度がないから身体の負担は比較的楽だよ。将来も法医学教室に残りたいのなら大学院へ進む選択肢も考えてみたら」

佐藤は京祐に大学院の進学を勧める。法医学を専攻する医師は極めて少ないのが現状だが、法医学の研究者としての進路も悪くないと京祐は思った。

京祐の緊張が解けたのを見計らって、佐藤が切り出した。

「遺体と語りあうのも悪くない。法医解剖や行政解剖は奥が深いからね」

「えっ、死体と語りあえるのですか」

京祐は驚いて佐藤の顔をまじまじと見つめなおした。そんな京祐の驚きなどお構いなしに佐藤は続ける。

「そりゃ、実際に死体が口を利くことはないが、傷のつき方や内出血や臓器の状態で何がこの遺体を死に至らしめたのか、他殺はもとよりたとえ自殺であってもかなりのことを死体は訴えてくるものだ」

「そんな死に至った背景がわかるのですか……」

「それは相当の経験を積めばだけど、どんな状態の遺体であっても、まず遺体を好きになることが最初の関門だろう」

「遺体を好きになる……」

佐藤は話し方も豪快だった。圧倒された京祐は自信こそなかったが興味を抱いたのは事実だ。立ち上がると佐藤は小さな冷蔵庫から缶コーヒーを二個取り出し、テーブルに乗せた。ビターの缶コーヒーを佐藤はグビグビと一気に飲み干した。京祐にも勧める。

しかし京祐がコーヒー缶に口を付けると、無理しないようにと手で合図した。

「有り難うございます。前向きに検討しますのでよろしくお願い致します」

京祐は佐藤に話を聞けたことで、法医学教室に興味を持つことができた。立ち上がって深々と頭を下げると教授室を後にした。

付属病院が併設されている広大な敷地の一角に、基礎研究棟があった。法医学教室もその中にあった。エレベータを降り玄関を出たところで、京祐は突然背後から声をかけられ振り向いた。かつての同級生の加藤と水島がそこにいた。

「新町、法医学教室に入局するのだって?」

突然の加藤の問いかけに京祐は焦った。まだ誰にも進路のことは話していなかったはずだ。

「いやあ、まだ決めてはいないよ……」

慌てて否定したものの、誰から聞いたのか京祐は不愉快だった。そんな京祐の表情など加藤は気にしていない。

「博士号の学位を考えれば、遅れた分、基礎の大学院なら取り返せるからな」

悪気はないにせよ京祐にはショックだった。さらに側にいる水島が追い打ちをかけた。

「新町君には臨床医よりも基礎医学が合うかもね。透析のこともあるから、自分の身体のことをいちばん大切にしなければ……」

まだ主治医のような言い方に京祐は苦笑いで取り繕った。仲の良い二人にも嫉妬しているのが情けなかった。

「まだ迷っていてやはり臨床医にも挑戦したいんだけどね……」

考えとは逆の言葉がついて出た。

「そうね。やはり決めるのは新町君自身だから」

かつて入院中に同じようなことを言われたことを思いだした。加藤が水島に急ぐように目配せする。二人は肩を並べるようにして隣接している臨床研究棟に向かって急ぎ足で歩いて行った。合同カンファレンスでもあるのだろう。

この出会いがきっかけとなって、京祐は大きく方向転換の舵を切った。たんに臨床医に対する憧れではない。いつの間にか意地だけが京祐を支配していた。いばらの道が楽でないことは承知している。しかし、京祐には新たに大きな目標ができた。それは腎臓移植によって得られる透析からの解放である。そうすればあの針地獄からも逃れることが出来る。

悩みぬいたあげく、あれほど嫌っていた第二内科への入局を選択した。

第二内科は、循環器内科が主体であるが、心臓血管班、内分泌班、神経・膠原病班、そして京祐を診断治療した腎臓班があった。

京祐が陥った腎臓病と同じ立場の腎不全患者に対して、病める側から、診る側への転換は、ある意味では鏡に映っているもう一人の自分を見つめることでもある。白衣を着ているとはいえ、透析患者である実像を否定して、虚像として捉えようとしているのかもしれない。いずれにしても腎臓移植の現場にいればかなりの情報が得られるはずだ。腎移植のチャンスも生まれるかもしれない。白衣を着ても透析患者であることには変わらない。体力的に無理を押して研修医を選択した京祐の心の中では、期待と不安が常に同居していた。

医師が透析患者であることを恥じる必要性などまったくない。理屈ではわかっていても、何故か素直に受け入れられなかった。

透析患者である京祐を第二内科の研修医として受け入れることには、医局側に於いても反対意見がなかったわけではない。過酷な研修医としてのトレーニングについていけるのかどうか、透析患者としての体力面も問題になったが、結局は、伊藤教授の最終判断に委ねられた。

定例医局会で新町京祐は診察を受けた伊藤教授に紹介された。

「透析患者である新町君が、この第二内科に入院したことは、みんなも知ってのとおりだが、長期の闘病生活の結果人工透析を受け入れ、医学部に戻って頑張ったからこそ、この度の医師国家試験に見事合格した」

京祐は立ったまま、ぺこりと頭を下げた。

「腎不全を克服した患者としてではなく、この度はひとりの医師として社会に送り出すことになった。研修医としても、透析患者としてのフォローも、これからうちの医局で面倒を見てあげなさい」

この伊藤教授の一言で、新町京祐だけのための特別な研修カリキュラムが組まれることになった。第二内科としては特別の処遇である。病棟医長の山崎の応援も、京祐にとって有利に働いたことは言うまでもない。

東都大学医学部の関連病院である立川市立中央総合病院が京祐の研修病院に決まった。

それも最初は透析を考慮して、週に二日、月曜と木曜日だけの特別研修である。残りの二日間は現在と同様に、火曜日と金曜日は外来透析の時間に空けておかなければならない……。それでも京祐は臨床医としてスタートできることに満足していた。大学病院以外での研修を希望した京祐のわがままが通った以上、そこでどんなに厳しい現実が待っていても、もう弱音を吐くわけにはいかない。

通勤列車の発車を知らせる駅メロがプラットホームに流れ始めると、乗客はまるで追い立てられるように乗車口に殺到する。その流れの中のひとりに新町京祐がいた。

京祐は池袋駅から新宿駅で中央線に乗り換える。駆け込み乗車を注意する放送の中、急ぎ足でオレンジ色の中央特快に乗り込んだ。

立川駅に向かう下り線は、上り線と違って通勤列車にしては比較的スペースに余裕があった。息を整え、近くの吊革につかまった。

暦も五月の二週目に入ると沿道の樹木が若葉をまとい、中央線沿線に彩りを添えてくれる。やわらかい朝の陽差しが車窓を照らし、久しぶりに心が開放されたようで嬉しかった。ふと前の座席の窓を見上げると、窓枠の外側に一匹の小さな蜘蛛が、自ら吐き出した糸に頼って降りてきている。

しかし、その小さな蜘蛛が、中野駅を出発すると激走する電車の風圧にさらされ、銀色の命綱が大きく振り子のように揺れだした。次の停車駅まで耐えられるだろうか。しかし糸が引きちぎられても、線路のくぼみにでも潜り込めるかもしれない。そう思っていたが、蜘蛛の消息は次の高円寺駅で途絶えた。風圧に吹き飛ばされたとしても、きっと沿線の樹木に救われたに違いない。京祐はそう願った。

目的地である立川駅までは、長いようで短かった。


いよいよ二週目の月曜日から研修医としての第一歩が始まるのだ。京祐は周囲に気づかれないように、小さく声を出して自分自身にエールを送りホームに降り立った。

立川駅の自動改札を一歩出ると、まるでデパートの中に入ったような雰囲気に包まれた。再び人の波に押し戻されそうになりながら、地図のメモ用紙をポケットから取り出す。階段を下りると目の前に立川市立中央総合病院の看板が視界に入ってきた。駅前のロータリーをぬけて大通り沿いに在る大きな白いコンクリートの建物なので、すぐにわかった。

入院中には病院が大嫌いであった京祐の足取りが少し軽いのも、国家試験に合格した医師としての立場がそうさせている。

立川市立中央総合病院の待合室は、すでに外来患者や付き添ってきた家族で混み合っていた。

正面に外来診察の受付カウンターがある。十数人の患者が並んでいたが、その横をすり抜けカウンターの前に立った。

「あのう、おはようございます……。東都大学病院、第二内科から来ました新町ですが……」

大学病院から来た内科医であることを強調したにもかかわらず、混雑した受付では誰も京祐の存在にすら気づいてくれない。

「すみません」

もう一度大声で叫んでみた。

レセコン（レセプトコンピュータ）に向かっていた女子職員が、その声に驚いたように顔を上げた。

その時、事務室の奥の方から男性の声がした。

「あっ、新町先生ですか」

立ち上がって受付のカウンターに駆け寄ってきた。毛髪は退行しているが広がった額は貫録さえ窺わせる。五十代後半だろうか、かっぷくの良い体形が事務長らしかった。

「初めまして、東都大学病院、第二内科から来ました新町です」

近くに具合の悪そうな外来患者が立っていることに気づき、慌てて小さな声で言い直す。

「おはようございます、私は事務長の田村です。第二内科の伊藤教授には大変お世話になっておりまして、この度も先生のことは山崎先生からも直接ご連絡頂いております。さっそく院長室へ案内しますから、どうぞ」

受付カウンターから長椅子が並ぶフロアーに出てきた田村は、笑顔で挨拶しながら、もう急ぎ足で歩き始めていた。

驚いたことにエレベーターは使わず、階段を駆け上がる。

「先生、病院職員はできるだけエレベーターは使わないようにしておるのです」

階段を使うようにと自ら示す事務長の意図は患者の搬送を優先するからだろうか、だが初めて先生と呼ばれたことに京祐は満足していた。

三階まで一気に駆け上がろうとする田村の足についていくのは、京祐の体力では辛かった。透析患者は必ずといってよいほど腎性貧血を伴っている。事務長よりずっと若いはずなのに息切れがした。初日から階段ぐらいで弱音を吐くわけにもいかず、京祐は息を切らしながらやっとのことで三階の院長室の前にたどり着いた。

田村が院長室と表札のあるドアーをノックする。

「院長先生、新町先生がお見えになりました」

先生と呼ばれるたびにどきりとする……。呼吸を整え、京祐は中に入った。

「じゃあ、私はこれで」

役目を果たした田村は院長室には入らずに、会釈すると廊下から階段の方へ駆け足で戻って行った。

田村事務長は自分が透析患者であることを知っているのだろうか？　不安が京祐の脳裏をよぎった。

「新町京祐です」

院長室に案内された京祐は立ったまま深々と頭を下げた。

院長とは、まったく面識がないわけではなかった。

東都大学医学部の小児科の名誉教授でもある国友は、退官直前に何回か講義を受けたことがある。しかし、直接面と向かって話すのは今日が初めてであった。

京祐の心拍数は緊張からか極端に上がっている。国友はゆっくりとした口調で話しながら京祐を応接室のソファーに掛けさせた。

「伊藤先生から新町君のことは連絡いただいています。まずは国家試験合格おめでとう。これからは医師として、思う存分研修に励んで下さい」

京祐は再び立ち上がって頭を下げた。

「有難うございます……。あの、伊藤教授から、紹介状を頂いてまいりました」

「どうぞ、そこにかけて下さい」

「はい、これをお願いします」

さっそく、京祐が伊藤から預かってきた紹介状を内ポケットから取り出し手渡す。白髪の国友は封を切りながら、穏やかな口調で話し始めた。

「在学中に腎臓の病気になって大変だったね。その病気を克服して医師になったのだから、たいしたものです。よく頑張りましたね」

「はい……」

今も透析患者であって病気を克服したわけじゃない。返事はしたものの、京祐の関心は伊藤教授からの紹介状の中身であった。果たして、希望どおりに透析患者であるという秘密は守られるのだろうか？　京祐は落ち着かなかった。

国友は紹介状の文面を読み終えると、小さく頷きながら丁寧に紹介状を元の封筒にしまい込んだ。ノックの音とともに中の扉が開いて、院長秘書らしき女性がコーヒーを運んできた。

「田所先生を、ここへ呼び出してくれないか」

国友は静かな口調で秘書に告げた。

「はい、承知致しました」

「田所君は第二内科の先輩でもあるし、この病院の内科の病棟医長で、君のことは前もってよく話しておいたから安心しなさい」

「はい。よろしくお願い致します」

思わずソファーからずり落ちそうになりながら京祐は頭を下げた。

「張り切りすぎて、自分の身体を壊さないようにね」

その様子を見た国友は笑いながら、京祐の身体をいたわるかのように、手でそのままの姿勢で座っているように合図した。

「はい……。実は、国家試験に合格したといっても、すべてが初めての経験ですから、本当に僕に出来るのかどうか、不安の方が強いのが正直な気持ちです」

「大丈夫だよ、君の面倒を見てくれる田所先生は、なかなか骨のあるドクターだから。まず、彼に特別な研修スケジュールを作ってもらってから、焦らずゆっくりと医療の勉強を始めなさい」

「はい、わかりました。どうぞよろしくお願いします」

「医者とはね、内科の臨床医であればなおさら、病気を診断することが目的ではなく病人である患者の痛みをとってあげる。つまり癒してあげることが大事な仕事なのですよ」

京祐はコーヒーカップに少しだけ口をつけた。それを見た国友は自分の前に置かれているコーヒーカップを脇に押しやった。

「ああ、コーヒーは無理しなくていいですから」

「すみません……」

京祐は手に持っていたカップをテーブルに戻した。透析患者はコーヒーといえど水分摂取には気を付けなくてはならない。緊張している京祐はなかなか次の言葉がスムーズに出てこない。しばらくしてから京祐はやっと口を開いた。

「僕も腎不全で長期入院を経験してみて、初めて患者の気持ちがわかりました。今でも半分は患者ですけれど……」

その声のトーンで、国友は京祐が透析患者であることを極端に気にしていることがわかった。

「それは大変貴重な経験をしたのですから、ぜひ、それを仕事に生かして下さい。患者の痛みには身体的なものばかりじゃなく、精神的な苦痛もありますからね」

「精神的なものも、ですか?」

「そう、いつも白衣を着ていて医者の立場でいると、患者の気持ちが見えなくなることがありますから」

国友の言葉に、患者でもある京祐は納得したかのように大きく頷いた。

「それから、もう一つ約束して欲しいことは、決して自分の身体を犠牲にしてまで仕事をし過ぎないように。無理はいけませんよ。君自身に一番必要なことは、透析の自己管理ですからね、気をつけなさい。そういえば、伊藤先生からの紹介状にも書いてありましたが、透析患者であることをどうしてそんなに気にするのですか」

国友の核心に触れる質問に京祐は言葉につまった。

「うまく説明できないんですが、透析患者であることを誰にも知られたくないんです」

国友は京祐の訴えを黙って聞いていた。

「医師として患者さんに接するときに、自分が腎不全に陥った透析患者であることに同情されたくないからです」

京祐が臨床医を選択するにあたってそのことがいちばん気になっていたからだ。

「そうですか、透析患者であることは、決して恥でもなんでもありませんよ。むしろ、医師として患者に対するときに、常に健常者として優位に立っているというような錯覚は持つべきではないでしょう」

国友の言葉の中にはやや非難めいた抑揚が含まれている。京祐は自分の考え方が、違った解釈で理解されることを恐れた。

「僕は、透析患者ですから、患者の気持ちの方がよくわかります。医師になれたからといって優位な立場になれたとは思っていませんが……」

「そう、それならいいですが、とにかく自分自身の健康管理には気をつけて下さい。自分の健康管理も出来ない人が、患者さんの病気なんかとても診られませんからね」

ひときわ大きなノックの音とともに、聴診器を白衣のポケットにねじ込むようにしながら背の高い精悍な顔つきの医師が院長室に入ってきた。一目でそれが田所だと京祐にはわかった。

「失礼します」

京祐は現れただけで田所のエネルギッシュな存在感に少し圧倒された。

「やあ、田所先生、忙しいのに呼び出して悪いね。彼が伊藤教授から紹介された新町君だ」

「初めまして、新町京祐です。よろしくお願いします」

京祐は慌てて立ち上がって頭を下げた。

「田所です。最初から飛ばし過ぎないように、といっても研修医の仕事はハードだから大変だけれど、ここに配属されたからには、しっかり頑張ってくれ」

国友は田所に新町を紹介すると温和な表情に戻った。

「田所先生、後は任せます。川西部長には午後の外来が終わってからでも、先生から紹介してあげて下さい」

「わかりました」

その国友の言葉も終わらないうちに田所は立ち上がった。

「じゃあ、まず、最初に医局に案内するから行こう」

京祐は国友院長に再び深々と頭を下げると、田所の後に続いて院長室を出た。同じ階の廊下の奥に医局室があった。

田所は駆け足で廊下を歩いた。どうしてこの病院の職員はみな忙しそうに駆け足で走るのか、京祐にはその理由がわからない。

医局室の前まで行くと田所はノックもしないでドアーを開けた。

「この時間は誰もいないよ……。さあ、中に入って。ここは内科だけじゃなく外科も整形も産婦人科もいっしょだ。みんなの休憩室兼コミュニケーションルーム、また娯楽室兼研究室。さらには時に簡易当直室にもなる、何でもありの部屋なんだ」

京祐は、恐るおそる部屋の中を見渡してみた。長椅子の端には毛布がくるくると巻かれて無造作に置いてあった。誰かが、朝方までここで寝ていたのだろうか。マージャンの台もある。碁盤、ゴルフのパターマットなど……。一カ月の篭城が出来そうなくらい大きな冷蔵庫、ちょっと古いが大型のテレビ、机の上にはドキッとするような外国のヌード雑誌。

ハードな仕事をこなすためには、どれもこれも、この病院の医局員にとって必要な宝物なのだろう。京祐は目を丸くした。

「どうした。なんだかびっくりしているようだけれど、みんなが帰ってきたら、もっと驚くよ」

「そんなに大変なのですか」

「二十四時間、休憩時間なんて、病院にはあってないようなものだからね。スケジュール通りに動ける大学病院の方が何かにつけて、ずっと気楽だよ」

関連病院での研修の方が、何かと自由が利いて仕事も楽だと考えていた京祐は、次第に不安になってきた。

「いいかい、この医局では何をしても自由だが、暗黙の了解というか、守るべき三つのルールがあるんだ」

「それは何でしょうか」

「君はタバコを吸うの？」

「いえ、吸いません」

「じゃあ、いいけれど、席を立つ時、タバコの火の始末には必ず責任を持つこと。二番目に他人の持ち物や書類には絶対に触らないこと、そして三番目はこの部屋には女を連れ込まないこと」

田所は三本の指を立てて強調した。

「はい……。わかりました」

「スタッフには女医さんもいるけれど、こりゃ別だ。といっても女医さんを連れ込んでもいいってことじゃないよ」

「医局は一緒なのですか？」

「いや、女医の休憩室と女医当直室は別になっているから心配ないよ。そうだな、ここへは女医は滅多に入ってこないけれど、中には一緒に朝までマージャンをやる豪傑もいるからね」

田所は笑いながら、雑然としている机のひとつを指差した。

「そうそう、ここが非常勤内科医用の机なのだけれど、ちょっと隣の机の資料が侵出しているので狭くなっているが……」

田所は隣の机からはみ出している山積みの資料や雑誌を隣の机に押し戻した。

スチールの机に二段になった本棚が設置されているが、どの机の上もお世辞にも整頓されているとは言えない。文献のコピーや研究資料、医学雑誌が無造作に置いてあり、今にも机からこぼれ落ちそうである。

「まあこんな汚いところでも結構住めば都、そのうち慣れるよ。驚いただろうが、そこのソファーにでも座ってくれ」

急に真顔になった田所は、黒い革張りの大きな長椅子を指差した。

「新町の研修日は確か月曜と木曜の二日間だったね。透析日は？」

「火曜と金曜の二回です」

田所は少し驚いたようだったが、週に二回での透析についてはそれ以上に何も聞かなかった。

「ところで先ほど、院長から言われたが、君は自分が透析患者であることを隠したままで、この病院で医師として働くことを希望しているようだが……」

「はい」

京祐は小さく頷いた。

「どうしてだ」

田所の言葉の勢いに押され、京祐は返答に困った。答え方によっては研修医として受けてもらえない可能性があった。京祐は言葉を選ぼうとしたが、適切な返事が思いつかない。無言の京祐に田所は語気を強めた。

「透析患者であることを知られたくないという、君の気持ちはわからないでもないが、医師や看護師、それに事務職員だって君を見ていれば透析患者ってすぐにばれるだろう。それに医師としての過酷な仕事をしながら、透析患者としての食事制限や水分制限を続けるのは大変だよ」

「……………」

京祐は黙ったまま返事をしなかった。

田所の視線は京祐の左腕の手首に巻かれた白い包帯をとらえた。

「シャント（血液透析に必要な動静脈吻合部）の痕は、この季節なら、長袖でごまかすとしても、夏になったらどうするつもりだ？　同僚や看護師には、シャントの部分を隠せないだろう」

「そうかもしれませんが……」

京祐の声に元気はなかった。

「それに君だけ当直もない特別の研修プログラムだから、看護師だけでなく、医療従事者ならすぐに気付く」

「……」

京祐の無言の反応に田所は苦笑いした。

「まっ、いいか、その時はその時だ。とにかく頑張れよ、頑張るしかないだろう。今現在、君の透析のことを知っているのは、国友院長と川西部長と俺、それに田村事務長の四人だけだ」

「わがまま言ってすみません。有難うございます」

「しかし、聞かれたら、俺は、嘘はつかないよ」

田所は念を押した。

「さっそく、君のために用意した、研修医の特別メニューを見てくれ」

田所はポケットから折りたたんだスケジュール表を取り出した。

「週に二回の透析で大丈夫なら、時間的にも体力的にも少しは楽かもしれんな。自己管理は君自身に任せるぞ」

「はい。何とか頑張ります」

「そうか、そこまで覚悟が出来ているのなら、君の医師としての部分を大いに鍛えてやろう」

「よろしく、お願いします」

単刀直入な田所の態度に京祐は安堵した。

長椅子から腰を上げかけた京祐は、医局の天井を指差して大声を上げた。

「あれっ」

「急に、どうした」

「見て下さい。天井から大きな蜘蛛がぶら下がっていますよ」

「蜘蛛ぐらいいるよ、ここは立川市で樹木も多いからな」

「今日、蜘蛛を見るのは、二回目なんです」

「君は変わっているね。そんなに蜘蛛が珍しいのか」

「そうじゃないですが……。田所先生は芥川龍之介の『蜘蛛の糸』をご存知でしょう」

「ああ知っているよ。それがどうした」

真面目な顔をして医療とは無関係な、的外れな質問をしている京祐の顔を田所はまじまじと見た。

腰を下ろし座りなおした京祐はまだ蜘蛛に拘《こだわ》っているようだ。

「それについて、ひとつ質問してもいいですか」

「君は研修医じゃなくて文学青年か？　で、なんだ」

「僕は不思議でしょうがないのですが……。あの話の中で、偶然道端で出遭った蜘蛛を、その場で踏み潰さずに助けたことぐらいで、なぜ釈迦は大泥棒のカンダタを地獄から助けようとしたのでしょう。それに本当に地獄から助け出したいのなら、助けてやればよいものを、なぜ、あのようにして蜘蛛の糸で試したのか、僕はそのことが理解できないんです」

　田所は苦笑いしたものの、嫌がらずに京祐の疑問につき合うことにした。京祐の考え方が知りたかったからだ。

「別に、カンダタかなんか知らんが、わざと大泥棒を試そうとしたわけじゃないだろう。それに釈迦はカンダタがとくべつ慈悲深い心の持ち主だとは思っていないはずだよ……。現に彼は地獄にいるぐらいだからな」

　京祐はむきになって反論した。

「それなら、無数の罪人が同じ蜘蛛の糸を頼って這い上がってくるのを見て、カンダタなら他人を蹴落としてでも自分だけが助かりたいと願うのは当然じゃないですか。人間の煩悩をすべて見通しているはずの釈迦がなぜ、ここで気まぐれにカンダタを試そうとしたのか、僕にはどうしても納得できないんです」

　それを聞いた田所は声を上げて笑い出した。ふくれっ面の京祐にはお構いなしだ。

「それは違う。釈迦が問うているのは、地獄を経験したカンダタがそんな環境の中でも、まだ慈悲の心を失っていないかどうか。失っていないなら地獄から蜘蛛の糸によって極楽浄土に導いてやろうと考えたわけで、決して気まぐれじゃないと思うよ」

「そうでしょうか……」

　京祐は首を傾けた。

「カンダタの方が蜘蛛の糸の本当の意味を理解して、ただ振り返らず、一心に登っていけばよかったのに、地獄から這い上がろうとする大勢の人の重みで糸が切れるのを恐れ、追い払おうとした心根が極楽浄土への道を閉ざしたのだろう」

　まだ納得がいかない表情の京祐に、透析に対する異常なまでの拘りがわかるような気がした。かまわず田所は続けた。

「君は自分のことを蜘蛛の糸にすがるカンダタと重ね合わせているのか」

「そうじゃありませんが……。すみません、よけいな話をしてしまって」

「いや、いや、それは決してよけいなことじゃないさ。蜘蛛の問題はこれぐらいでもいいが、これから医師としてたくさんの患者の死と接することになるんだ。死に対しても哲学的な宗教概念は勉強しておいた方がいいから」

「宗教ですか……」

「患者はそれぞれ人間の死に対する哲学的観念というか、死生観や考え方が異なるから、迫り来る死の恐怖を取り除く努力はしても、患者が持つ宗教観にまで立ち入らないのが医師としての大原則だからね」

京祐は、ますます不安顔になってきた。

「いいかい、君が蜘蛛の糸を患者に差し出すことはできないからね。医師は釈迦にはなれない。これだけは絶対忘れないでくれよ」

「はい……」

「病人が死と向き合う時、地獄の苦しみから患者は時として宗教に助けを求めるようになる……。必要でないとはいわないまでも、場合によってはそれが治療に逆行する行為もある。どう大変かは、君がこれから経験すれば徐々にわかってくるよ」

「こんな話を持ち出してすみませんでした。これからよろしくお願いします」

「じゃあ、さっそく今から内科病棟へ行こう。みんなに紹介するよ」

天井からの蜘蛛には目もくれず田所は立ち上がった。京祐も慌てて立ち上がると医局を後にした。


立川駅から中央線での帰りの車窓は、下り線で見せた景色とはまったく違った街並みに見えた。夕闇の中で輝く街のネオンが、辺りを一変させているのだ。どの駅もプラットホームは家路につく人であふれている。人波に呑まれ押し込まれてくる人々に、京祐は逆らわず身を任せた。

初めて研修としての立場での出会いが胸を震わせる。透析患者であることを秘密にしておきたい一方では、これからそのことが医師の仕事に対しての障害になりはしないかと、不安がまた頭の中をよぎった。

満員の電車内では三度目の蜘蛛に出会うことはなかった。

朝、パンとチーズと牛乳半分の簡単な朝食を終えると、京祐は大きく赤丸印の付いたカレンダーを見た。

火曜日は京祐にとって人工透析に出かけなければならない日である。腕時計を見ると、すぐに出かけるには少し早かった。

しかし、じっと待っていても落ち着かない。京祐は池袋のマンションの地下駐車場に降りると車に乗り込みエンジンをかけた。車内に閉じこもると湿度の高さが雨季の到来を知らせている。除湿の冷風が小さな空間を循環して気持ちよかった。

透析患者の一人住まいには、京都で病院を開業している父も猛反対であった。だが、母を大腸がんで亡くしてから、実家に戻る回数は、めっきり減って足は遠のいていた。京祐にとっては、誰にも気を使わない気楽さが欲しかった。

車を発進させ明治通りに差し掛かったとき、何だか空模様が怪しくなってきた。フロントガラスにポツリ、ポツリと雨滴が落ちてくる。

五月中旬の空は気まぐれなのだ。京祐がラジオのスイッチを入れると、九州地方はすでに梅雨の季節に入ったようだ。

水滴が、しだいに激しくなってきた。ワイパーがメトロノームのように規則正しくフロントグラスの雨滴を押しのける。

目白通りに差しかかった。交差点を左に曲がると、そこには東都大学医学部付属病院が見えるはずなのに、今日は、京祐はハンドルを右に切らなくてはならない。信号を右に曲がりしばらく走ると、豊島中央透析センターの看板が目に飛びこんできた。時計はすでに八時半を少し回っている。京祐は車を病院の駐車場に入れると、高ぶった気持ちを少し落ち着かせてからセンターの入口に向かった。

人工透析とは、腎機能不全に陥った患者にダイヤライザー（透析器）を用いて血液を浄化させ、尿毒症への進行を防ぐもので、腎臓の働きの代わりをさせるため、別名、人工腎臓とも言われている。

このダイヤライザーには血液と透析液の接触する形式によって、現在では大別して次の、コイル型、積層型、毛細管型の三種類がある。京祐が通っている豊島中央透析センターでは、毛細管型を使用していた。

この人工透析装置の仕組みを簡単に説明すると、セルロースアセテート、カプロファン製の中空糸を一万本以上束にしたものをシャントでつくられた血管から血液を通して挿入する。一本の中空糸の内径は２２０～１２５ミクロンという非常に細いもので、中空糸の中を血液が通り、その外側を血液とは逆方向に透析液を流して、時間をかけ身体に不必要になった不純物を取り除くのである。


「おはようございます」

本日の人工透析を予定している透析患者が時間通りに集まってきた。

京祐はロッカールームで、持参してきたパジャマに着替えると、朝の挨拶を交わしながらそっと体重計に乗った。これは透析前の体重を測定することによって、あらかじめ決めておいた目標体重との差を一つの目安として透析を行って水分を除去するのである。今日は目標体重に対して、プラス0・8キログラムであった。

京祐は体重測定を終えると、自分の名札のかけてあるベッドを探し当て潜り込んだ。これから始まる穿刺を考えると緊張が走り身体を硬くさせた。

真っ白なシーツに包まれた透析病院のベッドは冷たい。血液が漏れ出た時のために、すぐ真下にはビニールシートが敷かれているからである。

「新町さん、おはようございます」

透析センターの看護師によって、京祐の左前腕の白い包帯が解かれると、そこにはシャント部位が露わになった。

　穿刺の準備ができるのを待つ間、そっと右手の人差し指でシャント部位を触れてみる。皮膚のすぐ下を、血液が「ゴー、ゴー」と音を立てて流れているのが伝わってくる。京祐はこのぶよぶよした血管の異常なふくらみが、たまらなく嫌で恐ろしかった。

　担当の透析医の大島が近づいてきた。いよいよ今日の透析が始まるのだ。

「新町さん、大丈夫ですか。じゃあ、今から始めます」

　京祐は針先から顔を背け、目を硬く閉じ息を殺した。

　次の瞬間、皮膚を引き裂く針の痛みが、左手を突き上げる。無意識のうちに奥歯を噛み締めていた。

「はい終わりましたから、力を抜いて下さい」

　ベテランの大島によって手際よく、16ゲージという途轍もなく太い注射針が、京祐の前腕の動脈側に穿刺固定された。

　ホッとするまでもなく、今度は透析後に血液を戻すのに必要な血管を確保するため、もう一本の太い注射針が、同じ前腕の静脈側に固定される。

　血液を循環させるために用意された小さなロータリーは、静かに回転し始め、それまで白かったダイヤライザーは京祐の血液で見る見るうちに真っ赤に染まっていった。

透析を開始するまでの時間は、長くても十分ぐらいだが、なんとも形容しがたい不安に襲われる。ストローのように太い注射針を二個所も刺される苦痛は、まさに生きていればこその痛みの実感である。しかし、京祐は針先を見るだけで震えが止まらなかった。

透析が開始されると同時に、血液透析経過記録紙に血圧、脈拍、限外濾過圧、ポンプ速度、血液量、そして透析液の流量と温度等が、次々と記入されてゆく。

京祐の透析に必要な初回のヘパリン量（抗凝固剤）は30ミリグラムである。これは透析中の血液が、ダイヤライザーの中で固まってしまわないように、凝固を防ぐために不可欠なものであった。

この広い透析室には、十二のベッドが用意されているが、今日もすべてのベッドが外来の予約患者で埋まっていた。

透析が終わるまでの四、五時間の患者の過ごし方はまちまちである。

読書している患者、いびきをかいて眠っている患者、小声で隣と世間話をしている患者、好きな音楽をイヤホンで聴いている患者、気分が悪くなりビニール袋を抱え込むようにして嘔吐している患者など……。

それぞれ、時間の過ごし方は違っていても、この透析を行わなければ、明日はやってこないという現実だけは共有していた。

しかし、不思議なことに、そんな重苦しい雰囲気は、患者たちの表情を見る限りまったくと言っていいほど伝わってこない。

粛々と透析が進められて行く。時には笑い声さえも聞こえてくる。透析のスタッフはみんな親切でやけに明るいのだ。努めて明るく振る舞っているのであろう。対する患者側も、愚痴をこぼすこともなく笑顔さえ見られた。新参者の京祐にとって、その光景は不気味にさえ感じられた。

たくさんの透析器のロータリーが、無機質な音を立てて回っている。共鳴音を消すためにも耳を塞ぐイヤホンでのＣＤ音楽が必要なのかもしれない。

落ちついた平穏な時が流れた。

突然、京祐は目の前が真っ暗になり気分が悪くなった。

右手でベッドの柵に巻き付けてある緊急ブザーを押すのが精一杯である。次第に意識が遠のいているのが自分でもわかった。

「どうしたのですか」

そんな京祐の急変に、透析を監視していた看護師が駆けつけてきた。京祐の顔色を覗き込む。

「ちょっと、気分が……」

「先生、お願いします」

看護師が振り向きざまに担当医の大島を呼ぶ。

すぐさま京祐の右腕のマンシェットを巻き直し、血圧が測定される。

「血圧が少し下がっています、触診で上が９０です」

「補液を１５０追加してくれ」

大島と看護師のやりとりが、微かに京祐の耳元で聞こえた。

直ちに新しい点滴が用意され、側管から落とされた。

「気分はどうですか」

しばらくして京祐の意識状態を確認するかのように大島が尋ねた。

「あっ、あ、大丈夫です……」

意識混濁から抜け出し、大島の顔の輪郭もぼんやり見えてきた。

「１２０の７６に血圧が改善しました」

看護師の声に大島は軽く頷き、京祐の胸にすばやく聴診器を当てた。

「呼吸音も心音もしっかりしていますから、もう、大丈夫ですよ。引きが強くて、急に血圧が下がったようですね」

「ええ、やっと気分が落ち着いて、吐き気もなくなってきました」

京祐は右手を伸ばし、冷や汗を乾いたタオルで拭った。

「それはよかった」

なるほど、低血圧によるショック状態からの回復と共に、吐き気も急速に治まったようだ。

京祐の回復を見届けた大島が、京祐のベッドから離れていった。

急にのどの渇きを覚えた京祐は、担当の看護師に訴えた。

「すみません、コップを取って下さい」

「これですか」

「はい、少し氷を入れた冷たい水を頂けませんか」

持参してきたコップに、冷たい氷と水が注ぎ込まれる。

その水を少量ずつ、口に含みながらご馳走を味わうようにして流し込む。小さな氷の塊を口に含んだ。乾ききった口の中が冷やされて心地よかった。ゆっくりと氷が溶けるのを楽しむ……。

もっと思い切り、何の制限もなくごくごくと大量の水を飲んでみたかった。

しかし、ここでも厳しい透析患者であることを認識しなければならない。

理由はわからなかったが、今日に限って時間の経過が恐ろしく遅く感じられた。眠ることもできず時間をもてあます。焦ればまた低血圧が襲ってくる不安があった。

やっと透析の義務から解き放たれ終了の時を迎えた。透析によってクリアランスされた血液は元の身体に回収され、今日の透析は無事終了した。

患者たちは次々と穿刺されていた針が取り除かれ、止血のためのパッドが固定される。無意識に左手をかばいながら、ゆっくりベッドから降りると、京祐は体重計に乗った。

結果はマイナス1・2キログラムで、経過としては上々である。

京祐は着替えるために恐るおそるロッカールームに向かった。

外来透析の生活リズムに慣れない京祐は、すぐさま自宅に帰ることにした。帰り路は雨も上がり、この季節の東京ではめずらしく雲の切れ間に青空が見えた。

第四章
予期せぬ出来事

八月になると、夏休みの子供たちが、日焼けした顔をして元気に電車に乗り込んでくる。しかし、透析患者の京祐にとっては、夏休みやお盆の休みもなかった。立川市立中央総合病院勤務の研修医としては、やっと軌道に乗りかけてきたところだ。処方箋に書かれている薬の名前もようやく覚え、病棟中心の研修医の仕事にも少し慣れてきた。最近では病院に行く朝の緊張感が幾分和らいでいた。

今週は川西部長が学会出張のため、病棟医である京祐も田所の指示で、急遽、午前中の内科の外来診療を手伝うことになった。常勤の内科医、高森も学会発表の理由で出張休暇が出されていた。

むろん研修医としては経験不足であり、病院の外来診療は担当しないのが原則であったが、外来の夏風邪を引いた患者がやたら多くて、そんなことはいってられない状態になったからである。

「なるべく初診での新患は俺が診るから、慢性疾患の再来患者の方を頼むよ」

京祐は緊張した面持ちで田所の言葉を聞いていた。

「いずれは外来患者も受け持つのだから、勉強だと思って真摯に対応すればいいんだ」

「僕にも出来るでしょうか」

そう言いながらも、京祐は内心では外来診療に参加出来ることが嬉しかった。白衣の袖を少しまくりながら、何か一人前の医者になった気分だ。

「新町君が診た患者は、後でカルテを検証するからね。まあ、外来師長に話しておいたから、難しそうな再来患者は診なくてもいいようにするよ」

「はい、よろしくお願いします」

「いつも来ているお年寄りの高血圧患者の場合は、特に問題がなければ、とにかく血圧を測って、ドゥー（同じ定時処方）で、四週間の薬を処方しておいてくれ。しかし何か変わったことがあるようなら、まず患者の話を聞くことが大切だからな」

「はい、わかりました」

不安そうな京祐の表情に田所は笑いながら答えた。

「大丈夫だよ。たいていの症状に対する約束処方は机の上のファイルに挟んであるからね、覚えていなければ見て見ないような素振りで書き写せばいい……。だが、あんまり露骨に見ながら書いていると、この先生は新米で薬の名前も知らない医者だと思われるからね。堂々とした態度で診察をしていてくれよ。ひとり一人が勉強だから……。でも何か困ったことが起きたら俺は隣の診察室にいるから、遠慮なく看護師に言って相談してくれ。カルテをまわしてもいいよ」

「じゃあ、安心ですね」

京祐に対する気遣いは、まるで初めて舞台を踏む役者のようである。医局を出た田所に京祐も続く。いつものように足早に外来に向かうと、そこにはすでに多くの患者が診察の開始を待っていた。待合室のソファーには座りきれず立っている患者もいる。

その中で何人かの患者が田所の顔を見つけて声をかけてきた。田所には立ち止まってゆっくり挨拶を交わしている余裕はなく会釈だけで通り過ぎる。

武者震いする気持ちをおさえながら京祐は、田所の後から駆け込むようにして診察室のドアーを開けた。真っ先に外来師長の守田が駆け寄ってきた。

「おはようございます」

「今日は、新町先生にも外来を手伝ってもらうからよろしく頼むよ」

田所がテキパキと指示する。

「はい、新町先生は何番の診察室を使われますか」

さっそく守田が田所に尋ねた。

「俺はいつもの第二診察室でいいから、新町先生は隣の第三診察室で診てもらってよ。それにしても、夏だというのに風邪を引いている人が多いね」

「今年の夏は特に猛暑で、汗をかいたままクーラーの中で寝るからでしょう。待合室は風邪の患者で咳だらけですよ。それに熱中症の脱水で救急搬送されるお年寄りも多いですから」

「それは大変だ。じゃあ、さっそく始めよう。新町先生、宜しく」

肩をポンッと叩かれた京祐は、隣の第三診察室に入り、背もたれのある診察椅子に座った。守田の指示で外来看護師の若い北村が診察室についた。

京祐の初めて経験する外来診療が始まった。

混雑している外来診察の中でも比較的処方のしやすい高血圧患者のカルテをまわしてくれたお蔭で、最初の数名は血圧を測り、何とか従来通りの処方を書き写すことで、無難にやり過ごすことが出来た。京祐はホッと胸を撫で下ろしていた。

その時、一人の新患のカルテが紛れ込んできた。

「あれっ、次は新患だけど、このカルテは田所先生が診なくてもいいんですか」

京祐は不安な気持ちで未記入のカルテをながめた。北村はそんな京祐の仕草など一向に気にする素振りもない。

後ろのカーテンが開き守田が顔をのぞかせた。

「田所先生が、この患者さんは新町先生に診てもらうようにとおっしゃっていましたから、新町先生にお願いします。田所先生も新患でいっぱいですから」

「わかりました」

守田の口調で、それが研修医である京祐のために田所が配慮してくれたものと、すぐに理解できた。

「じゃあ、僕が診ますから……」

高まる緊張感の中、京祐はインタホンのスイッチを押した。

「前川哲也さん、三番にお入り下さい」

名前を呼び、カルテの生年月日を見た京祐は驚いた。

それは、偶然というか、カルテに記入された生年月日が京祐とまったく同じだったのである。そのことを田所が知っていたとは思えない。

「どうかしました?」

何かあったのかと、看護師の北村が前川のカルテを覗き込んだ。

「いやあ、カルテを見て、生年月日がまったく僕と一緒なのでびっくりしたのですよ」

「え~、そうなんですか」

驚いている京祐とは対照的に、怪訝そうな北村の反応は冷ややかだった。

毎日、何百人もの患者さんと接しているから、案外そんなことは病院では珍しくないのかもしれない。

せわしなくドアーを押し開け、診察室に入ってきた男の風貌は、どう見ても同い年とは思えないほど老けて見えた。初めての外来診療をする日に、まるっきり生年月日が同じ患者を診ることになるとは、何か因縁めいた出会いを感じていた京祐は一瞬ボーッとしていたが、すぐに気を取り直して問診を始めた。

「どうしました」

「胃が、時々、痛むんや」

診察する医師が同じ生年月日であることなど知る由もない前川は、眉をひそめ苦しそうに訴えた。

「食事をしていない時、つまり、空腹時では、その痛みはどうですか。強くなりますか」

「そうやなあ……。食べた後の方が痛いかなあ」

関西弁で話す前川は、大阪の北区から東京の立川市に転勤してきて、ちょうど今月で三カ月だと言う。病院が苦手なのか、京祐の診療のぎこちなさが不安なのか、少し落ち着きがなかった。

「転勤や引越しで、ストレス性胃炎になったんですわ」

前川は自己診断を主張する。

「いま何か胃薬は、飲んでいますか?」

「もう、忙しすぎて病院に行く暇もなかったから、近所の薬局で胃薬を買って飲んでたんや……。その時、一緒にビタミン剤やドリンク剤もいっぺんに飲んだから、それで胃が、よけいに悪くなったのと違うやろか」

そう言いながらも着ている服の上から、前川は手のひらで上腹部をさすっている。

「では、ちょっとお腹を出せるようにして、診察台に仰向けになって下さい」

北村の介助を受け、前川は渋々診察台に上がり仰向けになった。

その様子を見届けた京祐はゆっくり立ち上がった。

「はい、両膝を立てて、お腹を出して楽にして下さい」

京祐は未熟さを悟られないように、丁寧に上腹部の触診を開始した。

「便の色は黒いですか」

「黒かったかなあ、いや、黒くはないなあ。いてて……」

上腹部には全体的なディフェンス（抵抗）と共に部分的に圧痛も認めている。京祐は腹部触診のようすをカルテに書き込んだ。たんなるストレス性胃炎だけではなさそうだ。

京祐は、さっそくレントゲンによる胃透視を勧めてみた。

「ええ〜、またバリウム飲むの」

前川は診察台からゆっくり上体を起こすと、急に不服そうな顔つきになった。

「またって、以前にも胃のレントゲン検査を受けましたか」

京祐は前川の胃の状態が、最近になって引き起こされた症状ではないと考えた。

「去年、いや一昨年だったかなあ……。会社の健康診断で、バスの中でまずいバリウムを飲まされたんや」

「それで、そのレントゲンの結果は、どうでしたか」

「その時は、ちょっと胃炎ぐらいで何でもなかった」

「胃透視の結果は本当に、胃炎だけだったんですね」

「何でもなかったと言ってるのに……。ほんとに疑い深い先生やな」

「そうですか、でも、検査から一年以上経っていますから、是非また胃の透視検査をやりましょう。今の状態では胃炎だけでなく、胃潰瘍になっているかもしれませんよ」

嫌がる前川に対し京祐は一歩も引かなかった。

「胃潰瘍でも胃炎でもいいけど、検査はもうええよ。ところで胃薬は出してもらえるの」

「ええ、処方しますが、でも、なるべく早く胃のレントゲンの検査か、さもなければ内視鏡検査を受けて下さい」

前川の顔色が変わった。

「胃カメラなんてまっぴらや。そんなに悪いんか、俺の胃は」

「そうじゃないです。せめて胃の中の検査をしないと、詳しい状態はわかりませんから、もしも、状態が悪化していたらいけないでしょう」

「そうか～、またバリウムを飲むんかいな……」

ひとり言のように呟いている前川に対し、京祐はレントゲン室に電話を入れ、直接胃透視の予約を取った。

胃透視検査の指示に前川が不満を見せたのは、心のどこかに、自分の病気の状態に一抹の不安があったからに違いない。

「先生、こっちに転勤になったばかりなんや……。まさか検査を受けたとたん、入院せなあかんなんて、言わんといてや」

「それは、胃透視の検査結果をみないと、何とも言えませんよ。場合によっては次に、内視鏡検査が必要となるかも」

「だから胃カメラはいややって言ってるやろう」

前川は口を尖らせて抵抗した。

「しかし潰瘍でも見つかれば、すぐに治療しないと、放置して、胃に穴でもあいたらそれこそ大変ですよ」

　ここで安易な妥協をしてしまったら、かえってこの患者のために良くないと京祐は考えていた。脅かすぐらい強く言わないと、この患者は、胃のレントゲン検査も受けない可能性の方が高い。

「せっしょうやなあ、この忙しいときに……」

　前川はぶつぶつと、口ごもりながら聞こえよがしにひとり言を呟いた。

「取りあえず、今の症状に対して抗潰瘍剤の薬を処方しておきますから、今日のところは血液検査をしてお帰り下さい」

「えっ。なんや、血もとるんかいな」

　医療に対する前川の対応は協力的ではなかった。

「貧血や肝機能の状態も調べますから」

「はい、はい、入院以外なら、何でもええよ」

　ふてくされた態度で、前川は何度も、何度も頷いてみせた。

　京祐が血液検査の指示チェックと処方箋を書き終えたのを見計らって、北村が前川に声をかけた。

「では、胃透視の予約と説明がありますから、こちらの方へ……」

診察を終えた前川は京祐と眼を合わすこともなく軽く会釈すると、立ち上がって北村の後を追うように診察室を出た。

京祐が医師になって診察した、記念すべき新患外来患者第一号である。そのことを気にかけているのは京祐だけだった。

「新町先生、もっと、新患のカルテ持ってきましょうか」

気づかなかったが、診察の一部始終を後ろで見ていた守田看護師長の言葉は、新米研修医である京祐を勇気付けた。

「ありがとう、いや、お蔭で何とかこなせました」

京祐は照れくさそうに苦笑いした。

「大丈夫ですよ、先生の診察は慎重だから」

「そうかな、いくら丁寧でも患者から信頼されなければ、何にもならない。それにしても前川さん、ちゃんと胃のレントゲン検査に来てくれればいいのにね」

前川の態度を見る限り、本当に胃透視の検査を受けてくれるかが心配であった。胃潰瘍も放置すれば、胃穿孔を起こす危険性がある。それにもまして悪性の可能性がないわけではなかった。

　それは単に、同じ生年月日の星の下に生まれたことに対する親近感からくるものだろうか。あるいは外来の新患第一号だからか、それとも芽生え始めた医師としての職業意識か。しかし、今はそんな感傷に浸る時間はなかった。

「先生、次の方を中へ入れてもいいですか」

　診察室に戻ってきた北村に声をかけられ、京祐はわれに返った。

「あっ、すいません、どうぞいいですよ」

　診察の机の上には、次々とカルテが並べられてゆく。怒涛のように押し寄せてくる患者の波に飲み込まれそうになる。

　外来診察を早くこなすことは、必要条件であっても、正しい医療の十分条件を満たさなくてはならない。病気を診る、のではなくて病人を診るという国友院長の言葉が思い出された。

　呼び出しと同時に、ドアーが開いて次の患者が入ってきた。厚化粧をした中年の女性である。

「あれっ」

京祐は取り上げたカルテの氏名欄を見直すと、すぐに近くにいる北村に声をかけた。

そんなときに限って守田師長の姿は見あたらない。

「ちょっと、カルテが間違っているから、至急、代えてきて下さい。多分、ご主人と奥さんのカルテを間違えたのでしょう……。お願いします」

北村がカルテを受け取ると、外来事務員を呼び、聞こえるだけの小さな声でカルテを伏せて手渡した。

すでに患者は、診察椅子に座るなり、見も知らない初めての若い医師である京祐に、不快感をあらわにしていた。

正しい彼女のカルテが届くまで、重苦しい沈黙が診察室を包みこむ。場がもたない……。いやな予感がしたが、京祐は気を取り直してカルテが来るまで、問診を開始した。

「今日は、どうしました」

「風邪をひいたのか、喉が痛くて……ほらっ、声が出ないの」

確かに、ガラガラしたかすれた声である。

「じゃあ、ちょっと、お口を開けて下さい」

舌圧子を取り出しペンライトを口の中に当てようとした京祐を見て、その患者の表情が一変した。

「いらないわよ！　そんなもの口に突っ込まなくても、いつももらっている薬だけでいいのよ」

すごい形相で怒りを露わにする患者に、京祐はどう対処して良いのかわからない。

怒鳴り散らす彼女の顔の表情など、改めて観察する勇気は京祐になかった。カルテが来ないことには『いつもの薬』もわからない。

「ええ、じゃあ、カルテが来たら、いつもの薬を確認して出しましょう」

冷静さを装いつつ、京祐は出来るだけ患者から目をそらすようにした。

再び沈黙がつづいた。一対一で向き合ったまま、彼女はもう一言も口を開こうとしなかった。

数分間が、何時間にも長く感じられた。そこへ、救いの神であるカルテを抱えた事務の女子職員が、第三診察室に駆け込んできた。

北村から差し出されたカルテを見た京祐は、思わず声を上げてしまった。

「さっきと同じカルテじゃないか。正しいカルテを持ってきて下さい。この人は、宮本吉蔵さんじゃないでしょう」

北村は黙ったまま立ちつくしている。その時、突然、患者が口を開いた。

「私は宮本、ヨ、シ、ゾ、ウ、です」

低くて太い、紛れもなく男の声であった。

「えっ！」

京祐はしばらく絶句したままであった。数秒の後、やっと恐るおそる患者の顔を見る。パーマ頭に厚化粧、真っ赤な口紅を塗った唇、紫の夏物のカーディガンにスカート、ストッキング、どう見ても、おばさんである。おじさんに見えるはずがない。

ただならぬ雰囲気を察したのか、第三診察室に顔を出した守田は、瞬時に事態を把握したらしく、顔見知りの宮本に対しては笑顔で対応する。しかし、笑いを堪えるのに必死である。北村はもう後ろを向いて笑っている。

「新町先生。宮本さんは先月も風邪で抗生剤が出ていますから、今日も同じ処方でお願いします」

守田の助け舟に我に返った京祐は、慌てて、前回のカルテに記載された風邪薬を処方箋に書き写す。京祐は顔をまともには上げられない、とにかく早く診察を終わらせたかった。

「は、はい、そうします」

宮本吉蔵さんは、最後まで怒ったままであった。

宮本がドアーを蹴破る勢いで診察室を出て行くと、気の毒そうに守田が京祐に言った。

「宮本さんは、いつもあんな風貌で、あの年になっても、必ず厚化粧をして女装なんですよ。田所先生には愛想がいいのですが……」

「びっくりしたよ。まいったね」

京祐は顔を赤らめて頭をかいた。

「先生、変わった患者さんは宮本さんだけではありませんよ。他にもたくさんいらっしゃいますから」

「えっ、もっと変わった人もいるのですか」

京祐の質問に、守田は笑っているだけで、具体的には何も答えなかった。

北村が次のカルテを差し出した。息つく間もなく次の患者の診察に取りかからなければならない。強烈な余韻を残したまま、再びインタホンのスイッチを押した。

「次の方、どうぞ……」

外来診療の半日が、時計を見る間もなくあっという間に過ぎ去っていった。

初めて経験した外来の診療は、京祐にとっては緊張の連続であった。初診で出会う患者との診療行為がいかに大切で難しいか、身をもって体験させられた一日であった。

翌日の透析日には東京都から交付されている「身体障害者手帳」を持ってくるように、透析センターから連絡があった。

これは身体障害者福祉法第十五条に基づいて支給されるもので、当然のことながら「慢性腎不全による自己の身辺の日常生活活動が極端に制限される腎機能障害一級」と記入されていた。

透析センターに着くと早速、受付で持参してきた身体障害者手帳を渡し、いつものように体重測定の後、自分の名札のかかっているベッドに向かった。

心の中では穿刺時の痛みを、今日、生きられる感謝に置き換えているはずなのに、一度ならず二度、穿刺がうまくいかなかった時は、思わず「もう止めてくれ！」と絶叫したくなる。針先が気になる尖端恐怖症は相変わらずだ。

今朝に行われる恐怖の穿刺は、なんとか問題もなく成功した。京祐はホッと胸をなでおろす。

この数日間、連日の猛暑を報じている。クーラーの影響なのか、普段よりベッドの中がひんやり冷たく心地よく感じられた。

「新町さん」

顔を上げると回診にやってきた透析医、大島の声である。その声のテンションの高さに、何か嫌な予感がした。

「新町さんのお仕事の日は、確か週に二日、月曜日と木曜日でしたよね」

「ええ……」

何がお仕事の日だ、僕が内科の研修医と知っているくせに……。京祐は無愛想に応対した。

「今の透析の体制を、週三回の月、水、金のグループか、火、木、土のグループに、そろそろ変えた方がいいですね」

「……」

京祐は無言の返事で抵抗した。悪い予感が的中したのだ。

「データ的にも、二回で無理して引くよりも、三回の方がずっと身体には楽ですよ」

いとも簡単に言い切る大島に京祐は腹が立った。

普段、仕事を持たない人でも通常の生活を維持してゆくためには、やはり週に三回の透析が必要なことは言うまでもない。そんなことは今更言われなくてもよく知っている。

従って、京祐が週に二回の透析で事が足りていたのは、ちょっぴり幸運なだけであり、そのことによって三回の透析グループの患者に対して、意味のない優越感を持っていたのは事実である。

いずれは週三回の外来透析に移行するのは時間の問題であり、頭の中では理解していたはずなのに、そのことをこんなにも早く大島から目の前に突きつけられると、やはり抵抗があった。

「いつからですか」

「できれば来週からでもと考えているんですが」

「えっ、そんなに、すぐに……」

意識を失いかけるような京祐の反応にも、透析医の決めた判断には通じない。怒っても、泣いても、怒鳴っても無駄である。人工透析機器の前では、患者は無条件降伏なのだ。二回の穿刺でも苦痛なのに、それが一回増えるのだ。考えただけでも気が遠くなった。口もききたくなかった。ただ、一刻も早く大島がこの場から立ち去ってくれることを願った。

やがて京祐を含むすべての患者の穿刺が終わり、一人一人の太いチューブの中の血液を搾り出すロータリーポンプの共鳴音が静かに病室にこだました。

ギッシ、ギッシ、ギッシ……。全員の透析がスタートしてから、どれくらい時間が経ったのだろうか、遠くの方でかすかに、女性のすすり泣くような声がした。

誰なのだろう。あまり患者同士で話をしない京祐には見当もつかなかったが、この病室の中にいる誰かであることは確かだ。

京祐は耳をそばだて、じっと様子をうかがっていた。

「大丈夫よ……。大丈夫だから……」

今度は、すすり泣く声に加え、看護師の励ます声がした。

「苦しいよ、苦しい……、あっ、うっ」

嘔吐が始まったようだ。何人かの看護師がつきっきりで、吐物が気管を詰まらせないように、横を向かせ患者の背中をさすっているようだ。誰もが聞こえているはずなのに、みんな気付かない振りをしている。

「オエッ！　ゲッ…ゲッ、うっ苦しい」

声からして比較的若い女性のようだった。しばらく嘔吐をつづけていたかと思うと、突然、金切り声で叫びはじめた。

「苦しい、チクショウ……。馬鹿やろう！　死んでやる！　ウワァァ～」

その絶叫は、透析室全体に響きわたった。

さすがに誰もが身を乗り出すようにして、声がする方向に視線を向けた。

その刹那、事件は起こった。彼女がシャントの逆の手で透析中の太い針を引き抜いたのだ。信じられない発作的自殺行為であった。

循環する血液はポンプで圧がかかっている。彼女の血液は、ホースからほとばしる水のように周囲の壁といわず、シーツや天井にまで飛び散った。

「ぎゃあ！　死ぬう……、いやっ」

京祐は自分が透析中であることも忘れて、息を呑んで注視した。身動きできない透析中の身ではどうすることもできない。透析室全体が凍りついたように静まり返った。

患者のそばに付いていた看護師が、ちょっと眼を離した一瞬の出来事であった。彼女の悲鳴に、近くで回診していた透析医の大島が驚いたのは、言うまでもない。

飛ぶように駆けつけた大島は、素手で管を押さえつけた。

「ペアン！　早くもっとペアンを、圧、圧を下げて！　腕を押さえろ！」

透析医も看護師も返り血を浴びて白衣が真っ赤に血に染まる。

「フェノバール、いっとう（1アンプル）、すぐ打ってくれ」

大島は声を抑えながら適確に命令した。

「大丈夫だから、こんなことでは死なないから、高橋さん！　意識をしっかり持つんだ」

「先生、いいから、わたしをこのまま死なせて！　アァァ……」

「のうぼん、また吐きそうだからのうぼんを用意しろ」

次々出る大島の緊急指示に、看護師たちが必死に応じている。

「血管が裂けてしまっている……。このシャントは使えないから、出血をくい止めて、そう、ここを両手でしっかりと押さえてくれ！」

看護師に対する大島の対応は、今まで京祐が見たこともない素早さであった。

「はい！」

使い捨て手袋の指で看護師が血管を抑える。

「よっし！　取りあえず、反対の手でダイヤライザーの中の血液を戻せるだけ戻そう。

新しい翼状針を！　ヘパリンの入ったシリンジを付けて、早く渡してくれ」

「これで良いですか」

近くにいた看護師が走ってきて大島にシリンジを手渡す。

「早く、早く、早く用意してくれ！　そう、14ゲージでいい！」

すでに患者の悲鳴は消えていた。意識がなければショック状態である。

「すぐ、血圧を測ってくれ！」

「高橋さん！　しっかりして……。大丈夫だからね」

しかし、大島の呼びかけに対し患者からの返答はなかった。

「先生、触診で60です」

看護師が答える。

「すぐに生食（生理食塩水）の点滴を落として」

「500でいいですか？」

「ああ、それに側管で、ソリタのT3も用意しておいてくれ！　それから毛布、そこの新しい毛布で患者の身体を温めてくれ。体温が下がると危険だから」

直ちに、シャントとは反対側の血管に14ゲージの翼状針がしっかりと固定された。

「ロータリーのスイッチを入れてくれ。スピードを落として……。そう、ゆっくりだ」

再びロータリーポンプは大島の指示でゆっくりと回り始め、回路に溜まっていた血液を患者の身体に戻してゆく。

「ううう……痛い、痛い～」

患者の意識が回復したようだ。か細い声だがしっかりと聞き取れた。大島はひとまず安堵したようだ。

「高橋さん、もう大丈夫だからね。そう、安心してゆっくりと呼吸して……」

「血圧が１００の４８に回復しました」

マンシェットを巻き直していた看護師が答える。

「すぐに出血量を概算で測ってみてくれないか」

血染めのシーツが看護師たちの手によって手際よく剥がされる。

その重量からおよその出血量を換算して、輸血量を決めなくてはならない。

その間も絶え間なく、彼女のうめき声とも、溜息ともつかない声がつづいていた。

彼女が、突然、何の前触れもなしにヒステリックに透析の翼状針を引き抜いたのは、一体、何のためだったのだろう。発作的な自殺行為だろうか。単に彼女だけの問題ではないやりきれない雰囲気が透析室内に漂っていた。

しかし、透析患者の誰もがそのことを口に出そうとはしない。咳払い一つ聞こえてこないほど不気味に静まり返っていた。

高橋と呼ばれたその患者は、どうやらバスタオルで顔を覆って泣いているらしい。京祐にその患者の記憶はなかった。

処置が早かったおかげで、間一髪、彼女の命は取り止められた。

病室はいつもの平静さを取り戻し、再びロータリーポンプの共鳴音だけが、病室にこだました。

昼食の時間になった。弁当を持参しない人は、いつもどおりに職員によって食膳が配られ、まるで何事もなかったかのように昼食が始まった。

今、そこに自殺を図ろうとした患者がいたことが信じられない……。みんな不気味なほど無関心を装っている。たぶん干渉しないことが自分に対する最大の防衛であり、また、他の透析患者に対する思いやりだと京祐は思った。

予定時間が来て、高橋を除く全員の透析が終了した。その日の透析を無事終えた京祐は、帰り際にそっと、彼女の方を覗いてみた。

取り替えられた血みどろのシーツがまだベッドの側に丸められたまま放置されている。忘れかけていた自殺未遂事件が、恐怖心となって京祐を襲った。考えたくはないが、自分にもそんな日が来るかもしれない。

この人にはきっと死にたくなるような、何か深い事情があったに違いない。

真っ赤な血液が入った輸血用のパックが、高橋のネームが書かれた点滴台に吊り下げられている。

顔は相変わらずバスタオルで覆ったまま、嗚咽をこらえながら泣いているようだった。

数人の看護師が、血飛沫を浴びた壁を、何度も何度もタオルで拭いている。

血飛沫をあびた白衣を着替えた透析医の大島も、看護師たちも、配膳の職員ですら、誰もが何事も起こらなかったかのような表情だ。黙々と続ける彼らの仕事ぶりが京祐には無気味だった。

京祐は透析室の出口で体重を量り、もう一度振り返って見た。

すっかりきれいに血糊も拭い去られ、周囲の壁も元の白さに戻っている。

嗚咽はもう聞こえなかった。
その時、彼女のベッドの側に立っている大島の姿が目に入った。
この場では自分の立場は透析患者である。しかし研修医とはいえ医師であるからには
いつか自分が大島の立場になる可能性はあった。
もし自分が透析医であったとしたら、大島のような俊敏で適切な行動がとれただろう
か。今の京祐の実力では、何もできず彼女の命を救えなかったであろう。それだけは確
かなことだ。
外来患者数人を診察しただけでは、医療の本当の怖さをまだ知らない。
大島の白衣姿が大きく見えた。
帰り際に看護師から、次回から京祐の透析ローテーションが火、木、土のグループに
組み入れられることを伝えられた。すでに決められていたのかもしれないが、抵抗する
力は残っていなかった。
立川市立中央総合病院には月、水、金の週三回の勤務日に変更してもらえるよう頼ま
なければならない。勤務日が一日増えることは京祐の体力では厳しいかもしれない。
京祐はこの場から逃げ出すように、透析センターを後にした。

第五章
インフォームドコンセント

年が明けた。新しい年を迎えると、師走の喧騒がまるで嘘のように、大都会に静けさが戻ってきた。

そして、新町京祐にも同じように新しい年がやってきたのだが、正月であろうと、火・木・土曜の週三回の透析は暦どおりに行わなければならない。

かえって世間でいう正月休みなど、返上してしまいたい京祐であった。

松の内を過ぎると、病院内で新年会の話が持ち上がり、トップを切って内科の新年会が、近くの小料理屋の座敷を借り切って開かれることになった。病院ではこのようなスモールグループでの宴会は、職員にとって大切なコミュニケーションの場でもある。しかし、他の人と同じように食べられない、水分も自由に飲めない京祐にとっては苦痛の種であった。

忘年会は透析日と重なったお蔭で、何とか欠席で逃れたが、新年会の方は京祐の研修日であったので、逃げ帰るわけにもいかない。田所の勧めもあって苦手な宴会に渋々参加することにした。常勤医の高森が風邪気味で宴会に欠席したことも、苦手な京祐には好都合であった。高森は京祐と年齢は同じであったが、研修医をすでに終えてから京祐と同じ時期にこの病院に配属された内科の臨床医である。

病棟医長である田所の司会で新年会は始められ、立ち上がった田所の挨拶に拍手が沸き起こった。

「それでは、昨年末の忘年会の失態を挽回したいと願う同志諸君のために、この新年会を企画開催する運びとなりました。空腹に長話は嫌われますので、まずは乾杯の音頭を川西部長にお願いします」

田所の指名を受け、川西がマイクの前に立った。

「今年こそ不況にめげず、みなさん仲良く頑張って下さい。それでは諸君の健康と、この立川市立中央総合病院の内科の発展に、乾杯！」

川西の乾杯の発声と同時に、全員がグラスを揚げた。

貸し切られた部屋の中にグラスの触れ合う音がこだまする。数名の和服姿の女性が彩りを添え、正月の雰囲気に華やかさを演出している。

時間が経つにつれ宴は盛り上がりをみせ、あちらこちらで笑いの渦が広がった。

そんな中で、京祐はそわそわと落ち着きがなかった。

誰もが次々と立ち上がって年頭の挨拶をしている。

自分の番になったら何と言おうか……。自分が透析患者であることは、すでに病院の中で知れ渡っているかもしれない。それは研修医のローテーションを見れば誰もが気づくことである。しかし、この場でみずから宣言するには勇気が必要だった。逃げられるものならすぐにでも逃げ出したい気分だ。

京祐は、時間が経つにつれ、新年会に出席したことを後悔し始めていた。そしてついに、京祐にも挨拶の順番が回ってきた。

そんな京祐の気持ちを察した田所がマイクを持って助け舟を出す。

「次は、新町先生にお願いします。新町先生は、もうみんなも知っているように、昨年から新しく研修医として、週に三回この病院の内科を手伝ってくれています。人手不足の内科としては大歓迎で、彼をこき使いたいところですが、少し身体を気遣わなければなりません。いくら飲んでも酔わないザルの諸君と違って、新町先生には酒はあまり勧めないで下さい。また、俺と同じように独身だからといって、酒の勢いを借りて誘惑しないように」

「うっそでしょう。田所先生！　先生には誰も誘惑しませんよ」

間髪入れずに合いの手が上がった。

「そうよ、そうよ、独身なんて、先生には美人の奥さんがいるでしょう……」

「田所先生こそ、酔った振りして、やたらと抱きつかないでね！　セクハラよ」

あちらこちらから黄色い声が上がった。

「まあ、そう手厳しいことはこの場で叫ばないで、ここで休戦にしましょう」

ギブアップのポーズで頭をかく。

「田所先生。素敵よ～」

笑い声とともに向かい側の席から声援が入った。

「ありがとう」

「キャア～、先生の隠れファンが大勢いるから、恐い、恐い」

「もてちゃって、参ったな……。それより、これは俺じゃなく新町先生の紹介だから」

苦笑いで取り繕う田所が、目で京祐に合図を送った。

代わって京祐が、座布団から滑り落ちるようにして立ち上がった。

「ただ今、田所先生から、ご紹介いただきました、独身研修医の新町です」

何故か、一瞬、静かになった。笑いを期待していた京祐はこの静寂に、どう対処して良いのか迷った。次の言葉が出てこない。

すかさず田所が助け舟を出した。

「この際、好きな女性のタイプでも言っておいたら」

「はい……。女性は嫌いではありません」

田所がおどけるように右手を大きく上げて代わりに答えた。

「いやあ、女性なら年齢、身長、体重を問わず、どなたでも結構ですからお申し出下されば、先着順にすぐに新町先生とのデート券をお渡しします」

かばってくれた田所に、すぐさま京祐が答えた。

「まったく、その通りですから、みなさんよろしくお願いします」

この田所との問答がみんなにウケたらしく、周りは大爆笑となった。

京祐は内心、ほっと胸をなで下ろし、一礼すると座布団に座った。

箸を持つ暇もなく、今度は反対側に座っていた看護師の中野と横田がビールを持ってやってきた。

「中野です。先生、今年もよろしくお願いします」

宴会での摂取水分量を出来る限り減らそうと、小さな杯で日本酒を口につける程度ですませようとしていたが、差し出されたビールを、杯で受けるわけにもいかず、あわててコップに持ちかえた。

内科のマドンナと評判の中野にお酒を勧められ、京祐も緊張した。

コップの中の泡だらけのビールに口を付け、今度は使われていない空のコップを中野に差し出し、ビールを注いでいると、横田が京祐に尋ねた。

「先生は、まだ二十台後半でしょう」

「そうです。二十九歳です」

　京祐はもう一カ月足らずで三十歳になる。一歳でも若く見られたかった。病気による長期休学によって医師になることが遅れたことをひどく気にしていた。

　ビールを受ける中野奈津子の美しさに心を惹かれた京祐であったが、そんな素振りを見せるわけにもいかない。

「二十六歳ぐらいだと思っていました」

　横田の言葉に京祐は一瞬困った顔をした。研修医ならそれくらいの年齢だからだ。理由を知っているのか、中野が慌てて話題を変えた。

「先生は、誰かもう恋人はいるんですか」

　京祐は、藪から棒に中野に質問されて言葉につまった。

「ほらっ、先生の顔が赤くなっているじゃない、だめよ、いじめちゃ。新町先生は、まだこの内科に汚染されていないんだから」

　そう言いながら、外来師長の守田が座布団を抱えてきて隣に座った。

「師長さん、もう、新町先生もすでに院内感染のタドン菌に汚染されていますよ」

　横田の反撃に守田が苦笑いする。

「何ですか、そのタドン菌っていうのは」

すっとんきょうな声を出して京祐が質問した。いつの間にか、京祐のまわりに数人が円座をつくっている。

「田所先生のことですよ。患者さんなんか、もう信者のようになっているんです。その田所先生のファンになってしまうことを、『タドン菌に汚染された』って言うんですよ」

長身で精悍なマスクだけでなく、的確な判断を下すエネルギッシュな田所は、患者だけでなくスタッフからも信頼されていた。横田の説明に京祐も納得した。

「じゃあ、早速、新町先生の血液をタドン菌の塗抹・培養に出さなくてはね」

「師長さん！　内科のスタッフの中には、もうタドン菌がいっぱい繁殖しているわよ。この人なんか、汚染がひどくてもう隔離状態なんだから……」

オーバーに横田が中野を指差してみせた。周囲にクスクスと笑い声がする。

「タドン菌って何だい、それは」

そこへ内科部長の川西がビールを抱えてやってきた。

京祐は自分がお酌をする前に、気さくに酒を抱えて注ぎにくる川西に驚き、恐縮した。大学の上下関係の医局では見られない光景である。

もともと「仏の川西」とみんなから慕われ、温厚な人柄は、人望も厚く病院内でも評判であった。

「新町先生は、透析中で水分制限だからビールは控えておくよ」

意図的にせよ、何の前触れもなく川西の口から出た言葉は、京祐には衝撃的であった。知れ渡っていても、本人を前にして暴露されても平気なほど、京祐はまだ覚悟はできていなかった。京祐は下を向き、握りしめていた泡だらけのコップを膳の上に戻した。川西はまるで気にも留めてないようにビールをあおる。その態度からして計算尽くめの行動だったのかもしれない。

そこに話題の主人公である田所が現れた。かなりの量を飲んでいるのに、どこか正気の部分を残している。京祐から笑顔が消えていた。いきなり露呈したとはいえ、今までの京祐の拘りは何だったのだろう。

「何だか俺のことが、酒のつまみになっているみたいだけれど。新町君の酒は俺が受けるよ」

そんな不穏な周囲の雰囲気を吹き飛ばすような田所の勢いだった。

「みなさんこのタドン菌とやらを、アルコールで消毒しよう！」

田所はおどけてみせた。京祐の透析には何ひとつ触れない。

「ほら奈津子、ビールを注いであげなさいよ」

横田は中野に肘で合図した。

差し出している田所のコップに、並々とビールが注ぎ込まれてゆく。

半分は泡で白くなっているコップを、田所は一気に飲み干した。京祐も泡が残ったコップを形だけ持ち上げた。しかし、誰も京祐のコップにはビールを注ごうとしない。気を使われることが京祐には堪えられなかった。

田所は話題を変えた。

「川西先生、美人に注いでもらうと、こんなにもビールの味が違うものなんですね」

「どれどれ、じゃあ、僕にも美人ビールを……」

「あっ、すいません、気がつかなくって」

慌てて新しいビール瓶に持ちかえると、座りなおし、中野は川西にビールを差し出した。

「いやねえ、男の人って、どうして美人に弱いのかしら」

「新町先生にも、ひとつ、ちょっと落ちますけれど美人ビールを」

今度は横田が京祐にビールを向けた。

「だめだめ、新町君は……」

気づいた横田が、慌ててビールを引っ込める。横田だけではない、川西が言わなくても内科の殆どのスタッフが知っていることだった。

京祐は黙っていたが、すかさず田所がとりなす。

「ハイハイ、こちらに美人ビールを注いで」

「あらっ、田所先生は奈津子のビールしか、飲まないのでは」

「おいおい、そんなにいじめるなよ」

いつの間にか出来た人の輪に、他のスタッフたちも面白がってこのやりとりを聞いている。田所がそばにあった盃を京祐に手渡した。

「まあ、いっぱいだけ……。逆療法だよ」

「はい、いただきます」

燗冷ましの酒であったが、京祐は盃の分だけ一気に喉に流し込んだ。五臓六腑に沁み渡る。

田所がポンッと京祐の肩をたたく。今さら隠す必要もなくなったが、シャントの包帯が袖口から見えないように隠した。京祐が透析患者であることを川西が暴露しても、誰も驚く様子がなかったことに気づいた。それでも透析を気にしている……。

内科の新年会も、そろそろお開きの時間が近づいてきた。当分醒めそうもない盛り上がりの中で、田所が大声を張り上げる。

「じゃあここで、三三七拍子の一本締めを行います」

全員が立ち上がった。柏手を打つ一本締めの大連呼と共に、立川市立中央総合病院、内科主催の新年会は無事終了した。

翌週の勤務日、月曜日の朝、病院に着くや否や、医局の内線から京祐は川西部長に呼び出された。

急いで外来に降りて行くと、そこにはすでに高森が立っていた。高森は学生時代にはラグビー部に所属していたらしく、がっちりした体格が京祐には威圧的であった。

「おはようございます」

京祐の挨拶に高森は無言でうなずいた。京祐が外れていた白衣の前ボタンをかけ直すのを見計らって、川西は二人をシャーカステンの近くに呼び寄せた。

「新町君、ちょっとこのレントゲン写真を見てみないか」

そこにはすでに、胃透視のフイルムが数枚並べられていた。

京祐は緊張しながら、食い入るようにレントゲン写真を見つめたが、はっきりした異常所見を見つけることが出来ない。

「よくわかりませんが、何かあるのですか……」

京祐が首をひねる。

「ちょっと、これと、このフイルムを見比べてごらん」

川西はその中で二枚の充盈《じゅうえい》像を横に並べた。

「どうも、この胃体上部から胃底前部までの進展性が不良だろう……。それに小弯側の辺縁は硬化像を示しているしね」

川西は指示棒の代わりに胸に挿しているボールペンで丁寧に説明を続けた。

「それに、よく見ると、大弯側の辺縁も、このようにやや不整だろう」

京祐は川西の説明に、頷くのが精一杯であった。

「レリーフの広がりが悪いですよね」

高森がフイルムを覗き込むように見つめる。

「これはスキルス（硬性胃がん）かもしれないね」

川西の言葉に衝撃が走った。忙しい外来診療が始まる前に、何故、川西が胃透視の検討会をしてくれたのか。フイルムに記入してある名前を見た京祐は、あっと小さな声をあげてしまった。

「先生、この胃透視の患者は、前川哲也さんですか」

「そう、新町君が外来の初診で診たクランケだろう」

「はい、そうです」

その時、田所が外来診療室に顔をのぞかせた。田所はすでにそのフイルムの所見が悪性の可能性もあることを知っているようだった。

「胃透視をして、内視鏡の指示までこぎつけたのは、良かったのにね」

そう言って田所は渋い顔を見せた。

「田所先生、前川さんがどうかしたんですか」

京祐が不安そうに尋ねた。

「昨日、内視鏡の予定だったのだけれど、ドタキャンで来なかったんだ」

「キャンセルの連絡もなかったのですか」

「そうらしい」

腕組みをしながら、田所が困った顔をして答えた。

「透視を読影した結果、スキルスを考えて川西先生に相談してみたら、年齢も若いし、やはり、アドバンス（進行癌）の可能性が強いという意見なんだ」

「……。僕と同じ生年月日なんです」

これには田所も驚いたようだった。

「じゃあ、初診で診たということだけじゃなくて、新町君にはこれからの経過も気になるところだろう」

川西の指摘に京祐の心境は複雑だった。

「そうですか、カルチ（がん）だったんですか……」

「いや、写真だけでは、必ずしもカルチと確定診断できたわけじゃないが」

「川西先生、典型的なスキルス患者の胃の内視鏡所見って、どう見えるのですか」

それまでしばらく胃透視の写真を食い入るように見ていた高森が川西に質問した。感傷的な京祐とは対照的だ。

「そうだね、スキルスタイプは、なかなか、胃の中からでも病変の広がりや全体像はつかみにくいからね」

「川西先生、内視鏡では場所が特定しにくいから、当然バイオプシー（生検）も難しいはずですよね」

高森はスキルスの可能性が高い患者の症例に興味を持ったようだ。

「たとえスキルスであっても、表面の粘膜を丁寧に観察すれば、まったくバイオプシーができないわけじゃないがね、いくら送気しても胃壁の進展性が悪くて、広げようとしてもクランケはすぐゲップしてしまう……」

内視鏡の指導医のライセンスを持っている川西は、手のひらを胃に見立て、まるで中を内視鏡で覗いているかのようにして説明する。

「しかし、多少とも癌浸潤が粘膜面に露出していれば、浅い潰瘍を作っていることもあり得るし、たとえ、潰瘍がなくても注意深く観察すれば、粘膜面が不整で、ゴツゴツと硬く、出血しやすくなっている個所があるから、そこで出血に気をつけながらバイオプシーすれば、カルチは出るよ」

川西と高森との会話に京祐が口を挟んだ。

「川西先生、やはりカルチの可能性が高いのなら、患者に対してはもう一度連絡して内視鏡検査を受けるように説得した方が良いでしょうか」

京祐は診察台で触れた前川の上腹部の抵抗を思い出していた。スキルスの言葉に動揺を隠しきれない。

川西が答えた。

「そりゃあ、一刻も早く内視鏡検査をして、悪性の確定診断がついたら、早急にオペ（手術）を行うに越したことはないからね」

「差し支えなければ、僕が前川さんに連絡してみましょうか」

京祐の言葉に反応するように高森が言葉を返した。

「なにも研修医がそこまでする義務はないよ。クランケだって、それを承知で検査をキャンセルしたのだから」

研修医を強調するところが高森らしかった。眉を顰める高森の剣幕に京祐は圧倒された。

「せめて、会社ではなく自宅に電話でもかけてみてはどうでしょう」

京祐は川西からの返答を期待していたのに、即座に答えたのは高森だった。

「患者本人が検査を拒否したのに、電話をかけて本人ではなく家族の者が出たら、君はどう説明するつもりなの。がんの疑いがありますから、内視鏡検査を受けに来させて下さいとでも言うのか。病院から電話があったというだけで、家族は動揺するんだよ……。そこまで、お節介をすることはないですよね、川西先生」

高森は川西に同意を求めた。

「どんな性格なの、このクランケは」

今度は、川西が振り向いて田所に尋ねた。

「まだ強い自覚症状が、がんであるとは気づいてはいないようですが、とてもナーバスな患者であることは確かです」

そこで京祐は思い切って言ってみた。

「偶然ですが、あの患者と僕とは生年月日が同じですし、それに僕が外来で最初に診た責任もありますから……」

「馬鹿馬鹿しい。ただたんにクランケの生年月日が同じだけじゃないか。これぐらいのことで感情に押し流されては医者なんかやっていけないよ」

高森が皮肉っぽく追い打ちをかけた。

京祐はムッとした。同じ年であるのに、先輩ぶった高森の態度が不愉快だったからだ。

「まあ、まあ、朝からもめてないで……。二人ともここに座りなさい」

川西は苦笑いしながら、とにかく若い二人を椅子に腰掛けさせた。

「ここで大切なことは、胃透視をしたクランケがスキルスの疑いがある、という事実だ。可能であれば、一刻も早くオペを受けさせたい……。そう思うのは、これは医者としては当然、正解だ」

京祐が頷くのを無視して川西は続けた。

「しかし、クランケがこれ以上の検査を受けることを放棄した。それで、とるべき方法は何だと思う」

川西は京祐の方をちらっと見た。京祐は唇を硬く閉じたままである。高森が何かを言いかけたのを川西が遮った。

「それは患者の病気に対して今、何が一番必要かを考えること。しかし、これが患者に一番良いと思う判断でも、患者にとってそれが良くない選択肢だということもある」

「先生、良くない選択肢とは患者が納得していない方法のことですか。結局、決めるのはクランケ自身でしょう」

高森が答えた。

「勿論そうなのだけれど、我々にとって大切な問題は、その時これが絶対正しいと思って選択しても、結果が悪ければ、正しい選択だったとは決して評価されないという現実だ。いいかい、いくつ選択肢があっても、結局、結果につながるのは一つしかない。巻き戻しは出来ないし、やり直しもきかない」

京祐は不満そうな表情で質問した。

「先生、じゃあ、このまま連絡もせずに、知らん顔して放っておくのが正しい選択肢なのですか。僕はどうすればいいんでしょう」

困った顔をした京祐の訴えに、川西は顔色ひとつ変えることなく言葉を続けた。

「どうすればいいんだろうね。医者として、出来る限りの手を尽くしてみる。結果を恐れる前に、患者に対してはとにかく誠意を持って対処することだろうね」

川西は京祐の心中を見抜いていた。

「しかし川西先生、患者の私生活にまで深入りしないのが医師としての常識でしょう」

高森は怒ったように主張した。

「高森君の言う通りだが、それが、本当に患者のためだと思うなら、新町君の納得いくようにやってごらん。ただし、それが正しいと君が信じていても、結果として正しくなかったということが、起こりうるかもしれない。必要以上に患者の家庭の中にまで土足で上がることのないようにね」

　黙って聞いていた田所は、この件については何も口を挟まなかった。京祐がどう対応するかが内科医として良い臨床経験になると考えたからだ。

「選択権は、あくまでも患者自身にあることを忘れずに」

　川西は念を押した。

「はい。わかりました」

　京祐の考え方が認められたようだが、事態はそんな簡単な問題ではなかった。複雑な心境に、京祐の心は揺れた。

「研修医としては、良い勉強になるかもしれないが、田所先生に逐次経過を報告して、相談しながら事を運びなさい」

　シャーカステンのスイッチが切られ、早朝カンファレンスが終了した。

　高森がいち早く外来の部屋を飛び出した。朝の病棟でのデューティが待っている京祐もまた、病棟に戻る廊下を足早に歩いた。京祐は後から走ってきた田所に、振り向きざまに話し掛けた。

「すみません、つい、むきになって」

田所は苦笑いしながら答えた。

「高森君もうちの大切な仲間なのだから仲良くやってくれ。君とたとえ同い年でも医師としては先輩なのだから、研修医として足りないところは見習うようにしろよ。それにどこの大学を卒業していようともこの内科のスタッフとしては関係ない。この立中総合（立川市立中央総合病院）の内科にいれば同じ釜の飯を食っている同志だから、他大学の出身だからって、そんなことを意識しては駄目だ。関連病院と言っても、東都大学出身者だけの病院じゃないからね」

京祐が高森と気が合わないのは、出身大学の問題だけではなかった。

「はい……。前川さんのことは出すぎたようで、すみませんでした。もう患者さんのことでしゃばるのは止めます」

「そうじゃない。わかってないな。君の、患者を思いやる気持ちは大切にしろよ。川西部長が言っていたように、もう一度、患者の都合の良いときに検査を受けるように、連絡してみれば」

怒られたと思っていた京祐は田所の言葉に救われた。

「そんなことをしても、いいのですか」

「難しいとは思うが、勉強だと思ってやってみるといい。大切なことは内視鏡検査を勧めることだから、それ以上家庭の問題にまで深入りはしないように」

「わかりました。早速そうしてみます」

「まあ、カルチのムンテラ（がんの告知）は、スキルスの可能性についても、今の状態では何も言わない方がいい。現段階じゃあ疑いが強いだけで、確定診断じゃないからね」

「もちろん、カルチの疑いのことは言いません」

「いくら言わなくても、医者が患者の自宅にまで連絡したら、多分、自分の病気は重いのだと疑うはずだけれど……」

「難しいですね、話し方が……」

「川西部長も言っていたように、いかにも押し付けの誠意じゃだめだよ……。患者の身になって、患者が直面している病気といっしょに闘う気持ちが大切なんだ。俺もたくさんのがん患者を診てきたけれど、カルチは本当に恐いよ。『がん』はね、不思議なもので、逃げだそうとすると必ず追っかけて来る」

京祐は田所の言いたかったことを正確には理解できてないようだ。

「だから、『がん』に対してはあくまでも闘う姿勢で臨むほうが、結果的によい場合が多い。もちろん、それはがんと診断された場合だがね……。前川さんもこれからが大変だと思うよ」

自分から言い出したとはいえ、田所の説明に京祐は身震いするような責任感に包まれていた。

「同い年なのだろう。あくまでも患者としての前川さんの力になってあげる。それが、研修医の君が取るべき一番のスタンスかもしれないね」

そう言葉を付け加えると、田所は急ぎ足でステーションから出て行った。後に残された京祐もまた、感傷に浸っているような時間的余裕などなかった。

その日の勤務が終わるとすぐに、京祐は前川哲也の家を訪ねることにした。

病院からカルテに書かれていた会社の電話番号にかけてみたが、得意先に出かけていて留守であった。携帯番号は個人情報保護から知ることはできない。

出先から直接、青梅にある社宅に帰宅するらしい。おまけに、引っ越したばかりで前川の家に電話は付いていなかった。

住所を控えておいた紙切れをポケットにねじ込むと、京祐は病院を飛び出した。明日は透析日だから今日しかない。

病院から一歩外へ出ると、外はすっかり暗くなっており、重く、低くたれ込めた空からは、今にも雪が落ちてきそうな、そんな気配がしていた。

立川駅から青梅線に乗り換え、河辺駅に着いた。

つい先ほどまで主張していた医師としての情熱が、冷たい木枯らしにさらされ冷やされていく。それと入れ替わりに、不安が徐々に頭をもたげてきた。

案の定、数分と経たないうちに灰色に垂れ込めた空から白いものが落ちてきた。京祐は慌ててコートの襟を立て、足早に歩いた。十五分ぐらい歩いただろうか……。河辺駅周辺の地図を片手に、電柱の番地を頼りに探すが、なかなか見つけ出すことが出来ない。

連絡もとれないぐらい、仕事で外を駆けずり回っているのか。なんだか、本当に急用でもできて内視鏡が受けられなくなったのではないかと思い始めていた。同じ番地を行きつ戻りつした末、やっと目的の社宅を見つけ出すことができた。

三階建てのアパートの二階の角部屋に、真新しい前川哲也の名刺が画ビョウで止めてあった。傘をたたみ、そっと外階段を上がる。

部屋の中から漏れてくる灯りが在宅を表している。

前川さんが戻っている。そう思ったとたん急に胸の鼓動が早くなった。あたりを気にしながら、京祐はブザーを押した。しばらくすると、ドアチェーンが掛けられたまま、ドアーが少し開いた。

「はい、前川ですが……。どんなご用件ですか?」

てっきり独身か、勝手に単身赴任だと思い込んでいた京祐は驚いた。隙間から顔をのぞかせた女性は前川の妻に違いない。長年連れ添っているような主婦の落ち着きがあった。

「立川市立中央総合病院の内科の新町と言う者ですが、ちょっとご主人にお目にかかりたいことがありまして……」

自宅にまで押しかけてきた本当の理由は伝えられない。

「えっ?　主人が病院に行ったのですか?」

どうやら彼の妻は、主人が病院に行ったことも知らなかったらしい。

「何か、うちの主人の身体の具合でも悪かったのでしょうか」

もどかしそうに、チェーンが外され、訝しげな顔をした妻が京祐を玄関に招き入れた。まったく面識もない医者の突然の訪問に驚いた様子がありありとでている。

「本当にうちの主人が病院に行ったのですか？」

再び同じ質問を繰り返す。小柄で少し太めの身体にエプロンをかけたまま応対する。前川哲也はまだ帰宅していないらしい。部屋の奥から、子供の泣きぐずる声がした。

「ええ、ちょっと体調を崩されたようで……。あの、別にそんなに心配するような問題ではないのですが、近くまで来たものですから、ちょっと……」

彼の妻と出会うことを想定していなかった京祐は、しどろもどろで返答した。

その京祐をまるで不審者でも見るような視線が突き刺さった。

その場は何とか取り繕ったものの、自宅まで訪ねたことを後悔した。歯切れの悪い言い訳を繰り返すだけの自分がもどかしく、一刻も早くこの場から立ち去りたかった。

「また、ご主人には直接連絡しますので、失礼します」

頭を下げ、その場から逃げ出すようにして階段を降りた。先程までちらついていた雪はもうすでに止んでいる。小さな街灯が濡れた路地を照らし出し、地面が光っていた。

京祐はアパートの階段が見渡せる場所を選び、さりげない風を装って前川の帰りを待った。

じっと立ったままでいると、首筋に湿った冷気が押し寄せてくる。足踏みしながら吐く息が白く濁った。そうまでして、病院で内視鏡検査を受けさせたいと思う行動を、京祐は正しいと何度も自分に言い聞かせた。意地を張って主張したからには、途中で投げ出して帰るわけにはいかない。待つしかなかった。

十分、二十分、三十分……。時計の針だけが時間の経過を伝えてくれる。かじかむ手をごしごしとこすり合わせた。

ゆうに一時間は待っただろうか、右手の角を曲がって見覚えのある人影がこちらに向かって近づいてきた。

「前川さん！　前川さんでしょう」

不意に飛び出した男に呼び止められた前川は、立ち止まりはしたものの、声の主が暗くて誰だかわからないようだ。

「立川中央総合病院の新町ですよ」

声を掛けてきた人物をすぐには思い出せなくて眉を顰める前川……。しかし、それが病院で診察した医者だと言われ、その表情は明らかに迷惑顔に変わった。

　そんなことは、最初から覚悟の上でやってきた京祐である。

「その後、身体の方はいかがですか」

「……………」

　問いかけにも返事はなかった。険しい顔つきのままだ。

「先日、キャンセルされた内視鏡検査について、少しお話ししたいのですが」

「もう、病気の説明ならいらんよ」

　前川は片手で人を追い払うゼスチャーをした。

「すっぽかしたのは悪かったけど、俺、胃カメラは嫌いなんや」

「気持ちはわかりますが、そこを何とか、内視鏡検査を受けてもらおうと説得に来たんです」

「急いでへんのなら、もう少し後でもええやろ」

「レントゲン検査の結果をみて、すぐにでも内視鏡を受けられたほうが良いと思って……」

「結局病気の話やないか、お節介な先生やなあ」

「病気としては今が大切な時期ですから……」

「それが、俺にとってはお節介やって言うてんのや」

前川は眉間にしわを寄せ、不愉快さをあらわにした。

「俺には俺の事情ちゅうもんがあるんや。検査して、もし悪いものでも見つかったら、即、入院せなあかんのやろう」

「それをはっきりさせるために受ける検査じゃないですか」

「だから、今は、入院でけへん理由があるんや」

前川の機嫌は悪くなるばかりである。

「この辺の病院は、検査の勧誘をするために、わざわざ、医者が出向いてくるんかいな。まあ、親切なこっちゃな」

「そういう問題じゃないんです。せっかく病院に来られたのだから、僕も医師としての責任があります。前川さんの身体のためにはどうしても、検査する必要があるから、ここにこうして……家まで押し掛けてきているんじゃないですか」

「ええっ！　何やて？　俺の家にまで来たんかいな」

前川は血相を変えて、京祐を睨みつけた。

「あんた、俺の女房に病気のこと話したんか……」

「いえ、いえ、まだ、何も言っていません」

疑い深い鋭い視線を向ける前川に京祐は手を横に振り、慌てて否定した。

「そんならええけど、女房には俺が病院に行ったことも、何にも話しとらんのや」

いったんは、顔を曇らせかけた前川であったが、病院へ行ったことが知られていないとわかると、それまで険しかった表情が少し穏やかになった。

「まあ、せっかく先生がここまで来てくれたんや。立ち話もなんやから、ちょっとお茶でもつきあってくれるか」

「ええ、いいですよ」

そう言って歩き出した二人であったが、この辺りに喫茶店はない。前川は来た道を戻って河辺駅の方へと歩き出した。

何かを考え込んでいるのか、しばらくの間、前川は口を開かなかった。

それにつられるかのように京祐も黙ったまま、二人はもくもくと歩いた。

年が明けたとはいえ雪雲は重く、町全体を覆うかのように低く垂れこめている。今にも再び雪が降りだしそうだ。

やっと一軒の明かりがついている喫茶店を見つけて中に入る。客は誰もいなかった。薄暗い店の隅に腰掛けると、京祐はコーヒーを、前川は紅茶を注文した。互いに視線を避けるようにカップの中を覗き込んでいる。

気まずい雰囲気の中、まず京祐が口火を切った。

「前川さん、まだ確定したわけではありませんが、はっきり申し上げますと、病状は予断を許さない状態です。でもそれは病院に来られたからこそ、早く治せる可能性ができたのです」

「それで……」

前川は無愛想な返事をする。

「前川さんにとっては、次の検査を受けて正しい診断のもと、一刻も早く適切な治療を受ける。これが一番大切なことだと思います。どんな理由があっても、病気は決して待ってはくれませんよ」

たとえ同じ生年月日であったとしても、田所の忠告を守り医師と患者の関係は崩したくはなかった。そんな思いが、京祐に丁寧な言葉づかいを選ばせる。

前川は返事をする代わりに、ポケットから取り出したタバコに火をつけ、ひと息吸うと、大きな溜息と一緒に白い煙を壁に向かって吐き出した。

しばらくすると、ぽつりと言葉に出した。

「大阪から西も東もわからん東京へ来て、今が俺にとって大事な時期なんや……。もうすぐ会社の研修会もあるし、それに出られんと、今まで頑張った苦労が水の泡やで。それが終わるまでは、俺は死んでも入院なんかしてられんのや」

前川は頑固に言い張った。

「無理して出席しても、研修会の途中で倒れたら、それこそ取り返しがつきませんよ」

「それでもええ、あれには出席せなあかんのや。あれには命がかかっとるんや」

しかし、これで京祐にも前川の病院拒否の理由がわかった。

「病気になって困るのは、自分だけじゃないでしょう。家族のことも少しは考えたらどうですか」

「そんなことまで、何であんたに指図されなあかんのや。ほっといてんか先生、あんたには俺の本当の気持ちなんか、これっぽっちもわからんやろ」

突然、前川は親指で人差し指の先を弾くと、再び険しい表情に変わった。

「それはどういう意味ですか。僕だって前川さんの身体が心配だからこそ、こうやってここまで来ているんじゃないですか」

「それが迷惑やって、言ってるんやないか。他人へのお節介は、ええ加減にしてや……。先生なあ、人には言いたくない事情ちゅうもんも、あるんや」

前川は二本目のタバコに火をつけると、またしばらく沈黙の時間が流れた。

京祐は、黙って冷めたコーヒーをすすった。

沈黙が功を奏したのか、前川は気を取り直し京祐に訊ねた。

「そやけど、何で。先生はそこまで俺のことをかまうんや」

「なぜでしょうね？　正直言って、僕は医者になりたての新米だから、外来で診察した全ての患者さんに対して、医師としての責任を果たさなくてはいけないと思い込んでいるのかもしれません」

前川は黙ったまま煙草を灰皿に擦りつけ、顔を上げると京祐を見据えた。

京祐も説得に必死だった。

「それも、前川さんに言わせれば、やはり僕のでしゃばりに過ぎないのかも知れませんね。それに……」

京祐は言いかけて口をつぐんだ。

「それに？　はっきり言うてえなあ、なんやねん」

「前川さんと生年月日が、偶然、まったく同じだったもので……。医療には関係のないことかも知れませんが、なんだかそれも気になって来てしまったのです」

京祐は正直な気持ちをぶつけてみた。

「へえー、先生と俺は同じ生年月日なんか。先生の方が、ずっと若いと思ってたのになあ。同じ星の下に生まれたんか……。それを聞いたら、なおさら先生が他人とは思えへんなあ」

前川は驚いた様子で、改めて京祐の顔をジロジロと見つめなおした。そして苦笑いしながら、「そやけど、ほんまにお節介な先生やで」そう呟くと、三本目のタバコを取り出し火をつけた。

煙がゆっくりと、二人の間を漂っている。

しばらくして再び顔を上げると前川は、今度は京祐の視線から逃げることなく、まっすぐに向き直った。

「すまん、先生の好意はありがたく思ってる。俺も自分の身体のことやから、何かがおかしいことはわかるんや。先生、俺、『がん』にかかってるんと違うのか？」

思いもよらない前川の言葉だった。

「突然、何を言い出すんですか」

「もし、そうやったら隠さず正直に教えてくれへんか。何を言われても驚かないさかい。覚悟はできとるよ」

さすがに面と向かってそう言われると、京祐は返す言葉に詰まった。黙っている京祐を見て前川が呟いた。

「そうか、やっぱし俺はがんやったんか」

「だから、『がん』だなんて、ひとことも言ってないでしょう」

「………」

前川は京祐の慌てた素振りに納得したのか大きく頷いてみせた。京祐は話の矛先を変えた。

「でもがんだと疑っているのなら尚更のこと、一刻も早く検査を受けて下さいよ。内視鏡検査で生検をして、がんかどうかを確認することが、今、前川さんにとって一番必要なことなんですよ」

前川は空っぽになった紅茶のカップを握りしめたまま京祐の話を聞いている。四本目のタバコは火をつけられないまま、灰皿の上に乗せられている。突然前川が顔を上げた。

「俺のがんは手術したら、助かるんか」

前川の言葉の中に小さな心境の変化があらわれていた。あともうひと押しすれば検査を受けてくれるかもしれない。京祐はそう思った。

「助かるも何も、今一番大切なことは、とにかく検査を受けて悪性かどうかをはっきりさせることです」

「このまま検査も受けずにほっといたら、やっぱりがんで死ぬんか」

「まだ、がんと決まったわけでもないのに、どうしてそんなにがんに拘《こだわ》るんですか」

四本目のタバコを灰皿から取り上げると、口にくわえて前川は首を大きく横に振った。

そして火を点けた。

「手術は絶対に、いややな」

「だから、手術も何も、まずがんかどうかを調べないと、先に進まないでしょう」

「実は、俺の親父も四十代の若さで、胃がんで死んだんや」

前川は言いたくない言葉を絞り出すようにして呟いた。

「それならなおさらのこと、体質的な素因を考えると、絶対に内視鏡検査は必要です」

「たとえがんで手術しても、やっぱり結果的には死ぬんと違うのか」

「どうして、そんなに悪い方にばかり考えるのですか」

京祐は目の前に漂うタバコの煙を払った。

「そりゃあ、先生みたいな金持ちで健康な人にはわからんよ」

前川は慌てて四本目のタバコを灰皿に擦りつける。

「金持ちで健康ですか……」

心の中で京祐は虚しさと憤りを感じたが、それについては何も言い返さなかった。シャントの袖口をかばう。

「同じ年月日に生まれても、こんなにも違う人生なんやなあ……」

「誰かの言葉に、その人が持っている幸福と不幸は差し引きすると、ゼロになるらしいですよ」

京祐の持論に前川がすぐに反論した。

「それは違う。入院を勧める側と、入院させられる側とでは、月とスッポンや」

五本目のタバコは取り出すのをためらった前川は、そこで大きくため息をついた。

「先生……。俺には、隠さないでほんまのことを教えてくれんか」

「えっ、何も隠していませんよ」

「俺は、俺はあと、何年ぐらい生きられるんや」

内視鏡の検査を勧めに来たのに、これでは逆に患者の不安を掻き立てるだけで終わりそうな勢いである。患者の家にまで押し掛けてきたインフォームドコンセントが、前川にとってはやはり、よけいなお節介だったのかもしれない。

「そんなことはわかりません。まあ、結局検査も診察も、決めるのは患者さん自身ですから……」

京祐の口調はしだいにトーンダウンしていった。

「まああ、そのうち、いや、近いうちに先生のところへ検査に行くことにするわ。せっかくここまで来てくれたのに、きついこと言ってすまん。気にせんといてな」

「そうですね、一日も早く、内視鏡検査を受けに来て下さい」

京祐はテーブルのレシートを取ると立ち上がった。

「ええよ、ここは俺がもつから」

「いいですよ。立場上、患者さんにご馳走してもらうわけにはいかないですから」

「俺の用事で来てくれたんやろう。そりゃ、俺が持って当然や」

「患者さんに出してもらうのは、本意じゃないですから」

「頑固やなあ、先生も……。じゃあ割り勘にしようや」

「そうしましょう」

京祐は苦笑いしながらカウンターで自分のコーヒー代金を支払った。

ドアーを開けると、鉛色の空から白いものがパラパラと落ちてきた。地面を叩く音が霙《みぞれ》であることを伝えている。

「じゃあ、これで……。病院で待っていますから」

「今日は、俺のために時間を取らせて、すまんかったな。仕事、片付けたら行くさかい。その時は頼みますわ」

「それじゃあ、連絡を待っています……」

京祐は軽く会釈すると、前川の家とは逆の河辺駅の方へ向かって足早に歩きはじめた。

空模様は霙から雨に変わろうとしている。霙ならそのまま降り続いて欲しかった。折りたたみの傘を広げ、前のめりになりながら歩く。しかし、京祐が後ろを振り返ることはなかった。

第六章
生命の代償

医師になって最初に遭遇するショッキングな出来事といえば、何といっても患者の「死の場面」に立ち会わなくてはならないことである。

暦はすでに三月に入っていた。

非常勤扱いの研修医とはいえ、病棟の主治医グループの一員として最後に名前を書き加えられた。この名札を見る限りでは患者と医師の立場は逆転したことになる。透析患者であっても白衣を着ている京祐は満足だった。

月曜日の朝、当直医からの申し送りを受けた京祐は、今朝未明に救急車で緊急入院してきた患者のカルテに目を通した。数ページにわたって患者の容体が乱暴な字で記入されているカルテは、その対応がかなり大変だったことを物語っていた。

病棟医長である田所の指示で、入院カルテには表紙の色別にグループ担当医が決められる。緊急入院の患者は京祐もグループ医のひとりとして担当することになっていた。

緊急入院した患者は木下義文という八十七歳の男性。すでに五年前に結腸がんの確定診断がついていたが、高年齢が幸いしたのか、がんの進行は遅く食欲も落ちなかったので、全身状態は比較的良く保たれていた。何とか自宅療養で持ちこたえてきたらしい。開業医の往診による在宅治療が続けられ、小康状態が続いていたようだ。

しかし、今日の明け方になって、突然、肛門から多量に下血したため、主治医の依頼により救急車で搬送され緊急入院となった。

だが、病院に入院してからの指示表には「緊急入院時検査」だけでその後の検査のオーダーには何の記入もなく、その後の検査はまだ組まれていない。

「あれっ、変だなあ……」

入院時が午前五時四十分だから、当直医はその後の検査オーダーを出す時間がなかったのだろうか。京祐の頭に疑問符が浮かんだ。

申し送りのとき当直医は「ちょっと、大変な患者だけれども……」と、言い残して帰っていったが、いったい何が大変なのだろう。胸部のレントゲン写真では、すでに右の肺に転移性肺がんを疑わせる浸潤影が広がっており、心肺機能からいっても「インオペ」すなわち手術には適応しないことには違いなかった。

紹介状の添付とともに、アナムネ（入院時の既往歴）も数ページにわたって記入されていた。それだけでも、この患者には背景に何か特別な事情があるということがわかる。

「新町先生、今朝入院された木下さんの緊急検査の結果が返ってきました」

「ああ、ちょっと見せて下さい」

慌てたようすで病棟看護師の木島が持ってきた。木島から手渡された入院時の血液検査の結果表には、「ヘモグロビン５・８g／dl、ヘマトクリット23％、赤血球数２０４万」と記入されており、下血により貧血状態がかなり悪化していることを表していた。

この状態ではすぐにでも輸血の準備が必要となる。検査結果を見た京祐は焦った。もし、このまま下血が続いているなら生命も危なくなる。病棟医長の田所にも報告しなければならない。京祐はいち早く内科ステーションを飛び出すと木下が入院している病室に向かった。場合によっては、緊急輸血の用意をしなければならない。

入院患者の個室病棟には、重症患者を表す赤色で木下義文の名前が表示されていた。京祐は緊張した面持ちでドアーをノックした。

病室の中に一歩足を踏み入れて、末期がんの重篤な状態の患者を想像していた京祐はあっと驚いた。

なんと少しベッドの背を起こし、にこやかに家族と談笑しているではないか。その姿からは、到底あの検査結果を読み取ることが出来ない。

「おはようございます。木下さんですね。担当医の新町です……。気分はいかがですか」

京祐はとにかく声をかけてみることにした。見知らぬ白衣姿に、一瞬、怪訝そうな顔をしたものの、主治医グループの一人だとわかったのかベッドの木下は丁寧に頭を下げた。

「気分は良いですよ」

しかし、血の気のない青白い顔色は、やはり極度の貧血状態をあらわしているのには違いない。

「食事は今、禁食になっていますが、何か食べられそうですか」

「温かいお茶を少し飲みましたから、今は何も欲しくありません」

「スープ粥でもお出ししますか」

　木下は京祐の話しかけに不服そうな顔をした。

「………」

「入院時に行った採血の結果を見てきましたが、ちょっと出血が続いたせいで貧血がひどくなっていますから、輸血が必要になるかもしれません」

　突然、患者の表情から笑顔が消えた。

「ああ、その件ですが、昨晩の当直の先生にも申しておいたのですが、点滴や輸血はもうけっこうです」

「えっ、それはどういうことですか」

「だから、私に点滴や輸血は必要ないと言っているのです」

　患者の老人は頑固に言い張った。

「必要かどうかは患者さんの状態を診察した医師が判断するものですよ……」

　木下はさらに不愉快そうに顔をしかめて京祐の目を見つめ返した。

「先生は神崎先生をご存じですか」

「神崎先生？　いいえ、僕は知りません」

「立川市の医師会長である神崎先生が、私の本当の主治医ですので。紹介状がカルテに貼ってあるでしょう。先生も読んで下さいよ」

京祐もムッとしたまま聴診器を白衣のポケットの中で握りしめ、診察を始めるきっかけも掴めない。どのように返答すればよいものか戸惑っていた。

その時である。突然、病室のインタホンに呼び出しが入った。

「新町先生、新町先生。内科ステーションまでご連絡下さい」気まずい雰囲気の中、天の助けとばかりに京祐は患者に軽く会釈をすると急いで病室を出た。

歩きながらも大きな溜息をつく。内科ステーションには、田所が待ち構えていた。

「どうだった。緊急入院した木下さんは」

「何ですか。あの木下さんの態度は……。申し送りの時に、ちょっと気難しい患者さんだとは思ったのですが、あれじゃあ、何も指示が出せないはずですね。よく緊急検査だけでも採血を許可しましたね。治療を受けたくないのなら入院なんかしなければいいのに」

一気に興奮気味に話しだす京祐に、田所は苦笑いで答えた。

「まあまあ、新町の気持ちもわかるが、こういうことはよくあることだよ」

「あの木下さんの治療を、どうされるおつもりですか」

田所の説得でも頑固な意志の患者の気持ちは変わらないと京祐は思った。

「そうだな、神崎先生の顔もあるだろうし、ちょっと、ここへ木下さんの家族を呼んで、俺が話してみるか」

「医師会長の神崎先生って、そんなに顔を立てないといけない方なんですか」

田所はその京祐の質問には答えないで、病棟の看護師長である山本に、付き添ってきている木下さんの家族を呼ぶように頼んだ。

「僕もここにいていいですか」

京祐は田所が何と言って説明するのか聞いてみたかった。

「いいよ。この手のムンテラなんてよくあることだから、ここにいなさい」

しばらくすると、数人の家族が内科病棟のステーションにゾロゾロとやってきた。

「どうぞ。ステーションは狭いですけれど。こちらの方へお掛けになって下さい」

数個の丸椅子が用意された。家族は譲り合いながらようやく腰かけた。京祐は田所の側に立ったまま田所の言葉を待った。

「病棟医長の田所です」

手短に挨拶する、すでに話の内容を予測できているのか、家族の表情は重苦しかった。

「神崎先生からの紹介状は拝見しました。『苦しい思いをしてまで治療を受けたくない』という終末医療に対する木下さんの気持ちはよくわかります、末期がんであればなおさらのこと、抗がん剤も今では服用されていないようで、がんの痛みに対しては相当我慢をされているのでしょう」

「すみません、なにしろ父は頑固一徹なもので……」

いちばん年配の女性が答えた。年恰好からいって長女らしい。

「いや、あの強い意思がここまで生命を支えてきたのですから、本人の気持ちは大切にしなければならないと思います。しかし、残念ながら今の状態は輸血をしなければ、命が持たないほど、重篤なのも事実です」

「先生。私たち家族はどうしたら良いのでしょうか」

すがるような目で問う長女の表情がくもる。たぶん家族も父親の頑固さを持てあましているらしかった。

「最終的にはまず木下さん本人の希望というか、意思をいちばん尊重するとして、逆にお聞きしますが、ご家族としては今後についてどうされたいという希望がおありですか」

「そういわれても……」

家族は返答する前に言葉を選んでいるようだった。田所はさして間をおかず、言葉をつづけた。

「たとえ末期がんであっても、生命を出来る限り維持するために、最後の最後まで、治療を優先して患者さんと一緒に闘っていく方法もあります。または、最低限の対症療法だけで様子を見ていくか、さらに、何もしないことも選択肢の一つであることには違いありません」

「このまま何もしないと、どうなるのでしょう」

長女の言葉はさらに小さくなった。

「下血がストップしなければ、今夜中にも危機的な状態になるかもしれません」

家族はお互いの顔を見合わせた。

「もし、治療を受けるとしたら、どのようなものがあるのですか」

恐るおそる窺《うかが》うように長女が尋ねた。

「とにかく今の、出血を出来る限りくい止めて、『補液』つまり、点滴や輸血によって、全身状態を改善する必要があり、それも一刻の猶予はありません。しかし、それには『治療をお受けになる』患者さんと、それを見守る家族と、そして『医療に携わる』我々とがしっかりと、考え方を一致させ、互いに協力し合って治療を進めていかなければなりません」

「はい、先生方にはいつも親父が頑固で迷惑ばかりおかけして、申し訳ありません」

今度は長男らしい眼鏡をかけた恰幅の良い紳士が困った顔で答えた。

「いやいや、迷惑だなんて、そんなことは考えないで下さい。病気に対しては患者さんと家族の気持ちが一致することが、一番重要なことですから」

「昔から、頑固で、『もう駄目なのはわかっているから、このまま苦しい思いをさせずにそっとしておいてくれ』と言うものですから……。つい……」

「そのお気持ちは、よくわかります」

家族も迷っているのがわかった。長男が重い口を開いた。

「ちょうど今から三年前に、父の実の妹がやはり大腸がんで亡くなっているんです。そのとき、病院に見舞いに行った父は、妹の人工肛門の袋をお腹に着けた姿にショックを受けたらしく、『もし自分が、がんになったら、もう何もしないでいいから、そのまま死なせてくれ』と、口癖のように、言っていました」

「しかし、それでも今の状態がいつまで続くのかはわかりません」

田所の話を折って長男が言い出した。

「だから先生、いっそのこと何もしないで、このままそっとしておくわけにはいかないでしょうか」

「そうですね、困りましたね……。しかし、ここはホスピスと違って病院ですから、点滴も投薬も、まったく何も治療をしないというわけには、いかないのです」

田所は家族の反応を確かめるように腕組みをした。そして考え込むように言葉を続けた。

「入院された以上、ただ何もしないで看取ることだけは、病院の方針としてはちょっと困るのです」

促された長女が渋々家族を代表するように質問した。

「不躾な質問で誠に恐縮ですが、もしこのまま何もしないで病院においていただくのが駄目だとすると、どうすればいいのでしょうか」

「そうですね、自己退院でいったん自宅に帰られて、引き続き神崎先生に往診で診ていただくという方法もあります」

田所は黙って立って聞いている京祐に気づいた。すぐに木下の病室に行き血圧をチェックするように指示を出す。

「新町先生、すまないけれど、すぐに501号室に行って木下さんの血圧を測って来てくれないか」

家族とのやり取りを気にしている京祐に余裕はなかった。そうこうしている内にも患者の容態が急変する恐れがあったからだ。

京祐は聴診器を握りしめ、返事もそこそこにステーションを飛び出した。

田所は、家族にも緊急に話し合って考えをまとめるように促すと、家族はそれぞれ沈痛な面持ちでステーションを出て行った。

重篤な患者の対処には一刻の油断も出来ない。田所が指示簿の確認をしている間に、家族も事の重大さを認識したのか、長女がステーションに戻ってきた。話し合いを経て結論がやっとまとまったようである。

「先生、このままじゃあ、病院の方にも御迷惑をかけますから、父に何とか治療を受けるように説得してみますので、ほんの少し時間を下さい……。すみません、よろしくお願い致します」

　長女が病棟ステーションを出て行くのと入れ違いに、血圧を測りに行った京祐が息を切らせながら病室から戻ってきた。

「どうだった」

「血圧は上が76の下が50でした」

　田所の表情が一瞬くもった。

「危ないな……」

「田所先生、結局どうなったのですか。何にも治療する必要がないなら、病院に入院している意味がないのに。これは患者のわがままなのですよね」

　家族の結論を先に想定した京祐の意見だった。不満そうな京祐に田所は近くにあった椅子を引き寄せかけさせた。少し椅子の向きを変えて座りなおし、京祐の目をのぞき込むようにして言った。

「患者さんはね、とくにがん患者は末期になると、すぐそこまで近づいてきている死を強く意識するようになり、不安が蓄積すると、しだいに心まで病んでくる」

「心も、ですか……」

「そう。だからこちら側、つまり医療側が患者のわがままを少しでも受け入れてあげる態勢を作っておくことも必要なんだよ」

「つまり、木下さんや家族が強く望んだら、点滴も輸血もせずに何もしないで、ただ見ているだけで終わるということですか」

京祐は木下から診療を拒まれたことにまだ拘っているようだった。

「そういう意味じゃない。今、君も家族とのムンテラを聞いていただろう」

「はい……。でも、あの家族は頑固に拒否している患者に、治療を受けるように説得できるでしょうか」

「ここでは家族が、どう説得するかが問題じゃない……。治療を拒否している患者に対して一番大切なことは、無理やり治療することじゃなく、『もっと生きたい』という気持ちを起こさせ、次にがんに対する痛みや恐怖をいかにして軽減させるかなんだ」

「難しい問題ですね」

田所の意図がまだ完全には理解しきれていないのか、眉をひそめた京祐がポケットから聴診器を取り出し頚にかけた。

それから数分ほどして、ステーションの外で数人の人の気配がした。

「田所先生、５０１号室の家族の方がいらっしゃいました」

山本の声に振り返ると、木下の家族が、ほっとした表情で立っている。どうやら、説得に成功したらしい。

「何とか納得してくれました。どうぞよろしくお願いします」と言ってぺこりと頭を下げた長女に続いて、後ろにいた長男もかしこまって頭を下げた。

これで治療を開始する態勢は整ったものの、家族が説得できなかった場合には、このまま患者本人の意向どおり何もしない選択肢もありうると田所は考えていた。家族がどのようにして口説いたのか知る由もないが、何よりもほっとしたのは田所であったかもしれない。

「新町先生、君も担当医のひとりだから頼んだよ。いいかい、いくら家族の説得に成功したからと言っても、余り強く治療の必要性ばかりを強調しないで、根気よく患者さんの気持ちが和らぐのを待つのだよ」

そう言いながらも京祐には「新町先生」と気遣ってくれる。田所は緊急事態に備えて点滴や輸血のための血管確保を指示した。

「ハベー（ヘモグロビンの略で貧血の指標）が、これ以上、下がってくると心臓がもたないから」

「はい。わかりました」

勇気を得た京祐は木下のカルテを小脇に抱えると、急いで501号室に向かった。そして、恐るおそるドアーをノックして中に入った。

「気分はいかがですか」

「ああ、さっきの先生ですか、大丈夫ですよ」

「とりあえず血管を確保するためにも点滴をしますが、いいですか」

「ええ……」

先程まであんなに治療を拒否していた患者が、黙って腕を突き出している。この心境の変化は何だろう。なぜ急に家族の説得に応じる気持ちになったのかわからない。

そんなことを考えながら、京祐は患者の腕の血管を探すが、か細い真っ白な腕には、点滴に持ちこたえられそうな静脈の血管影は見当たらなかった。末期がんの影響も手伝って血管も細く脆《もろ》くなっているに違いない。

ノックの音と共に、501号室に看護師の中野奈津子が入って来た。

「新町先生、点滴と翼状針を持ってきました」

「ありがとう……」

振り向くと中野が心配そうな顔をして、京祐の肩越しに患者の腕を覗き込んでいる。

「血管が、なかなか出なくてねえ……」

京祐は上腕部の駆血帯を強く巻直し、血管を浮き立たせるために、何度も腕をさする。

「21ゲージじゃあ、太いですか」

中野の瞳が京祐の目線の先をとらえている。

「細い23ゲージの翼状針、持って来ましょうか」

「いや、次は輸血することになるから、せめて21ぐらいじゃないと、輸血パックでは血球が針の中で詰まって血管の中に入っていかないから……」

知ったかぶりができたのは、京祐が腎不全で入院中に経験した輸血患者と医師とのやり取りだった。

京祐は慎重に、血管を探りながら皮下に針を刺し込んだ。すぐさま、点滴を介助していた中野が点滴ボトルを下げる。針先が正しく血管に入っていれば、血液が逆流してくるはずである。その時、すーっと翼状針の管に血液が逆流してきた。

「上にあげて下さい」

中野がすばやく点滴ボトルを上にあげ、フックに吊るす。

点滴チューブに一滴、また一滴と点滴液が血管に注ぎ込まれてゆく。

「何滴でセットしましょう?」

「ウ～ン……。あっ! ちょっと止めて」

確保されたはずの穿刺部位の皮膚表面が、みるみるうちに大きく腫れ上がってきた。

「失敗だ!」京祐は焦った。

「これではダメだ。漏れている……」

針先を変えて探り直すが、いったんもれだした血管を再修復するのは非常に困難であった。額に冷や汗がにじんだ。血管の確保が出来ない……。

何度も何度も穿刺血管を変え、翼状針を刺しなおすが、血管が脆いためにすぐに点滴がもれてしまう……。上手くいかない。やむなく翼状針を引き抜くと京祐は謝った。

「すみません、何度も刺してしまって」

「いいんだよ、わしの血管はみんなが苦労するからな……。逆の手にするかい」

今までとは人が変わったように協力的な言い回しに京祐は驚いた。しかし何とか一刻も早く輸血に対する血管を確保しなければならない。

「先生、血管が太くなるから少し腕を暖めましょうか」

苦慮している京祐を見かねて中野が提案した。

「悪いね、じゃ、お願いするよ」

病棟ステーションから熱い蒸しタオルをビニール袋に入れて、中野が急いで戻ってきた。逆の腕を暖めているところへ、今度は田所が看護師長の山本を伴って病室に入ってきた。京祐の様子を見に来たのだ。

「アネミイ（貧血）が強いから、早くトランスフュージョン（輸血）の用意をするように。血液型は調べてあるね、新町先生」

「はい……」

どれぐらいの輸血量が必要なのか、確認していない京祐の返事は心もとないほど声が小さかった。

「5パックぐらいクロスマッチ（輸血のための交差試験）しておいた方がいいよ」

そう言いながら田所は聴診器を木下の胸に当てた。

「山本君！　ＥＣＧのモニターの用意と、まず酸素を3リットルで流してくれ」

田所が掛け布団をめくりあげると、病室に異様な臭いが充満した。

「中野君！　まだ下血しているようだから、オムツと下穿きを取り替えてあげて」

「はい、わかりました」

「新町先生、血圧を測って」

何度も水銀柱を上げ下げして確認する京祐に、田所は強い口調で言った。

「かなり下がっているだろう！　わかりにくかったら上だけで良いから」

「70です」

「ハートレイト（心拍数）は？」

「……104です」

「山本君、至急カットダウンの用意を！　移動式のモニターをここに持ってきてくれないか」

「はい、わかりました」

「お尻が汚れていて気持ち悪かったらすぐに言って下さい。我慢しなくてもいいですからね……。遠慮なく何でも言って下さい」

患者からの返答はなかったが、田所の口調は優しかった。しかし、あっという間に緊迫している状態になっていることを、その田所がいちばんよく知っていた。

「新町先生は、すぐに病棟に戻ってクロスマッチの確認をしておくように」

病室の外の廊下で待っている家族に、あらたなムンテラが必要になった。長男はすでに仕事に出かけたらしく、付き添いの家族の中には見当たらない。

このまま出血が続けば生命の維持は難しい。それを手短に説明した田所は、カットダウンの必要性を訴え、それには家族の前で木下自身も承諾した。しかし、意識はかろうじて保たれているのが現状だった。

緊迫した空気が病室を包む。

「田所先生、カットダウンの用意が出来ました」

「オーケー」

カットダウンとは血管確保を目的として、皮膚を切開し、静脈にカテーテルを留置しておく小手術だ。時間との戦いの中、田所は五、六分で手際よくカットダウンを行った。

その間、皮下麻酔を施しても、痛みはやはり拭いきれない。だが、それに対して木下は一度も腕を引く仕草はなかった。やがて、血管につながれたチューブを通して、患者の身体に点滴液が流れ始めた。

使い捨てのゴム手袋を外しながら、病棟ステーションに戻ってきた田所に、早速、山本が声をかける。

「あの頑固な患者さんが、よくカットダウンを承知しましたね」

「これから先のことを考えると、このまま何もしない方が患者にとってはベストかもしれないけれど……。せめて貧血だけは改善しておかないとね」

「新町先生が説得されたのですか」

山本の問いかけに京祐は申し訳なさそうに答えた。

「いや、僕は何も……。僕が病室に行ったときには、もう別人のように協力的でしたから」

「先生は外にいた家族を見た？」

今度は、田所が京祐に質問する。

「えっ……。いいえ」

「中に中学生ぐらいの女の子がいただろう。多分、お孫さんと思うが、両目を真っ赤に泣きはらしていたのを見た」

「そこまで、気付きませんでした」

「恐らく俺の想像では、長女や長男の説得じゃない……。まして、俺達のムンテラで心が開いた、わけでもない。長生きして欲しいと願う、あの素直な孫娘の涙が木下さんのかたくなな気持ちを変えたんだよ」

「さすがは田所先生、素晴らしい観察眼ですね」

山本が持ち上げる。

「よしてくれよ、身内のお世辞は」

田所は苦笑いしながら手洗いを済ませていた。

「ところで、クロスマッチの確認はしてくれた」

「はい、パックの期限も含めて確認しました」

「じゃあ、とりあえず2パック側管で落としなさい。しかし輸血パックの冷えすぎには注意しろよ」

「すでに点滴が入っていますから、側管をつなぐだけなら私がやってきます」

近くにいた中野が即答する。

「そうか、じゃあたのむよ」

中野が輸血パックを持ってステーションを出るのを見計らって、田所は京祐を呼んだ。

「新町先生。診察に行ったとき、何故点滴が必要なのか、考えた？」

田所の表情は厳しかった。

「輸血のための血管確保が早急に必要だったからでしょう」

「うーん、そう……。じゃあ、輸血は何故必要なのか考えなかったの？　出血による下血の確認はどうしたの？　あの病室に入った時、臭わなかった」

京祐は返答できなかった。

「あの501号の患者は、頑固で我慢強いから何も訴えなかったようだけれど、診察時にはお尻の状態まで丁寧に診なきゃだめだよ。オムツだけでなく、シーツまで下血で汚れていただろう」

「すみません。先生が布団をめくってはじめて気付きました」

京祐が困った顔で答えた。

「先生、看護師も入院時のチェックだけで、今朝になってから下血の確認が遅くなってしまって、申し訳ありませんでした」

側で聴いていた山本がすぐに謝った。

「いや、まず診察をした医師がしっかり診ないとね……。こういったケースでは突然、急変して重篤になることだってあるんだから、新町先生も常に患者の状態を把握しておかないと。血管の確保だけにとらわれていては駄目だ。油断していると、いつエマージェンシーになるか、わからないからね」

「わかりました……。これからは注意します」

「病棟は言わば野戦病院みたいなものだから、のんびり、ボ～ッとしてはいられないぞ。ところで、新町先生、ほかの受け持ちの回診は終わったの」

「いえ、まだです」

「患者さんは501号室だけじゃないから、昼食の配膳前に回診はすませておきなさい。誰か手が空いている人、新町先生の回診についてくれないか」

「はい、ちょっと待って下さい……。横田さん、新町先生の回診についてちょうだい」

スケジュール表をめくり目で確認しながら山本が横田に指示した。

「すみません、よろしくお願いします。じゃあ、行って来ます」

京祐は白衣のポケットにねじ込んでいた聴診器を取り出し、再び頸にかけステーションを出た。

「ところで先生、大丈夫なんですか」

山本が田所に心配そうに小声で尋ねた。

「まあ、下血が止まればね」

「違います……。新町先生のことです」

「ああ、彼？　大丈夫だよ。今、研修医として何もかも初めて経験する大切な時期だからね、厳しく指導して医者としての臨床経験を積むことが、彼にとっても一番いいんだよ」

「そのことじゃなくて、透析のこと、みんな心配しているんです。ハードな仕事なのに身体を壊さないでしょうか」

不安そうな表情の山本に田所が答えた。

「彼も臨床医を選んだからには、自己管理は自分で出来るだろう。しかし、現場の医療に妥協はないから、彼がそのことを承知の上で仕事に取り組まないとね。まあ、あまり、そのことは彼にまかせた方がいいよ」

「わかりました。水分摂取や食べ物に気を使っても、仕事に対して特別の配慮はしないようにします」

「透析患者であることを極端に気にしている新町の性格を考えるとね……」

「それにしても、どうしてそんなに透析患者であることを気にするのでしょう」

「それは新町にしかわからない何かがあるのかも知れないね……」

そんなやり取りの中、再びステーションの電話が鳴った。

電話を受けている山本の緊張で、察しがついた田所はすぐに受話器を受け取った。

「はい、田所です」

国友院長からである。

「実は先程、国会議員の星野先生の奥様から連絡をもらったのだが、どうやらその先生が、議員事務所で倒れたらしい」

「星野先生……。心臓の再発作ですね」

「詳しいことは家族の話だからよくわからないが、確か、前にも心筋梗塞の既往があるから。先生が言うようにＯＭＩ（陳旧性心筋梗塞）の再発ならシビアかもしれないね。とにかく入院させなければならないのだが、内科病棟はすでに満床だって」

「はい。内科の病棟は個室もハイケアー室も満床ですが……」

「個室じゃないと気に入らない患者だからな。外科病棟の個室が一つ空いているから、ひとまず、そこへでも入院させてくれないか」

「わかりました。患者さんは、今、どうしてらっしゃるのですか」

「秘書の話だと、すぐに救急車でこちらに向かっているそうだ」

「はい、すぐ入院の手配をします」

田所は受話器を置いた。山本と顔を見合わせた。前回の入院時のドタバタ劇を思い出したからだ。

「悪いね……」

「電話の応対でだいたいは理解できましたが、『あの』星野先生ですか」

「そう、『あの』星野先生だよ」

田所は山本と顔を見合わせ苦笑いした。

「とにかく、すぐに連絡して外科病棟の個室を用意します」

山本はすぐに準備に取りかかった。

「前回も、入院中にトラブっているからな……」

今回の入院については、田所も何か気が進まない悪い予感があった。

病棟回診から戻ってきた高森を、田所が呼び寄せた。

「今、救急車でこちらに向かっている星野さんは、君が担当するように」

「星野さんって、あのトラブルメーカーの国会議員ですか」

高森も前回の入院時のゴタゴタを覚えていたようだ。

「ああ、今回の入院はＭＩ（心筋梗塞）による心不全なら事態は厳しいものになるかもしれない……」

「わかりました」

「それから山本師長。新町も回診から戻ってきたら救命救急外来に、すぐ来るように伝えてくれ」

田所と高森はステーションを出ると、駈け出すように階段に向かった。

しばらくして病棟ステーションに戻ってきた京祐に山本が声をかける。

「田所先生が、すぐに救命救急外来に降りるようにとのことです」

「何かあったのですか？」

「心臓発作で搬送されてくる患者ですから、一階の救急救命室へ直ぐに行って下さい」

「わかりました」

山本はそれ以上の患者の情報は伝えなかった。階段を走り出しながら京祐は緊張感が増していった。

遠くで聞こえていた救急車のサイレンの音が次第に大きくなり、病院の前で止まった。救命救急室のドアーが中から開いた。救急車によって搬送されてきた患者よりも、患者を取り囲む関係者の多さに京祐は驚いた。ざわついているが、無駄口をきく者は誰もいない。

「皆さんは、少し下がっていて下さい！」

救急隊が支えるストレッチャーに乗せられ、意識を失った星野が運び込まれる。田所がすぐさま聴診器を胸に当てると、心尖部での心音はすでに消えていた。直ちに救急救命室の処置ベッドに星野の身体が移される。顔面は蒼白で唇は半開きの状態であった。

「高森、すぐに心マッサージを」

経験があるのだろう高森の行動は素早かった。

「誰か血圧を測って。カウンターショックとそれから心モニターの用意を。星野さん！星野さん、大丈夫ですか」

声をかけることによって意識レベルを確認する田所に、星野の返答はない。

その時、救命救急室に国友院長が顔を見せた。

「院長。現在は心停止、呼吸停止の状態です」

心肺停止の状態に、田所は矢継ぎ早に指示を送る。

「すぐに血管を確保して！　挿管までアンビュー（呼吸器）の用意を。新町、ソルコーテフ500を二、三本用意しろ！」

「送管の準備。酸素は5リットルで流して」

その間も、高森の心マッサージは続いていた。

「エアーバッグは新町が押して！　高森の心マッサージとタイミングを合わせるのだ。ソルコーテフ500点注、もう500はワンショットで、管注で直接入れてくれ」

次から次へと田所の指示が看護師にも飛ぶ。

「点滴の中にカルニゲン5A点注、メイロン2Aゆっくり管注で！　それに、四肢誘導でいいからモニターを付けて！　すぐに流して」

心電図の記録紙が流れたが、微弱な心室細動に変わりなかった。このままでは完全な心停止は時間の問題である。

救急救命士が恐るおそる田所に声をかけてきた。

「先生、連絡があった事務所内でＡＥＤ（除細動器）は二度かけましたが……」

「その時に、心機能の改善は見られなかったのですか？」

「いや、その時点では、心拍は僅かではありますが、あったようですが……」

救急救命士の自信なさそうな返答に、田所の表情が一段と厳しくなった。

「国友先生、もう一度カウンターショックをかけましょう」

除細動器の効果が期待できないことはわかっていた。しかし、国友は黙って頷く。

「カウンターショックをかけるぞ！」

あまりの凄まじい光景に、患者の家族や関係者は逃げ腰になっている。ただ、オロオロするばかりで、死線を彷徨う星野の重篤な状態が理解できていない。

「邪魔になるなら、私達は出ていましょうか」

付き添ってきた家族が口を開いた。

「いやっ、星野さんの家族の方なら、なおさら救命救急の現場をここで見ていて下さい」

その時、田所は振り向きざまに怒鳴った。

「ちょっと、ここで携帯の使用は止めて下さい」

ゴム手袋をはめながら、秘書らしい関係者に注意する。

「ドウッ！」

鈍い音と共に、メタボである星野の身体が飛び跳ね、患者の薄く開いた目から火花が出た。

二回、三回、四回……。次第に田所も焦りの色が濃くなってくる。

「ヘルプン（心臓への直接注射）の用意！　ボスミン5A詰めて！」

「新町！　高森から心マッサージを代わって、そう、心マッサージは続けろ。あっ、いったん、手を止めてみてくれ……。よし、心マッサージを続けて」

高森が京祐の心マッサージの位置を注意する。

「新町、もう少し左だ。もっと強くしろ……」

京祐は慌てて両手の位置をずらした。

医療スタッフ全員の視線がモニターの画面に注がれ。心マッサージを止めると、たちまち心電図はフラッターになってしまう……。田所が国友に向かって言った。

「ラプチャー（心破裂）でしょうか」

「その可能性は大だね……」

国友は急性心不全の状態を把握しているようであった。

その時である。まだ携帯を握りしめている議員秘書が顔を強張らせて国友に訴えた。

「星野先生は政務官ですよ。ここで死なせるわけにはいかない。今、私が連絡を取りましたから、国立多摩循環器センターに搬送して頂けないでしょうか。センター長の高木先生には連絡してお願いしましたから」

「この今の状態で、ですか?」

国友が驚いた。

「ぜひ、国立循環器救命救急センターに星野先生を搬送させて下さい! お願いします」

パニックに陥っているとはいえ、涙を流し懇願する秘書に国友は答えた。

「わかりました。このまま救急車で、国立循環器センターに星野先生を送りましょう。センター長の高木先生には私から詳細を連絡しますから……」

田所が何かを言おうとしたが、国友が抑え、先に指示を出した。

「誰か搬送に同行して、救急車の中でも心マッサージを続けなさい。酸素は5リットルで流したままで……」

「僕がついていきます」

嫌な役割を承知で高森が手を挙げた。

「じゃ、高森先生にお願いするよ」

立川市立中央総合病院のだれもが、星野の心機能の回復はすでに困難であることを認識していた。しかし、敢えて心停止の患者の搬送を許可するのには、患者の状態を家族や関係者に納得してもらう必要があったからである。

再び救急隊の手によって、星野はストレッチャーに移し替えられた。

救急車のサイレン音が遠ざかるのを確かめるように、救命救急室の金属の扉が閉められた。


走り去る救急車を見送ってから、京祐はしばらくのあいだ言葉も出てこなかった。実際に心マッサージをしたのも初めての経験だった。

ところが間髪をいれず内科病棟ステーションから緊急の連絡が入った。下血患者、木下の容態が急変したとの知らせである。

エレベーターなんて待っていられない。連絡を受けた田所は階段を駆け上がる。息切れしながら京祐もそれに続いた。

病室に入るとすぐに田所が患者の腕をとる。すでに患者の脈拍は微弱であった。マンシェットを巻き直し、心尖部にステート（聴診器）を当てた……。かろうじて心音が確認されたが、血圧は触診でも50をかろうじて触知できる程度である。すでに下顎呼吸を呈していた。

「恐らくDICを起こしたのだろう。ちょっと、家族には外してもらって……」

家族への配慮を考えた田所は山本に目で合図した。これから行われる、すさまじい蘇生現場は、なるべく見せたくなかったからである。

「酸素、6リットルに上げて！　カルニゲン3A、メイロン1A管注！」

「新町、血圧は？」

「測定できません！　収縮期の血圧もよく聞こえません」

京祐の報告に、田所はステートを心尖部に当てた。心音は消えていた。

「すぐに心マッサージだ！」

つい先ほどの高森の心マッサージの注意が頭をよぎった。

京祐が木下の上半身に覆いかぶさるように心マッサージを始めた。しかし八十七歳の高齢である。強く押すと肋骨骨折を起こす危険があった。

「メイロンもう1A管注、イノバン追加」

次々と指示される蘇生処置も効果なく、モニターには心室細動の波形が続く……。出血性ショックの状態からでは、心機能の回復は極めて困難である。田所は再び家族を病室に入れることを決断した。

「外で待っている木下さんの家族に、危篤状態だから病室の中に入るようにと伝えて下さい」

「はい」

山本の対応も早かった。外で待機していた家族を部屋の中に入れた。

京祐は心マッサージをしながら、恐るおそる患者の顔を見た。つい先ほどまで点滴騒動で会話をしていた木下が、ただ静かにマネキン人形のように横たわっている。両腕には先ほど点滴が入らず、何度も刺した翼状針の止血絆創膏が痛々しい。

もういいよ、有り難う……。もういい、何もしなくていいから。そう語りかけているような木下の穏やかな表情であった。

「心注針、用意しますか」

山本の問いかけに、田所はゆっくりと首を横に振った。これ以上身体に傷つけても蘇生の見込みはないと判断したからである。京祐はそれまで続けていた心マッサージを止めた。たちまち心電図のモニターがフラットの波形になった。心停止である。

そして顔を家族の方を向け、静かに口を開いた。

「非常に残念ですが、蘇生は難しいかもわかりません」

田所は医療の最終段階に入った木下の状態を診て、臨終であることを告げた。

おそらく治療を受けるように説得をした孫娘であろう。おじいちゃん、おじいちゃん、と泣きじゃくりながら、何度も何度も患者の動かない手を撫でている。

「親父さん！」

突然、ドアーが開いて、息を切らせた長男が入ってきた。

「お父さんが……いま……」

長女はハンカチを目頭に当てたまま、涙と嗚咽で声にならない。

田所の指示で、呼吸停止、心停止、瞳孔散大を確認した田所は腕時計を見た。

「午後七時五十五分。ただいま、永眠されました」

死期を覚悟して、終幕を自分で引くがごとく逝った木下さんには、安らかな天国への門戸が開かれているのに違いない。京祐はそう思った。

清拭の看護師を残し、田所と京祐は内科のステーションに戻った。

「死亡診断書の用紙を持ってきてくれ。しばらくしたら家族に死に至った経過を説明するから……。それに、新町君は遅くなってしまったがもう帰っていいよ。今日は長い一日だっただろう」

「僕は大丈夫です。今日は大変勉強になりました。遅くなったらタクシーもありますから、もう少しいさせて下さい」

「そうか、無理するなよ」

「先生方、熱いお茶を入れました」

清拭を終えて戻ってきた横田と山本の気遣いが、田所たちの重苦しい気持ちをほっとさせてくれる。

その時、疲れ切った顔をした高森が搬送先の病院から戻ってきた。その足でステーションに顔を出した。

「お疲れさま。どうだった星野さんは」

「やはり蘇生は出来ませんでした。向こうでもラプチャーだと判断したようですが、しかし解剖には大反対で、もめていたので僕は帰ってきました」

「行政解剖の適応かもしれないが……。まあ、我々が口出すことじゃないから」

「国立循環器センターに行ってくれてよかったですね」

思わず本音が出た京祐に田所が注意した。

「新町、そんなことは口に出して言うものじゃないよ……。そこに患者がいる。その患者が大臣であってもホームレスでも、なんら病人であることには変わりない。治療に対しては誰であっても差別することなくベストを尽くす。そのことだけは忘れずに」

京祐が医局で帰り支度をしていると、医局に顔をのぞかせた田所に声をかけられた。

「帰る前に、いっしょに霊安室に寄っていこう。自分が医者として最期を看取った患者をお見送りするのは、内科医の義務のひとつだからね」

田所と京祐にはそれ以上の会話はなかった。無言のままエレベーターに乗り、地下の霊安室に向かった。

第七章
憐憫のシグナル

前川哲也は京祐との約束を忘れていたわけではなかった。だが、検査のためとはいえ、京祐のいる立川市立中央総合病院を、まるで思い出したように受診することには、もう一つの理由があった。

初診からすでに半年以上が過ぎようとしていた。暦は七月に入り、汗ばむ季節になってきた。暑い夏がそこまで近づいている。

京祐の外来透析は、年が変わるとすぐに週三回となった。

研修医の実習日は医師としての経験を一日でも多く持ちたいと願う京祐の希望が叶え

られ、週に三回（月、水、金曜）の研修日となった。規則正しい週に三回（火、木、土曜）の透析と、間を挟むように週三回の研修日が固定された。

京祐の体調管理は落ちついたが、夏になっても長袖のカッターシャツは変えなかった。血圧の薬も継続服用していた。

自宅に押しかけてまで内視鏡検査を勧めたのにもかかわらず、何の音さたもなかった前川が突然外来を受診した。青白い顔と五キロもやせ細った姿が、医療を拒否した時間の経過を表していた。

その日、川西の外来診察を受けた前川は、直ちに緊急内視鏡検査が施行され、その結果、病理組織細胞診の結果を待たずに、外科病棟に入院することになった。胃がんによる胃穿孔や腫瘤による閉塞性疾患の可能性を考慮した結果である。入院時の血液検査の結果も芳しくなかった。外科手術に耐えうるか否かの検討がなされたが、結局、頼みの綱である外科治療にすべてを委ねられた。

前川が入院した翌日、京祐は川西から前川哲也が外科病棟に入院したことを聞かされ驚いた。半年も放置しておきながら、今ごろになって、何故、もう一度しかもこの病院の診察を受けに来たのかがわからなかった。

「そこまで悪くなっているんですか。だからあれほど、早く検査を受けるように勧めたのに……」

感情を昂ぶらせている京祐に対して、川西の口調は穏やかだった。

「結局最後に決めるのは患者自身だから、病院に来なかったからといって、君が患者を責めることはないからね」

「わかりました。でも放置しておいたことで、がんが進行しているとしたら残念です」

京祐は白衣のポケットに手を入れたまま、唇を噛んで悔しさをあらわにした。

「前川さんが受診しなかったことを、今更いくら言ってもはじまらない。それより大切なのは、これからどうするかを考えることじゃないか」

ひと呼吸おいてから、川西はさらに続けた。

「患者のためと、それにいずれは担当するだろう君のためにもね」

京祐は一段と暗い表情になった。

「僕は前川さんが入院している外科病棟へは顔を出さないほうがいいのでしょうか」

「それは、君自身が内科医として考え、判断しなさい。前川さんは藁をもすがるような思いで、この病院に来たと思うよ」

なぜ今頃になってこの病院に来たのか、それも自分には何の相談もなかったことに京祐は不満だった。

「川西先生、つまり僕は、前川さんにとってただの藁だということですか」

「もちろん。彼にとって君は藁でしょう。もしかして君は自分が救命の浮き輪だと思ってはないでしょうね」

「……」

京祐が黙って不機嫌そうにしているのを見て川西が続けた。

「『ただの藁』でいいじゃないですか。まずは君が彼の藁になれるかどうかだよ」

「つかまれて、いっしょに溺れてしまっても、ですか」

それを聞いた川西は思わず声を出して笑ってしまった。

「藁というものの役割がわかっているなら、君は決して溺れないよ」

京祐は川西の言葉の意味がわからないまま生返事をした。

「わかりました、病棟回診が終わってから、すぐにでも行ってみます」

朝の回診に間に合うように、京祐は慌てて病棟に戻った。川西に言われたことよりも、前川のがんの状態の方が気がかりであった。

昼の時間になった。前川のことを気にしながらでは食がすすまない。昼食を早めに切り上げると、京祐は外科病棟へ向かった。どんな顔をして会えばいいのだろう。入院の相談を受けたわけでもない京祐の足取りは重かった。

前川哲也とマジックでかかれた黒字の名札を探し出した京祐は、そっと扉を開け、廊下から病室を覗きこんだ。

病室は三人部屋であったが、中をうかがうといちばん奥のベッドに横たわっている患者の背中が見えた。他の二つは空ベッドなので、その背中は前川に違いなかった。

京祐は聴診器を白衣のポケットに入れると、合図のノックをして中に入った。

「前川さん？　身体の具合はいかがですか」

「あっ、新町先生やないの。あの時はせっかく家まで来てくれたのに、先生との約束を破ってしまって、すまんかった」

振り向いた前川の青白い顔が、貧血がすすんでいることを表していた。驚いた振りはしたものの、何かよそよそしさが漂っている。

「なにも謝らなくてもいいですよ」

「お陰で、俺は外科に入院や……。今度ばかりはもうあかんような気がする」

「何を気の弱いことを言っているんですか、手術が終わったら退院して、また元気に働けますよ」

「先生、気休めはいらん。同じ死ぬんやったら、あんたに看取ってもらおうと思ってここへ来たのに、外科に入院や……」

「手術ができるってことは、治る可能性があるのですから大丈夫ですよ」

「そんな気休めはいらん。先がないのはわかっとる」

「そんな……」

前川の悲観的な言葉の攻撃に、京祐は返す言葉が見つからない。

「手術して、生きて戻れたら話すつもりやけど、手術したらもうあかんかもしれんしなあ……。同じ星の下に生まれた、新町先生にだけ俺の本心を聞いて欲しかったんや、俺にとっては今回入院するまでの短い時間に、命がけで頑張ったけど……。そやけど、これで死んだら、俺の人生はたいしたことなかったたってことや」

京祐は前川が命がけで何を守ろうとしたのかわからない。自分には一言の相談もなしに川西部長の診察を受けたことなど気にしているようすはない。主治医でもないのに、のこのこ外科病棟までやってきたことを悔やんだ。

「どうしてそんなに、死ぬ、死ぬ、と決めつけているのですか」

「実は、自分の身体の中がだんだんボロボロになってゆくのがわかるんや」

「そんなことを言わないで、とにかく、治るまで一緒に頑張りましょう」

一応ひとりのがん患者として対応するしかないと京祐は思った。

「ありがとう、先生はやっぱり優しいなあ……。でも、先生は戦友やない、先生は指揮官で、闘って戦死するのはこの俺なんや。そうやろう？」

「……」

京祐は前川の眼を見たが、前川は眼を逸らした。

「悪かった、患者のひがみちゅうもんやさかい……。気にせんといて」

前川の話を聞いていると、京祐はしだいに気が滅入って腹が立ってきた。友達でもないのに、気になるのは生年月日のせいだろうか。

「じゃあ、また来ますから」

すると突然、立ち上がろうとする京祐の白衣の袖を、前川が強く掴んだ。

「先生、一つだけ本当のことを教えてもらえんやろうか」

急に顔が険しくなり、表情がこわばっている。前川は言葉を続けた。

「来週は手術だし……。で、それまで先生には会えんかもしれへん。聞きたいんや。俺の命は、あとどれくらいもつんや」

前川の眼は真剣そのものであったが、京祐は何も答えられなかった。たとえ知っていても、外科の主治医でもない京祐が憶測で簡単に答えられるわけがなかった。

「頼む。この通りや、ほんとのところを正直に教えてくれ」

急にベッドから身を起こすと前川は正座をした。両手を合わせて拝む。その両眼からは大粒の涙がこぼれた。

「なっ、なっ？　一年か？　半年か？　このまま手術室で死んだら、死んでも死にきれん……俺に残された最後の時間が知りたいのや」

「前川さん、今の僕の立場は前川さんの主治医じゃないんですよ」

「そんなことあらへん！　最初に診てくれた先生が俺の主治医やないか」

前川の涙につられて京祐の目頭も熱くなってきたが、京祐は必死で平静さを装う。つかまれた自分が『藁』であることがそのときわかった。

（若い患者のスキルスタイプは、浸潤如何によっては一年いや半年が限界かもしれない……）ここは嘘をつくことが必要な場面なのだと京祐は思った。

「手術すれば、五年は保証しますよ。がん細胞をうまく切除できれば、もっと長生きできますから」

「五年か？　ほんまかいな、俺に気をつこうて長めに言ってるんやろう」

「手術さえすれば、大丈夫ですよ、大丈夫……」

京祐は「大丈夫」を連発した。本当に大丈夫な患者には「大丈夫」をくり返す必要はない。その言葉の裏側にある真実を敏感に感じ取った前川の落胆は大きかった。病室を出る時、京祐は外科病棟まで押しかけて来たことを後悔していた。

翌週の月曜日、午前九時十五分から前川哲也の手術は予定通り行われた。

しかし、その結果は惨澹たるもので、がんの浸潤による他臓器への癒着が著しく、胃切除はもとよりがん組織の部分切除もままならなかった。開腹しただけで閉めざるを得ないというのが実状であった。

予想していた手術時間があまりに短かったことで、悪い結果を察した前川の妻、美子は青ざめた顔でランプの消えた手術室の前に立っていた。

年上で気丈な美子であったが、夫の病気にはどう対処してよいのかわからない。とにかく子供だけは近所に預けてきたものの、不安と苛立ちは募るばかりであった。

手術室の前で待たされる時間は、家族にとって、一分が一時間にも思えるほど長く感じられる。

午前十時三十五分。美子が時計の時間を確かめるまでもなく、突然、手術室のドアーが左右に開き、たった今、手術を終えてハイケアー室（重症治療室）に向かう前川がストレッチャーで運ばれて出てきた。

血の気を失った夫に、夢中で駆け寄ろうとする美子を慌てて看護師が遮る。

「後で、先生からお話がありますから、ここで待っていて下さい」

逃げるように廊下を遠ざかってゆく夫の姿を、美子はただ後姿を見送ることしかできない。

しばらくすると、手術室から手術を担当したと思われる外科医のスタッフが数名出てきた。その中にマスクをかけたままの京祐の姿があった。前川のオペの見学許可がでた京祐は、美子に気づかれないように急いで更衣室に向かった。

大半の外科医は美子の知らない先生が大半だった。その中の手術を担当した執刀外科医の野村が、美子の姿を見つけると、手術帽を取りながら立ち止まり、手術の経過を説明し始めた。

「ウーン、事前の検査で想像していた以上にがんは進行していました」

「先生、結局、がんを取り除くことはできなかったのですか？」

野村の表情がこわばった。

「やるだけのことはやってみましたが、周りの組織へのがんの浸潤が余りにもひどくてね。こう、癒着しているのを剥がそうとすると、周りから出血がひどくなって……」

自分の胃の部分を指差しながら、手振りをまじえて説明する野村は手術の結果が芳しくなかった理由として、さらにこう付け加えた。

「外科的には少し手遅れだったようですね」

「そうですか……」

美子は今にも消え入りそうな声で答えた。

「ステノーゼ、いや、消化管が腫瘍によって胃の出口で閉塞しかかっていましたので、取りあえず、外から栄養を入れる目的で、腸に管を入れる『腸ろう』を作りました。これは一時的な処置ですから、良くなっていけば、また塞ぐ可能性もあります。ですから当分は、ここに入れてある管から栄養を摂るようにして下さい」

今度は野村の手のひらが左の腹部の上を指すが、美子には理解出来なかった。

「あの、先生……」

声がもつれて出てこない。

「何でしょう」

「主人はあと、どれくらいもつのでしょうか」

「確かなことはわかりませんが、今日の手術の状態では、一年か、あるいは半年か。これからの、抗がん剤である化学療法の効果をみないと、それは何とも言えません」

美子は自分が想像していたよりも、はるかに前川の病気が進行していたことに愕然とした。術前の説明で、はじめて進行がんと知らされた時、ある程度の覚悟はしていたものの、そのショックは大きかった。夫はなぜ自分に病気のことを話してくれなかったのか、前川が妻の美子にがんであることを打ち明けなかったことも、気持ちの上でさらに追い討ちをかけられるようだった。

しかし、今は手術によって病態の悪化が白日の下にさらされ、突きつけられた事実を受け入れなければならない。夫からのがん告知は手術直前であった。入院してからも、夫は「自分はただの胃潰瘍だから手術は簡単に終わる」と言ってごまかしていた。夫が迫り来るがんの恐怖を一人で振り払い、堪えていたのかと思うと、美子は胸がつまる思いであった。

手術をした野村が言葉を続ける。

「外科としての役割は一応終わりましたので、手術後の回復の具合によっては、早い時期に内科に再転科になるかもしれません。あとは、化学療法と放射線治療もありますから、転科時期については、また、内科の田所先生と話しておきます」

野村は説明を終えると、後を振り返ることもなく足早にその場を離れた。

「ありがとうございました」

美子は、ただうつむいたまま、廊下の長椅子に腰が砕けたようにへたへたと座り込んでしまった。

人の出入りが激しい病院の廊下で泣き崩れるわけにもいかず、放心状態のままじっと耐えている美子に周りの声など聞こえるはずもなかった。

「前川さん、前川さん。ま、え、か、わ、さん」

目の前に人が立って、誰かが自分に声を掛けている。

気づいた美子は驚いたように顔を上げた。

「あっ、田所先生」

緊張の糸が切れたのか、美子の眼からは大粒の涙がこぼれて落ちた。田所は白衣のポケットからそっとハンカチを出し渡す。

「すいません、洗って返しますから……」

美子は田所から手渡された大きな白いハンカチで顔を覆いながらしきりに目頭をこすってみるが、涙は容易には止まらなかった。

田所はゆっくりと美子の隣に腰掛けた。

「今、ご主人はハイケアー室に行きましたから……。もうすぐ意識も戻ってくるでしょう」

美子はただ黙って頷くのが精一杯である。

「驚かれたかもしれませんが、腸ろうのことは、胃に負担をかけないためにも、設置せざるを得なかった処置だと思います。それから、ご主人にはがんに対する根治手術が出来なかったことは、野村先生からお聞きになったでしょう。しかし、手術はうまくいったと言ってあげて下さい。腸ろうに関しては、あくまでも一時的な処置なのだと……」

田所はすでに手術の結果を知っているような口ぶりだった。オペに立ち合った京祐から報告を受けていたからだ。京祐はすでに美子には気づかれないように内科病棟に戻っていた。

「はい」

「本人にある程度がんについての知識があっても、がんに対する術後の告知はかえってその後に悪影響を及ぼしますから、気をつけて下さい」

「これから、主人はどうなるんでしょうか」

「さあ、それはこれからの経過次第ですが、内科病棟に移られたら、出来る限り体力をつけて家庭に帰してあげたいですね」

「腸に管が入ったままですか」

美子は眉を顰めて険しい表情になった。

「ええ、短期の外泊でも良いから、病室にいるよりも家族との生活の方が、生きる意欲が湧いてきますからね……。これからは奥さんと、患者さん本人が意思を強く持ってこの病気と闘っていかなければ、いい結果が得られませんよ。われわれも応援しますから、頑張りましょう。元気を出して下さい」

美子は天井を見上げ、震える唇を噛みしめた。

「困ったことがあったらいつでも相談して下さい」

そう言って田所は立ち上がった。

「よろしくお願いします。すみません。こんなにハンカチを汚してしまって、洗って返しますから……」

「いいですよ。そんなの、そのままで」

田所は強引にハンカチを受け取ると、無造作に白衣のポケットに押し込んだ。

「さあ、ハイケアー室に行ってあげて下さい。意識が戻って、きっと寂しがってらっしゃいますよ。強がりを言ってもデリケートですからね前川さんは」

田所の言葉は、美子に勇気を奮い起こさせるまではいかなかったが、涙は止まったようだ。

術後の四日間をハイケアー室で過ごした前川は翌週、内科へ転科となった。引き受ける内科の病棟では、前川がストレッチャーで運ばれて来る前に外科医からの申し送りが内科の病棟ステーションで始められていた。

ちょうど金曜日の勤務日であった京祐もその場にいた。

「外科としては内科からお預かりした患者さんに対して、出来る限りのベストを尽くしましたが、やむなく腸ろうという結果になってしまいました。部分的には抗がん剤を散布しましたが効果は限定的でしょう」

執刀した外科医長の野村は、淡々とオペの経緯を報告する。オペの時期が遅れたことには触れなかった。内科医の責任を問うている。少なくとも京祐にはそう聞こえた。

「今後はエンドステージに向けて内科のフォローをお願いします」

申し送りに必要なカルテを置いた。外科医としての役割は終わったような表情で野村は外科病棟へ戻っていった。

「あのオペの状態なら、かえって何もしないで、ぎりぎりまでほっておいた方が良かったのかもしれない。が、あくまでもそれは結果論ですよね」

高森がなげやりな言い方をした。それに反発するかのように京祐が反論した。

「えっ、じゃあオペは間違いだったのですか?」

「そうは言ってないでしょう。新町君はオペに立ち会って見ていたのなら状況はわかったでしょう。オペをするには遅すぎた。そうですよね、田所先生……」

「腹部を開ける目的はがん細胞に直接抗がん剤を注入する効果もあるから、オペに踏み切ったことは間違いじゃないが、オペは麻酔による肝臓への負担もある……。それに、なによりも手術による体力や気力の消耗のマイナス面も大きいからね。ただこの時点では賜ろうは仕方ない選択だ」

田所の言葉に高森は納得したように黙って二度頷いた。

「しかし内科としてがんを強く疑った患者に対する対応は十分ではなかった」

京祐は、意外な田所の言葉に驚き思わず口が滑った。

「じゃあ、半年前に、僕は一体何のために自宅まで押しかけて内視鏡検査を勧めたんでしょうね」

「えっ、君は前川さんの自宅まで会いに行ったの」

高森が軽蔑するような視線を京祐に向けた。田所も京祐から詳しい報告は聞いてはいなかった。結果的に前川を説得できなかったことで、無駄だったと考えたからだ。京祐にとって気まずい雰囲気が周囲を包んだ。

「すみません。勝手なことをして……。とにかく直接会って内視鏡検査を受けるように説得したかったものですから」

京祐は今になって慌てて弁解した。

「でもその結果は、前川さんは内視鏡検査には来なかっただろう。それも半年以上も放置したまま、今になって現れた……」

京祐は高森の言い方にも不満だったが、田所には気持ちを理解して欲しかった。

「あの時にもっと強く病院に来るように勧めるべきだったのでしょうか」

京祐の言い訳は通じそうもない。

「君の勧め方に問題があったのかはわからないが、結局、最後に選択するのは患者自身だからな……。そうだろう」

「田所先生、今回の場合に限らずですが、やはり患者の家まで検査を受けるように押しかけるのは行き過ぎた医療行為じゃないですか」

高森の意見に対しての答えでなく、逆に田所は京祐に訊ねた。

「新町自身はどう思っているのだ」

「そうですね。その時は自分のしたことが正しいと信じていたのですが、今となってみると、この結果ですから……」

　確かあのときは田所も前川に連絡を取ることには反対しなかったはずだ。しかしその後の結果を見れば説得できなかった京祐の説得の仕方に問題はあったのかもしれない。

「ある程度の連絡は、医師としての道義的責任の範疇かもしれないが、嫌がっている患者の職場や家族のいる家まで押しかけるのは、どうかと思うな」

「はい……」

「確かにあの時点で検査をちゃんと受けていれば、半年前でのオペの成績は確実に違っていただろう。しかし、今さら何を言っても後の祭りだ。我々にとっては、これから先をどうするかが大切なのであって。過ぎてしまった時間は取り戻せないのだから、内科医としての最善策を模索し、実行してゆく……それしか道はない」

　田所が出した結論だった。高森が田所に会釈するとステーションを出てた。

　京祐は少しほっとした気持ちで田所に言った。

「前川さんが内科病棟に戻ってきてからの内科の役割は、シビアですね」

「何を弱気なことを言っているんだ。前川さんの末期がんに対する闘いは、今、始まったばかりじゃないか」

田所は、ポンと京祐の肩を叩いた。

「君は主治医のひとりとして最期までしっかりと診てあげなさい」

「はい、わかりました」

京祐はすぐに返事はしたものの、わだかまりが解消したわけではなかった。


さっそく午前の回診の最後に京祐は前川の病室に立ち寄った。たとえ前川ががんの末期であっても、再び受け持ちになったことは何かの縁かもしれない。がんに立ち向かうためには何ができるのか、京祐は自分を奮い立たせた。

入院時には黒色で書かれた名札が、オペ後に内科に戻ってくると、重篤患者を示す赤い色の名札に変わっていた。一瞬、中に入るのを躊躇したが、主治医のグループになった以上、逃げ出すわけにはいかない。出来るだけ平静を装って中に入った。

ベッドに横たわっている前川は、あの半年前に初診で診た人物とは別人のようであった。遠くからでもわかる陶器のように青白い顔貌が、術後の状態の悪さを物語っている。

付き添っているはずの妻の美子の姿は、見当たらない。

京祐はわざと元気な声を出して近づいた。

「どうですか、気分は」

「ああ、新町先生か。やっぱり腹の中をいじられたから痛いわ」

振り向きざまに苦笑いで取り繕い、答える。

「外科の先生は、一時的に胃を休ませるためいうて、こんなところに穴をあけたんや」

前川は腸ろうが造設してある左の脇腹を指さしつつ、少し身体を前に起こそうとした。

「いて、て、て……」

「駄目ですよ、じっとしてなければ。全抜糸はまだなのでしょう」

「それより先生、俺のがんは全部とれたんか?」

疑いの眼で京祐を見返す。

「ええ、大丈夫です。手術は上手くいきましたよ」

「その割には、こんな管付きの身体になってしもて……。ここを閉じて、もう一度、家に帰れるんかなあ」

「何を気の弱いことを言っているのですか、奥さんやお子さんも待っているのでしょう」

「そうやなあ……」

前川は何かを思い出したように目を伏せた。

「あっ、そう、そう。ところで先生にひとつお願いがあるんやけど」

「何でしょう」

「ちょっと、その上の引き出しを開けて……。その封筒の中身、それを見てえな」

京祐は言われたまま、引き出しを開けた。

「なんですか、この書類は」

「実はこれ、先生が家に来てから、慌てて生命保険に入ったんや」

「………」

京祐は、前川がすぐにも病院に来て検査を受けようとしなかった理由が、今はっきりとわかった。家まで押しかけて説得した結果がこれだった。

憮然とした表情で、分厚い書類の入っている封筒から書類を取り出した。

「子供も、連れ子を含めて二人もおるし、このまま死んだら何も残してやれへんからな」

「前川さん、困りましたね。ほら、ここに書いてあるように、虚偽の申告をしたら保険金は下りないんです。病気が明らかになってから、保険に入っても、いざ、支払いとなった段階で調査が入りますよ」

前川はあからさまに不愉快な表情になって京祐をにらみつけた。京祐はそれでも言い返す。

「困ったなあ、医師の診断書に嘘は書けないんですよ」

「何が嘘や。今度の入院する前に保険に入ったんやから、がんの診断はついてないはずやろう。関係ないやないか」

前川は怒りを露わにした。

「でも、その前にこの病院で診察を受け、胃透視もしているでしょう。カルテが残っている以上、最初にこられた初診の日付を変えるわけにはいかないんです」

「あれから半年以上も経ってるんやで。今回の診察が初診やないか」

前川は一歩も譲らなかった。

「二年前、あるいは五年前にさかのぼって病歴を調べるのです。病院で診察を受けた事実を隠すと、保険会社からは虚偽の申告とみなされますよ」

「何が虚偽の申告や！　最初に診てもろうた時は、なんも『がん』なんてわからなかったんと違うか」

「でもカルテに異常なしとは、書いてなかったですよ」

「がんだとも書いてないやろう。なんも検査してないやさかい、がんとはわからなかったんや」

「その次の受診時のレントゲンの所見が残っていますから」

「レントゲン写真だけで、『がん』とはっきりわかるんかいな。それに次の胃カメラの検査は受けなかったやないか」

「もちろんレントゲンは画像診断であって、確定診断ではありませんが……」

「あたりまえや！」

前川はうわずった声を震わせ怒鳴った。

気分を害した京祐が立ち去ろうとした時、前川が京祐の白衣をつかんだ。

「そんな、意地悪言わんと……。たいした額やないし」

「そういう問題じゃないんです、困ったな……」

「とにかく、先生に渡しとくさかいに、お願いしますわ」

前川は執拗に食い下がった。ここで引き下がるわけにはいかない前川は、そう言い終えると眉間にしわを寄せ、背中を京祐に向け横になった。

京祐は差し出された入院医療保険の書類を元の引き出しに戻すことが出来ず、仕方なくもう一度念入りに書類に目を通してみた。そこには手術や入院時の給付について細かい条件が記載されていた。当然のことながら、初診の取り扱いが問題になっている。

「書類については一応お預かりしますが、記入については病棟医長の田所先生に相談してみます」

前川からの返事は返ってこなかった。その時、妻の美子が病室に戻ってきた。

不機嫌な顔の前川が、慌てて京祐を手招きすると小さな声で念を押した。

「先生。俺が保険に入っていたことは、あいつには絶対言わんといてや」

小さく頷いた京祐はそっと書類を白衣のポケットにねじ込んだ。

「あ、新町先生の回診中でしたか。すみません。外にいます」

鍋を手に再び病室を出て行こうとする美子を、京祐は引きとめた。

「もう内科の診察は終わりました。ところでお腹の管の具合はいかがですか?」

「冷たい流動食を入れると、お腹がゴロゴロ鳴って痛いっていうから、少しだけ温めてきたんです」

美子は鍋の中に入っている流動食を京祐に見せた。覗きこんだ京祐はどろどろとした液状の物体から顔を背けた。冗談でも美味そうではなかった。しかし美子の手前、笑顔で取り繕う。

「じゃあ、僕が手伝いますから、少しずつ流動食を入れてみましょう」

京祐は腸の中に留置してある管に流動食を注ぎ込む管をつなぎ、入り口のクリップを外した。温めなおされた流動食が、直接消化管に注ぎ込まれる。点滴よりはずっと早い速度で流動物は前川の腸の中に納まっていった。

「味気ない食事やなあ……。いつになったらうなぎやトンカツがこの口から食べられるんや」

わだかまりがある京祐ではあったが、美子にはそんな顔を見せるわけにもいかなかった。

「やっと食欲が出てきたようで、良かったですね」

「いいわけないやろう。あ～あ、食べ物の夢ばっかし見るんや。歯ごたえのある物が食いたいな……」

「もうすぐですよ、元気を出して下さい」

京祐は流動食を腸内に入れ終わるのを確認すると、前川の病室を離れた。

重くなった気持ちを引きずって、病棟ステーションに戻ってきた。患者の家まで押しかけ、検査を受けさせようとした行為が、医療保険の加入につながった。さらに口ぶりでは生命保険にも加入しているらしい。そう思うと、何か割り切れない虚しさのようなものが残った。

九月に入ると、前川からのナースコールの回数が増え、その度に京祐は前川の抗がん剤の点滴と『がん』によって引き起こされる痛みの緩和に足を運んだ。

前川の病状は日を追うごとに芳しくなくなった。体重が激減したのも、たんに経口による食事がとれていないからだけではなく、がんの浸潤が腹膜にも及んできたことを示していた。

「先生、人生なんて長さやない、深さや……」そう、うそぶいていた前川であったが、生きることへの未練はやはり絶ちがたいのだろう。愚痴話の聞き手は、京祐しかいなかった。

「先生！　何で俺だけが死ななあかんのや。俺はまだ死にたくない。がんにかかるなんて、貧乏くじを引いたみたいなもんや。なっ、そうやろう」

いつものように弱々しい声ではあったが京祐に強烈な恨み節をぶつける。

「同じ星の下に生まれた先生と比べても、これは不公平やで」

言葉だけでなく前川の眼がそう訴えている。京祐は前川から眼を逸らした。

「どうしてそう思うんですか。人は幸せと不幸せを同じ数だけ持たされて生まれてくるのだそうですよ」

「それはうそやろ……。先生は医者だし、俺はがん患者や……。勝ち負けがはっきりしとるやないか」

「僕だって、決して勝者じゃないですよ」

「何いうてんねん。先生が敗者のわけがない……贅沢や。第一、俺と違って先生は健康やないか」

健康という言葉が京祐の胸に突き刺さった。

「僕だって、すべてが健康というわけじゃないですよ」

「えっ、先生もなんか病気でも持ってるんか」

顔を火照らせ無意識のうちに白衣の袖の上からシャント部位をかばっていた。

「いえ、そういうわけではありませんが……」

透析患者であることを前川に知られたくない京祐は、苦笑いしながら慌てて否定した。

「そうやろうなあ……。先生が『がん』にかかっているわけやないしな……」

会話が途切れた。それから前川は急に口数が減り、多くを語ろうとはしなくなった。

ただただ聞き手にまわろうと思っていても、何か声をかけるたびに前川が守ろうとしているものを少しずつ壊していくような気がした。今にも崩れ落ちてしまいそうな前川の精神状態に、京祐は適切な言葉の処方箋を見つけられなかった。


数日が経ってから、回診にやって来た京祐に前川はいつもとは違う表情を見せた。その日の前川はすこぶる機嫌がよかった。

「あ〜あ、先生、死ぬ前にもう一度、鰻丼が食べたいなあ……」

「そんな、また死ぬ死ぬって、顔を見るたびに言わないで下さいよ。がんばればいつでもうまい鰻丼を食べられるようになりますよ」

「そんな気休めはもういらん。自分のことは自分が一番わかっとるわ。もう一回でええ。死ぬ前にうまい鰻丼が口から食べたいんや」

前川の言葉の裏には、京祐を見る瞳の奥に悲しい諦めがあった。

「しょうがないなあ。じゃあ食べてみますか。ただし、少しだけですよ。その内に、もっとたくさん食べられるようになりますから」

京祐は何でもないという風を装って軽い調子で言った。

「ほんと？　冗談やろう。管からやなくて口からやで」

眼は疑っていても顔の表情は真剣だった。

「冗談じゃないですよ、この病院の近くにうまい鰻屋があるから、今日の昼に一緒に食べましょう」

「えっ、先生と一緒に食べられるのかいな。そりゃ嬉しいなあ」

京祐は昼食の時間を見計らって特上の鰻重を二つ注文した。

食べられないのはわかっていた。開腹手術から三カ月も経っていない。もっぱら点滴と腸ろうによる栄養補給のみで、経口では何も食べていない。コップ一杯の水さえも受けつけない。それでも一口でもいいから前川の願いをかなえてやりたかった。

京祐は誰にも気づかれないように医局に届けさせた鰻重を両腕で隠すように抱えて、前川の病室に向かった。

「新町先生、そんなに急いでどうかなさいましたか？」

廊下で声をかけられ振り向くと、看護師の中野奈津子が立っていた。

「いや、なんでもない……」

鰻重の入った紙袋を慌てて隠そうとする京祐の困惑ぶりが、中野には理解できなかった。しかし、辺りには間違いなく鰻の蒲焼の香りがした。

「何かお手伝いしましょうか」

それには京祐は答えず、中野を振り払うように前川の病室に消えた。

病室には前川ひとりだった。都合のよいことに妻の美子は子供のことで午後まで顔を出さない。

「ええ、こんな豪華な差し入れ、ええんか」

前川は嬉しさに、声を詰まらせた。

京祐は他の入院患者に配慮して、境のカーテンを引いた。前川のリクライニングのベッドをゆっくりと上げる。前川は鰻重を抱えるようにして、蓋をとった……。ぱっと、蒲焼きの芳ばしい香りがあたりに広がった。

「前川さんだけ食べるのなら、喉が詰まるだろうから僕もここで一緒に食べますよ。この鰻、結構いけるから。さあ、どうぞ。ゆっくり味わって食べて下さい」

「うまそうやなあ……」

箸を割り、鰻を小さく裂いてつまみ、一口、また一口とゆっくりゆっくり咀嚼しながら口に運ぶ……。前川が自分の口から食事をとるのは手術以来である。

「先生、ありがとうなあ……旨かったよ」

三口目で箸はすでに止まっていた。

その前川の様子を見た京祐は、自分の食べかけの鰻重を急いで横に置いた。

「ウウッ！　オエッ……」

一分も経たない内に強い吐き気に襲われた前川が苦しそうに顔をゆがめた。嘔吐が始まった。

その時、京祐の挙動不審な行動を心配した中野が前川の病室に顔を出した。

ほとんど手がつけられていない鰻重が、蓋とともに広げられている。

「大丈夫、ここに出して下さい」

中野は駆けつけると、すばやく前川が吐いた吐物をタオルに包み込み、すぐさま吸引チューブのスイッチを入れ、京祐にその先端を手渡した。

「ありがとう……」

京祐は慌てて前川の口の中に溜まっている残りの吐物を吸い取る。無理やり鰻重を食べさせようとした京祐に、中野は何も聞かなかった。

前川は食事を口から受け入れようとしない自分の身体に悔しさがこみ上げてきたのか、嗚咽しながら泣き始めた。

「くそっ！　嬉しくて涙が出てるだけや。鰻は旨かったんや、最高やで」

腸ろう造設患者に口からものを食べさせようとすることは無謀に等しい行為だった。

「苦しい思いをさせてごめん。ちょっと、無茶だったかな」

苦笑いでごまかそうとする京祐は前川に謝った。

「ええんや、俺が食べたい言うたんやから……。先生は悪うない。気にせんといて」

医師として、京祐がとった行動が正しくないのはわかっていた。

だが、自分が、がん患者なら、たとえ吐いてでも鰻が食べたいだろうと考えたのだ。嘘のことばを並べて慰めることしかできない自分がもどかしく、何とか前川の力になりたいという考えが先走ってしまった。

もちろん、それは後で問題になった。京祐の『うなぎ事件』は看護師の中野からではなく隣室の患者から洩れたらしく病院中で話題になり、すぐに田所の知るところとなった。

田所はその日の午後、回診が終わったのを見計らって京祐を医局に呼び出した。

向かい合って腰かけたが、田所の表情は硬かった。

「なぜ、腸ろう造設患者に口から食べさせた」

田所がいきなり切り出した。

「すみませんでした」

「君があやまってすむ問題じゃないだろう」

「何ひとつ、元気を出させることすらもできず、つい……無理なのはわかっていたのですが」

「無理とか無理でないとかそういうことじゃない。たとえそれが好意であっても、もし誤飲で嚥下性肺炎になり、呼吸不全に陥って死亡したら、君の医者としてしたことが患者の死期を早めたと、訴えられ裁判沙汰になってもおかしくないんだぞ」

「鰻を食べさせたことが、裁判ですか」

京祐は不満そうな口ぶりだった。

「あたりまえだ！　君が医師として前川さんの状態を正確に把握していたら、こんな非常識な行動はとらなかったはずだ」

田所の言葉がいつになく厳しい。しかし、京祐は初めて田所に食い下がった。

「先生、僕のしたことは、やはり『非常識』かもしれません。ですが末期がん患者を、医師としてよりも、友人として、いや、人間として、放っておけなかったんです」

「なにを馬鹿なことを言ってるんだ」

田所は本気で怒り出した。

「新町、君は患者に対しての思い入れが強すぎる。医師が患者を診ているときは、絶対に、医師と患者の関係を超えてはいけないんだ。君は前川さんにとって友達でもなければ家族でもない。立場が医者であることを忘れるな」

「僕は透析患者だから、つい患者の方から物事を見てしまうのかもしれません」

「まだそんな寝ぼけたことを言っている。俺がなぜ怒っているのか、わかってないな。そんな考え方なら、たった今、医者なんかやめちまえ」

京祐は田所の語気の強さを聞いても、ことの重大さはわかっていなかった。

「いいか、そんなセンチな感傷は、医療にはまったく必要ない。君はもっと医者としての立場をわきまえろ」

「鰻を食べさせた行為は悪かったと反省しています。しかし医者はそんなにいつも客観的で、しかも冷静でなければいけないものなんですか」

「あたりまえだ。患者のわがままを聞くことだけが良医じゃないだろう。透析患者でなければビンタものだよ。君は医師としての資質に欠けている。患者の生命を故意に短くさせたと、家族から訴えられれば負けるよ」

京祐は思わず絶句し黙ってしまった。『医師としての資質に欠けている』その言葉は槍のように京祐の胸に鋭く突き刺さった。刃先の恐怖に身震いする。

「病棟に戻って仕事をしろ。患者は前川さんだけじゃないだろう」

京祐は深々と頭を下げ、黙ったまま医局を出た。

廊下で京祐は中野に呼び止められた。

「先生、気を落とさないで下さいね。前川さんはきっと先生の気持ちを分かって感謝していますよ」

「そうかな……。でも心配してくれてありがとう」

それから数日間、まるで坂道を転げ落ちるように前川は体力も気力も失っていった。

前川の肉体はすでに悪性腫瘍特有の末期のカヘキシー（悪液質）を呈していた。もはや、僅かに残る生命力だけがこの世にとどめていた。

前川哲也の赤い名札は、すぐに個室に移された。

終焉を迎えるにあたって、他人に気を使わせず、家族だけの時間を少しでも持たせたい田所の配慮からである。個室料の差額は田所の計らいで免除された。

京祐はせめて前川の最期を見届けるためにも、そのXデーが透析日と重ならないで欲しいと願っていた。しかし、木曜日の透析中に田所から緊急の連絡を受けた。前川の危篤状態を知らせる電話であった。京祐は透析終了と同時に透析病院を飛び出した。新宿駅から中央線の特別快速に乗り込み立川駅に向かう。

中央線の立川駅までの距離がひどく長く感じられる。透析を受けた直後に動くとふらついて立っていられない。夕方の通勤時間ではなかったから、さいわい中野駅からは座席に寄りかかるように腰かけた。

京祐は病院に到着するやいなや、大急ぎで白衣に袖を通し駆けだしていた。

内科病棟のステーションでは、ピーンと張り詰めた空気が漂っている。挨拶もそこそこに、前川の病室に走り込んだ。

前川の胸に聴診器を当てている田所が、京祐の姿を見て、間に合ったことを目で示す。

「前川さん、新町先生が来てくれたよ」

田所の呼びかけにも前川の返答はなかった。京祐はベッドに駆け寄った。

「前川さん、前川さん。大丈夫だから、しっかりするんだ」

前川が酸素マスクの下で、微かに微笑んだように見えた。しかし、それは京祐の思い違いで、前川はすでに昏睡状態に陥っていた。

「新町先生、じゃあ後は頼んだよ」

田所は京祐に後を任せて病室を出た。

「新町先生、先程、大量の吐血がありました」

看護師長の山本が京祐に報告する。

「どれくらいですか。昨日の回診ではまだ意識もはっきりしていたのに……」

「出血は止まったようですが、胃液を含めて１００ｃｃぐらいだと思います」

京祐は聴診器を前川の胸に当てた。微弱な心拍動が耳に伝わってくる。動いていてくれ。京祐は心の中で叫んだ。もう残りの時間がないことを訴えるかのように微弱な拍動であった。

枕もとでは憔悴しきった妻の美子が、前川の顔を何度も何度も手ぬぐいで撫でている。青白い顔はすでにデスマスクのように無表情であった。

昨日の回診で聞いた前川の最期の言葉が、京祐の耳に蘇ってきた。

「先生。俺、もうええわって言ったけど、ほんとは死にたくないんや……。畜生。何でこんなに苦しいんや。痛くて息ができへんのや……。薬でも打って楽に死なしてえな」

「前川さん、そんな大声を出しているから、かえって息苦しいんですよ」

京祐も必死になって励ました。それが無駄だとは考えたくなかった。

「胃でも腸でも、何でも悪い所は、その先生の手で掴み出して捨ててくれ。痛くてたまらんわ」

京祐は田所に頼んで、再び強い麻薬性鎮痛剤のオピアトを投与した。

確かに、前川の言うとおり、もうオピオイド系の貼り薬フェントスやレスキューのアンペック座薬だけが最後の砦だった。もう麻薬しか末期がんの痛みに効く薬はなかった。

「やっぱし、新町先生、俺も死ぬのは恐いんや……。恐いんや！　もうちょっとだけ、長く生かしといてもらえんやろか……。家族を残して俺だけ死ねんやろう……。保険のこと、先生、あんじょうたのむで」

それが前川との最後の言葉となった。

人間の生死はよく潮の満ち干と関係があると言われている。まさしく干潮時にあわせるかのように、前川哲也はがんとの壮絶な闘いに敗れ、三十一歳の短い生涯を閉じた。

京祐は医師として初診で診察した患者の死を看取った。

瞳孔は散大して、照らし出すペンライトの光にも反応はなかった。ついに恐れていたその瞬間がやってきた……。呼吸停止、心停止を確認する。

「残念ですが、ご臨終です……」

腕時計を見る。死亡時間を告げる京祐の声もうわずっていた。

氷のように冷たくなった夫の手を、少しでも温めようと握りしめる美子……。すすり泣く声だけが、いつまでも病室の中に響いていた。

第八章
落ち蝉

　前川哲也の死は、京祐の心に重くのしかかった。担当医として初めて直面した患者の死という現実だけではない。

　生きようとするヒトの体力だけでなく気力さえも奪っていく『がん』……。そのがんに蹂躙されていく患者を、医師として診るというより、ただ傍観者として眺めていることしかできなかった。腸ろう造設の患者に鰻を食べさせた無謀な行動は、医師として不適切のレッテルを貼られてしまった。そのことは京祐の医療に対する考え方にネガティブ思考を植え付ける結果となった。

がんではないにしろ透析患者である新町京祐にとっては、人工透析がなければ生きていけないのも事実である。その人工透析に依存していても限界はある。自分がいつかは飲み込まれてしまうであろう巨大なブラックホールの存在が気になりだした。

それが数年後なのか、もっと前なのか、もっと先なのか。もし何らかの理由で透析を二回でも中断したら、ブラックホールはあっという間に京祐を飲み込んでしまう。それは外部に委託している透析だけの問題ではない。どこに『がん』が出来ていてもおかしくはない。それが京祐の前に立ちはだかる現実なのだ。

そんなことを考えているとき、必ずといっていいほど、あの時の田所に言われた言葉が胸を衝く。自分には臨床医としての資質が欠けているのだろうか。もし患者の立場を理解することが重要ならば、まさしく自分は透析患者である。しかしそれは患者の苦しみが理解できる医師であって、透析患者の立場での医師ではない。解決の糸口も見つけられないまま、京祐の疑念はくすぶり続けていた。

京祐は、最近になって身体に不調を感じるようになっていた。

研修医の仕事を理由に、自身の健康管理を怠ったからではなく、水分摂取や食生活の管理がずさんになったからだ。

しかしあからさまに透析中に透析医から検査結果を突きつけられることには抵抗があった。

透析の室長をしていた大島に代わって、この透析病院に新しく勤務することになった木島は、京祐のメンタル面を理解してくれるタイプではなかった。

その日、いつものように、不要になった物質を除去して、あらたなエネルギーを蓄える人工透析がようやく終了に近づいたとき、それを待ち兼ねていたように木島が京祐のベッドにやってきた。

「新町さん」

自分の立場が「先生」ではなく「患者」なのはわかるが、「先生」と呼ばれることに慣れてきた京祐にとっては、ちょっと不愉快だった。

京祐は出来るかぎり感情を表に出さないように努めた。木島は京祐と目を合わせることもなく、やたらカルテをめくりながら素気ない態度で応対した。

「最近、体重の増加が目に見えて多いですね」

「そうですか……。注意します」

「血圧が高くなっているので、今日から、高血圧の薬を処方しておきましたから服用して下さい」

「先生、血圧の薬はまだ飲まなくても、大丈夫じゃないですか」

京祐の抵抗に木島は急に眉をひそめて言った。

「今日の血圧は170の100もあるんですよ。それにCTR（心肺胸郭比）も少し大きくなっていますからね」

それは心臓の負担が大きくなっている心拡大を意味するものであった。

「わかりました。それならまず水分量をもう少し減らす努力をしてみます」

京祐は抵抗してみた。一生涯飲み続けなければならない薬が増えることには抵抗があった。だが木島は自分の決定をくつがえさない。

「心拡大もあって心臓に負担がかかっていますから、とにかく高血圧に対してレセルピンを処方してあります。今日から朝と夕の二回服用して下さい」

木島の対応は機械的であった。

「そうですか……。わかりました」

こう頭ごなしに言われては、受け入れる心の準備もあったものじゃない。

だが、透析に捕われの身である京祐は、血圧が高くなればすぐにでも降圧剤を服用しなければならないのは常識的な判断でもある。木島に従う以外に方法はなかった。

今日は血圧を一回しか測っていない。一回で正確な血圧測定などできるわけがないのに、だれが飲むものか……。京祐は声を出さずに木島の後姿に向かって呟いた。透析患者の弱い立場を改めて痛感する。そうだ、今は医師ではなくて透析患者なのだ。当たり前のことを自分に言い聞かせ納得させる。

首を起こし周りをうかがうと、ベッドの頭の方で、自分の血液で真っ赤に染まった血液透析コイル（C－DAK1・3）が威張って京祐を見下していた。少なくとも京祐にはそう感じられた。

「ちくしょう！　だれがお前なんかに許しを請うものか」

透析器に向かって毒づく。突然心の中の葛藤は中断した。少量の水の入ったコップを手に看護師が薬を差し出す。

「一錠すぐに飲んで下さい。明日からは朝と夕の服用で結構です」

恐ろしく永く感じられた時間との格闘の末、やっと本日分の透析の終了時間を迎えた。

他の患者の透析も続々と終了している。それまで静かであった病室が慌しく、人の出入りが激しくなった。

まるで怒っているかのように顔を真っ赤に染めていた血液透析コイルも順次、京祐の身体の中にあった血液として血管内に回収される。京祐の気持ちと同じように透析コイルの赤い顔がみるみるうちに白くなっていく。それは透析に対する怒りが治まっていく自分の心の姿にも思えた。

京祐が送り出した血液が一滴でも多く戻されることを願いながら、この日の透析は無事終了した。


新しく処方された降圧剤の薬袋を無造作に鞄に突っ込み、帰り支度を始めたとき、誰かが後ろのほうから声をかけてきた。たぶんあの透析医だと思った京祐は気づかないふりをした。たとえ同じ透析患者であったとしても、おそらく同じような反応をしただろう。あまり仲良くする気にはなれないのだ。

透析日は、研修医のスケジュールを優先した結果、「月・水・金のグループ」ではなく「火・木・土曜日のグループ」に変更となり、名前も知らない透析患者がほとんどだった。

無視して帰ろうとする京祐を声の主はさらに追いかけてきた。

「新町先生、久しぶり。俺も何とか透析で生きているよ」

「先生」などと名指しで話しかけられ、さすがに無視するわけにもいかない。振り返ると、すぐ後ろには一人の中年の男性が立っていた。

顔に見覚えはあったが、その男性の名前は覚えていなかった。そういえばだいぶ前に隣の透析ベッドにいたような気もした。週三回の透析になる前のことだから、顔を見るのは久しぶりで記憶は不確かだった。

「ちょっと、ぜひ先生に相談があるのだけれど……」

「はっ……ええ」

京祐はあいまいな返答をした。

「透析センターから駅の方に歩いて行くと、『カトレア』って名前の喫茶店があるから、そこに来てくれないか。先生にも悪い話じゃないから」

気乗りがしない素振りをしたが、すぐに断る理由も見つからない。

「十分ぐらいしたら行けるから、そこで待っているよ」

男はそう言って当惑顔の京祐の返事を待たずに背中を向けて歩き出していた。

すぐ待ち合わせ場所の『カトレア』に向かうことに抵抗を感じた京祐は、病院内の小さな図書室に立ち寄り、借りていた推理小説を返却した。新たに借りる本を探そうとしたが、何となく気持ちが落ち着かない。悪い話じゃないというのは一体何のことだろう。悪い話じゃないなんて、だいたい悪人の言うセリフではないか……。

気が進まないまま病院を出て池袋駅東口への道を行くとすぐに『カトレア』はあった。外には観葉植物のポトスが数鉢、部屋の中を遮るように置いてあった。陽当たりが悪いのか、水やりが悪いのかすでに半数ちかくの葉が茶色に変色して枯れかけていた。

「先生。こっち、こっち」

喫茶店の扉を開けて中を覗くと、奥の方から先ほどの聞き覚えのある声がした。近づいてみると、手招きする男の横に連れの男性がいた。

腰掛けるのを躊躇する京祐に、その同席している男の方が声を掛けてきた。

男は立ち上がると大きなカバンの中から、なにやらゴソゴソと取り出した。名刺だった。

「先生、私、こういう者です。平川社長さんにはいろいろとお世話になっています」

京祐はつっ立ったまま会釈したものの、知らない人間から先生と呼ばれたことにますます不信感がつのる。そういえば声をかけてきた透析患者の名前は確か平川だったかもしれない……。

その雰囲気を察したのか、すぐに平川が取りなした。

「まあまあ、座って、座って……。今日は先生にも紹介しようと思って来てもらったんだ。忙しいのだろう、でもよかったよ、来てくれて。ずっといつ紹介しようかと思っていたんだ。この人は、井上さんといって俺たちの味方だ」

平川は自分の言いたいことだけをまくしたてた。

「『俺たち』って、どういうことですか」

たちまち京祐は怪訝な顔つきになった。

その時、ちょうど話に水を差すようなタイミングでウェイトレスが注文を取りに近づいてきた。

京祐はほっとしたが、井上と名乗る男にとってはタイミングが悪いのだろう。乗り出しかけていた身をさっと引いて押し黙ってしまった。話の内容を聞かれたくないのだろう。

京祐はコーヒーを注文すると、改めて差し出された名刺の表を見直した。

「全国腎臓移植推進協会……。理事、井上義男さん。それで僕に何か……」

井上が言葉を発する前に、先に平川が小声で説明する。

「先生、先生。まあ手っ取り早く言うと、その、なんだな……。この人は俺たちに腎臓を提供してくれる人を、紹介してくれるんだよ」

「どうしてそれが、僕にも、なのですか」

「いや実は、俺自身が今度、腎臓移植を受けようかと思ってね……。しかし医学的には何も知識がないから、透析患者でもある医者の新町先生に相談したかったというわけだ」

京祐は自分がこの場に呼ばれた理由をやっと理解した。それにしてもなぜ平川が、医者であることを知ったのだろう。京祐は疑問をぶつけてみた。

「平川さんはどうして僕が、医者であるとわかったのですか」

「それは、蛇の道は蛇っていうぐらいだから……」

平川の、的外れな答えに京祐は苦笑いした。京祐の不機嫌そうな表情に対し、井上が詳しく説明しようとするのを、平川がまた制するように割って入った。

「先生は、まだまだ若いし、医者としての将来もあることだから、早くこの透析地獄から抜け出た方がいいよ」

京祐は冷めかけたコーヒーを口に持っていったが、すするのを止めた。

「いや僕のことはかまいませんから……。それより平川さんはどうして腎移植をしようと思ったのですか」

「俺か。実は俺も少しは迷っている。先生ならわかってくれるだろうけれど、透析を始めて五年以上経ったら、移植しても成功率は低くなるだろう。それに俺は持病に糖尿病もあるからな」

「平川さんは透析を始めて何年になるんですか」

「この皮膚の色を見てくれよ。九年を越すものなあ……」

平川は黒ずんだ手で、自分の顔を撫でながら呟いた。

「俺は、先生にもいいと思って紹介するんだぞ。俺はチャンスだと思うが、もちろん、決めるのは先生自身、本人が決める決断だけどね」

「本人ですか。たしか、国が推奨している『日本献腎協会』があるでしょう」

京祐は話の矛先を変えてみた。

全国腎移植推進協会を名乗る井上が、身を乗り出し、さらに声を潜めて答えた。

「先生、実際にその会で生体腎移植ができますか。だいたい脳死からの腎移植だって夢みたいな話でしょう。基本的に、この国では脳死から提供される生体腎移植を希望して、移植を待っていても絶対的に提供者の数が少なく物理的に不可能なのです」

「えっ、じゃあ井上さんがおっしゃっているのは、はっきり言って裏で売買されている生体腎移植の話なんですか」

京祐は目を丸くして驚いた。側で聞いていた平川は、京祐の言い方に眉を顰める。

「そうです。だから値打ちがあるんですよ」

ちょっと勝ち誇ったような態度で頷き、腕組みをする井上を見て、京祐は初めてことの全容を把握した。

「話には聞いたことがありますが、外国で臓器移植を受ける、あれですか」

「そうです、あまり詳しいことは、ここでは申し上げられませんが、片方の腎臓くらい、高値なら売りたいと思っている人が大勢いるのですから……。なにしろ腎臓は片方がなくなっても生きてゆけますからね」

井上はそううそぶくと笑みを漏らした。京祐は納得がいかない。

「見も知らない他人の腎臓を買うのですか……」

「なにせ、一カ月に三万円もあれば家族が充分に食べていける国内事情だから、数百万で片方の腎臓を売ろうとする人間がいても、決しておかしくはないでしょう」

「つまり、経済事情の貧しい国へ、札ビラで腎臓を買いにいくってことですか」

単刀直入に言い放った京祐の言葉に、井上の顔が急に、今までとは違う表情に変わった。

「先生、いくらきれい事を言っても、その国では多くの人が貧困生活を送っているのです。これは人道的な問題など語っている場合じゃないですよ。一方で是非欲しいという人がいて、もう一方で食べるものもなく金に困って、売りたい人がいる……。人身売買じゃあるまいし、私は双方に喜ばれる仕事をしているんです」

今にも立ち上がってこの場を去りたい気持ちと、心のどこかに潜んでいる腎臓移植に対する期待が激しく交差した。この透析治療から解放されるのであれば、腎移植に興味がないといったら嘘になる。

京祐は黙って井上の名刺を、持ってきたカバンの中に無造作にしまいこんだ。

井上は京祐の心の中にある腎移植願望を見逃さなかった。丁寧な言葉使いで説明を続ける。

「臓器移植が法律でも可能となり、臓器移植のコーディネーターって職業があるぐらいですから、我々の協会はこの道のパイオニアみたいなものです」

「腎臓移植のコーディネーターですか……」

正確な意味を取り違えている井上に、京祐はちょっと眉を顰めかけたが、もう少し黙って聞くことにした。


臓器移植については単に腎臓だけに限らず、肝臓、肺臓、脾臓、心臓、角膜、最近の話題では脳組織についてもその対象となっている。臓器移植実行のシステムにも優れているアメリカは全米規模で、臓器移植コーディネーターのネットワークがつながれている。彼らは交通事故などによる脳死の連絡を受けると、悲嘆にくれている患者の家族にドナーとしての臓器提供を頼みにいく一方で、コンピュータが選び出したレシピエントに最も適した条件で移植手術が受けられるよう、臓器搬送の手続きから移植を行う外科医や手術を行う病院に至るまでをコーディネートしていく。いわば臓器移植のプロデューサーである。

しかし、京祐は自分の目の前に座っている井上が、臓器移植コーディネーターの仕事を理解しているとは到底思えなかった。腎臓移植のコーディネーターなんてもっともらしいことを言っているが、要するに金が目当ての腎臓ブローカーじゃないか……。そう思うと京祐は次第に腹が立ってきた。

「そうですか……。腎臓移植の手伝いをしてくれるのですか」

高ぶる気持ちを押えながらもう少しだけ井上の話を聞いてみることにした。

「ところで腎臓の移植手術はどこで行うのですか」

「それは今ここでは言えませんが、先生が決心を固められたときに、詳しくお話します。東南アジアの某所にある某病院ですよ。そこで透析を受けながら、少し待機していてもらえば、あらかじめ移植を希望されている方のデータはこちらから送っておきますので、できる限り早く組織の適合するドナーを見つけ出します。そうね……。遅くても二〜三週間ぐらいで移植ができますよ」

その早さというか、手際のよさに驚かされる。興味ある感情を隠したまま京祐は質問した。

「でも、腎臓移植の手術のレベルとか、手術を行うスタッフの医療技術は大丈夫なのですか……」

「それが、大きい声ではいえませんが、医者も看護師も、移植に必要な医療機器もすべて一流でそろっているのでまったく問題はありません。欧米だけでなく日本人の医者もたくさんいますよ」

二人のやり取りを聞いていた平川が、満足そうに京祐に説明した。

「何も先生に、俺と同じように絶対に腎移植をしろと言っているわけじゃないが、俺にとってはビッグチャンスなんだよ。俺には糖尿病の持病もあるから、できるだけ早く移植を受けたいんだ。それに、もうちょっと残りの人生を楽しみたい。な、先生だってそう思うだろう」

「平川さんには平川さんの考え方があるでしょうから、あえて僕が口を出すことじゃないでしょう。しかし、臓器移植はそんなに簡単に他人の臓器と入れ替えできるものじゃないですよ」

本音とは裏腹に正論を口にする京祐の顔を平川が見つめた。

「そこで聞いておきたいのは手術の成功率だが、大金を払って手術しても、それが役立たずじゃあ意味がないからな……」

京祐は所属する大学の腎移植の評価が高いことを知っていた。それを得意そうに話す。

「腎臓の移植は他の臓器より着床率が高く成功例が多いのも事実です。僕のいる東都大学付属病院に所属する腎臓移植チームは移植外科と腎臓内科が一緒になっています」

「有名なのはわかっているよ。だから、先生に意見を聞いているんじゃないか」

平川は京祐の説明が気にいらなかったのか、ちょっと不機嫌さをあらわにした。

「手術自体が上手くいっても、確かに提供されたドナーの腎臓がうまく働いてくれないと何にもなりませんからね。再び透析に逆戻りってケースもあります」

「そこが問題なんだよなあ……」

そう言うと、平川はおどけた格好で冷めたコーヒーに残したミルクを入れてかき回した。

ふたたび京祐は井上に質問する。

「で？　日本からは、年間に何件くらい移植を受けにいくのですか」

真剣そのものの京祐からの質問が、腎移植に対する興味を表していた。

「まあ、まあ、先生、これから先は企業秘密なので、先生自身移植の決心がついたら連絡下さいよ」

先生を連発する意図が京祐には呑み込めなかった。井上はさらに続けた。

「先生にとっても決して悪い話じゃありません。あの透析から永遠に、おさらばできるのですからね」

「でも、僕には金で他人の腎臓を買うことには、やはり抵抗があります」

気持ちとは裏腹の京祐の言葉に、苦笑いする井上の目は笑っていなかった。

「みなさん、最初はそういわれるのですが、後になってみれば手術を受けた全員から感謝されましたよ」

「そうですか……」

「私たちにも需要と供給のバランスがありますから、いつでも、何人でも受け入れられるわけじゃないんです。医療の道を邁進されて、いつかは日本を代表するような医師になっていただくためにもぜひご検討下さい」

「日本を代表する医師なんて、馬鹿な……これは違法行為ですよ。僕のことは今の透析で大丈夫ですから……」

そう言いながらも、この場で強くはっきりと断れない自分が情けなかった。

「しかしね、先生。大変失礼な言い方ですが、あの地獄のような人工透析から解放されるのですよ。それに、秘密は守られますから、絶対にばれることはありません」

井上は声を落とし、そっと片手を広げて見せた。

いぶかしがる京祐に、平川が追い討ちをかけるように言い放った。

「五百万、先生。五百万で健康で丈夫な腎臓が買えるんだ」

「むろん飛行機代などの交通費や入院外の滞在費は別ですがね……」

そばで具体的な数字を指し示すように井上が言った。

京祐は透析患者であるだけでなく、金払いのいい顧客の一人として、ターゲットにされたのだ。この場に呼び出されたことの意味が、ようやく理解できた。


カトレアを後にしてマンションの部屋に帰ってからも、京祐の興奮はしばらく収まりそうもなかった。チャンスと考えてもいいのだろうか……。

話には聞いていたものの、実際に臓器売買の組織がこの日本にも存在するということが信じられなかった。

一度はゴミ箱に捨てられた井上の名刺は、後になってゴミ箱から取り出され、二つ折りの筋がついたまま机の上に置かれていた。この場で破り捨ててしまうことのできない京祐がいた。

その日の夜の八時になって、京祐に一本の電話が入った。それはかつて京祐が慢性腎不全で入院時に世話になった、東都大学医学部第二内科の山崎講師からであった。

東都大学医学部では、京祐が所属している第二内科の腎臓研究班と移植外科の中でも腎臓外科の専門医で構成されている腎研グループがあった。その腎研グループで、脳死患者からのドナーによる腎移植が行われるかもしれないとの連絡であった。明日七時からの早朝カンファレンスで、京祐にも特別参加が認められたのだが、来られるかとの問い合わせであった。

京祐は即座に「はい」と答えて受話器を置いた。電話での細かい説明は何もなかったが、京祐にとってはビッグニュースである。しかし、なぜ山崎が研修医である京祐に、そんな重要なカンファレンスに参加するように手配してくれたのかはわからない。

偶然にも同じ日に、二件の臓器移植の話が京祐に舞い込んできた。何か因縁めいた腎臓移植の可能性に京祐の心が揺れた。

交通事故で脳死状態にあるというドナーはどのような人物なのだろうか。臓器提供を受ける側のレシピエントはすでに決まっているのだろうか……。腎臓なら自分と同じ透析患者であることは間違いない……。

京祐の病状についてのデータはすべて大学の腎臓研究班が持っているはずである。そう考えると、点と線がつながってくる……。脳死の腎臓提供者のマッチングにひょっとして自分が選ばれたのだろうか？　まさか、そんなことはあり得ない。自らの考えを打ち消しながらも京祐の心は混乱していった。もし自分がレシピエントとして選ばれていたとしたら、どうすればいいのか、どうなっていくのか。あるはずのない可能性に期待している自分が滑稽に思えて失笑するが、眠れなかった。

臓器移植に絶対に不可欠なことは、臓器提供者であるドナーの脳死の正確な判定である。脳死の判定は「脳死の判定条件」を満たしていなくてはならない。

厚生労働省の研究班によって最初に示された脳死判定基準。①深昏睡、②自発呼吸の消失、③瞳孔の散大、④脳幹反応の消失、⑤平坦脳波、⑥時間経過、である。

しかし、この条件を満たしているからといって、ただちに脳死による患者からの臓器移植が可能と判断されるわけではない。

さらに、判定基準はあくまでも臓器移植に必要なマニュアルであって、臓器移植を成功させるために、あえて心臓死を早める行為だけは絶対に避けるべきであると付帯されている。

東都大学医学部の腎移植を目的とした腎研グループは、日本でも優れた実績を持ち、腎臓内科の伊藤教授や腎臓外科の陣内教授をはじめとする腎移植チームの日本における評価は高いものであった。

交通事故からちょうど十二時間が経った翌朝の早朝、七時から腎臓研究班による腎臓移植のための緊急カンファレンスが開かれた。

早朝にもかかわらず、腎臓研究グループ以外の医局員の参加者も多く、室内に用意された五十脚の椅子に座れない医局員が十数人立っているほどの盛況であった。もちろん一番後ろの椅子に新町京祐の姿もみられた。

京祐は、そわそわしながらも神妙な面持ちで座っていた。前もって山崎に挨拶だけでもしておこう、と考えていた京祐であったが、カンファレンスの開始を目前にして山崎をはじめ周囲の雰囲気はそれを受け付けないほど殺気立っていた。山崎の方から京祐に声がかかることはなかった。

司会は若手腎移植の第一人者である腎臓外科の板橋准教授が担当する。伊藤教授や陣内教授が最前列に腰掛けると部屋の中の緊張感は最高潮に達した。

頃合いを見計らって、板橋が立ち上がった。

「それでは、時間になりましたのでカンファレンスを始めたいと思います。お集まりの先生方も既にご承知のように、昨日環状七号線の交通事故によって救命救急センターに搬送されましたご夫婦の患者さんですが、重篤な状態である妻の方が臓器提供のドナーカードを付帯しておりましたので、直ちに他臓器についても臓器移植の可能性についての検討に入っております。さらに妻は透析患者である夫に腎臓移植の提供を希望しておりますので、レシピエントを夫とした場合の適応につきましても、緊急の検討会を開きたいと思います。資料を配りますので、一部とって、後ろへ回して下さい」

資料に目を通す医局員から、ざわめきが起こった。

今回の腎臓移植に至る発端は、自動車事故に遭遇した夫婦の妻が付帯していた、脳死による臓器移植を承諾した臓器提供登録カードにある。

この事例では、妻の状態はきわめて重篤で、脳死への移行は時間の問題であるとの報告であった。

一方、運転していた夫の外傷は奇跡的にも軽症。しかも透析患者である。

しかし、わが国では脳死患者からの腎臓移植例はまだ極めて少ないのが実状であった。

今回のように、臓器提供者（ドナー）から、移植を受ける側（レシピエント）を透析患者である夫とするレシピエントの指定もさることながら、同時に事故に遭遇するのも異例のケースであった。移植における両者間の組織適合性や、赤血球ＡＢＯ抗原などの問題もあり、ドナーの脳死状況によっては、移植の成功率が左右されるのも当然である。

すでに両者とも東都大学付属病院に搬送されていること、まだドナーが心臓死に至っていないこと。この二点においては、臓器移植に対する環境的条件は整っていた。

残る条件としては、臓器移植に一番重要である組織適合試験をクリアできるかどうかである。

この場合、臓器提供登録カード付帯者である妻の意思を尊重して、夫に腎移植が物理的に可能であるか否かをこの試験で確かめる必要があった。

直ちにドナーとレシピエントである二人の血液が、腎研グループに持ち込まれ、臓器移植を成功させるための組織適合試験が始められた。移植抗原のタイピングと細胞性および体液性の適応をみてゆくマッチングテストである。

幸いなことに移植抗原の主要な一つである赤血球ＡＢＯ抗原は同じB型と判定されたが、しかし、当然のことながら非血縁者間である二人にとってＨＬ－Ａハプロタイプは二個とも異なっている。それはやむを得ないことであった。

「今回のケースでは、他臓器につきましてはすでに国立臓器移植センターに問い合わせておりますので回答待ちです。そこでまず脳死状態に至った場合、妻からの腎移植が、医学的な見地から可能かどうかについて検討を絞って下さい。脳死による臓器提供のカードを持っているドナーにしても、レシピエントが夫のため、妻サイドの両親が移植を許可するかどうかは、移植コーディネーターからの確認はまだ取っておりません。また夫のレシピエント側にしても、今の段階では全くクランケの同意は得ておりません。従って、くれぐれも守秘義務を守って、このことは外部に漏らさないように重ねてお願いしておきます」

板橋のインフォメーションを耳にした京祐は、何かが大きく崩れていくような感覚に陥っていた。ありえないとわかっていたはずなのに、もしかして、自分がレシピエントに選ばれたかもしれないと、心のどこかで微かに自分への腎臓移植を期待していたのである。

板橋は腎研グループの内科の大森に前に出るように促した。大森はかつて入院中の京祐を受け持ったオーベン（グループ長）である。学位を取得してから講師の辞令を受け、腎研グループに移籍したらしい。

「まず、ドナー側の移植腎の条件ですが、これについては腎研グループの大森先生に報告してもらいます」

指名を受けた大森は立ち上がってホワイトボードの前で説明を開始する。

「まずは赤血球のＡＢＯ抗原についてですが、これは、偶然にもドナーとレシピエントが同じＢ型でＡＢＯの適合なので問題はないと思います」

「すみません、質問してもいいでしょうか」

間髪をいれずに若い外科医局員の一人が手を挙げた。

「どうぞ……」

中断させられた大森は少し不愉快そうな表情を見せた。

「血液型ＡＢＯは、同型でなくてもＡＢＯ適合なら腎移植は可能なのでしょうか？」

すぐさま大森にかわって板橋が答える。

「勿論、可能だけれど、むしろ問題は移植後の拒絶、つまりＧＶＨＤ（graft versus host disease）を起こすかどうかじゃないか。大森先生、腎移植とＧＶＨＤ反応についても少し補足を加えて下さい」

「はい。わかりました」

板橋の指示に大森が再び説明を付け加える。

「腎移植は他の臓器移植、特に骨髄移植などと違って移植リンパ球によるＧＶＨＤ反応が比較的少ないので、必ずしも同型でなくても、ＡＢＯの適合だけでよいとされていますが、実際はＡＢＯの適合だけだとＧＶＨＤが起こる確率はぐっと高くなると思います。従って、血液型に問題はなくても非適合であればグラフト（移植臓器）血流再開の直後から血管内に凝結を起こす危険性があるので、血液型不適合のオペは今のところ、禁忌となっているのです」

「では、ＨＬ－Ａ系についてはどうですか？」

板橋が進行を促す目的で大森に追加質問する。

「この度のケースについては、ドナーとレシピエント間は夫婦関係ですから、当然のことながらＨＬ－Ａ抗原は非適合の可能性が高いと思われます」

「すみません、もし、ＡＢＯが適応して移植が可能だとしても、今回のケースはプアーマッチ（適合困難）なのですか」

今度は腎臓外科の医局員が質問した。

「まだ正確にはプアーマッチだという結論は出ていません」

大森が板橋の助言を求めた。

「板橋先生の意見としてはどうなのですか？」

「そうですね、実際のところは、プアーマッチの可能性が強いと考えた方がいいでしょう。しかし術後の免疫抑制剤の効果を期待すれば、乗り越えられる可能性はあると思うよ」

「プアーマッチだとすると、そのグラフトの生着率はどれくらいなのでしょうか」

すかさず腎研グループの医局員からも、板橋准教授に質問が飛んだ。

内科、外科、腎臓移植班を問わず多くの医師たちが真剣なまなざしで、彼らの質疑応答に耳を傾けている。

「統計では、脳死からの腎移植でもHL-A抗原が、4個とも一致していれば二年目のグラフト生着率は七〇%にも及んでいるが、今回のように二個以上のプアーマッチだと、せいぜい四〇%ぐらいだろうね」

「大森先生、その他の適合試験の結果はどうなのでしょうか?」

「白血球混合培養法は培養時間に無理があるので、行っておりません」

「大森君!」

伊藤教授の突然の発言に、ざわついていたカンファレンスルームが、一瞬、静かになった。

「しかしだね、ドナー細胞とレシピエントのリンパ球を、ワンウェイ法で確認しておけば移植後の拒否反応を予め知ることができるだろう。すぐにでもやっておきなさい」

「はい、わかりました」

大森の返事と同時に、今度は板橋が伊藤に質問した。

「伊藤教授、現在のドナーの状態は、脳の損傷が著しく救命救急センターからの報告では脳死は時間の問題だそうです。脳死の状態で、すばやく腎移植に踏み切れば、その生着率はずっと高くなると思われますが、どの時点でオペに踏み切るべきでしょうか」

「それには外科の陣内教授の意見を伺ったら」

伊藤は敢えて陣内の外科的適応に委ねた。伊藤に会釈しながら陣内が立ち上がった。

「今の日本の法律では脳死の判定で、本人による臓器提供の意志と、ドナーの家族の同意が得られたならば、臓器を取り出すことには問題がないが、今回のケースのような脳死の状態であっても、妻からレシピエントを指定された夫への腎臓移植は特殊な事例になりますから、慎重に進めて下さい」

腎研グループ医局員も注目する中で、板橋が力強く答えた。

「陣内教授、脳死の確認が取れた段階で、腎移植にゴーサインが出たときには、直ちに腎摘出のオペに踏み切りましょう」

板橋の勢いに医局員の数名が拍手した。

「板橋先生、脳死のドナーも大切だが、夫のレシピエントに対する臓器提供の同意もある。そこの配慮を損なうと後で問題になるからね」

「脳死から臓器を取り出すまでの間に、何か移植のために特別にやっておくべきことはないでしょうか」

「そうだね、脳死の判定後に、心機能が保たれている時間に、血管拡張剤を充分に投与しておけば、たとえ急に心停止に至っても、ドナーの腎機能にはほとんど影響を及ぼすことなく取り出せるはずだ」

大森が割って入った。

「すみません、移植臓器についての質問ですが、それは腎臓だけではなく他の臓器移植の場合もそのような処置が必要なのですか」

「他の臓器についても、やはり血管拡張剤は必要だろうね。どんな場合にも、脳死状態で行う前処置に関してのタイミングは充分に気をつけないとね」

「そうですね、臓器移植をスムーズに行うための処置は、たとえ脳死であっても、救命が第一であるドナーにとって、必ずしも正しい医療行為とは言えませんからね」

大森の意見に板橋が賛意を示すかのように頷いた。

「まあ、腎臓だけでなく、他の臓器も取り出すタイミングが問題だが、それより大切なのはドナーから臓器を摘出してから冷却するまでのウォームイスケミア（虚血変化）の時間じゃないのか」

今度はウォームイスケミアについて、検討会の進行を進めるためにも板橋が質問した。

「陣内教授、ウォームイスケミアの限界はどれぐらいと考えておけばいいですか」

「うーん、臓器によって異なるが、腎臓の場合せいぜい一時間が限度かな……。一時間を超えると、腎臓もガタッと、クレアチンクリアランス（腎機能）が悪くなるからね」

「大森君、ところでレシピエント側の条件についての問題点は何かあったの」

「詳しいことはまだわかっておりませんが、透析歴は約三年だそうです」

「レシピエントの交通事故による損傷は？」

「昨日の事故によるレシピエントの外傷は左の肋骨骨折と打撲で、特に出血や内臓への損傷はなかったようです」

「そうか、一応、全身状態は腎移植のオペに耐えられそうだね。それで、レシピエントの既往歴についてはどう」

「腎不全の他には糖尿病や心疾患の合併症はないとのことです」

「今回のケースはドナー、レシピエント共に三十代と年齢も若いから、腎移植を受け入れる側としての条件は整っているわけだ」

「実は、連絡を受けて驚いたのですが……」

時間をおいて声を低く落とした板橋の態度に、陣内も腕組を解いた。

「何か、他に問題点でもあるのかね」

陣内が尋ねた。

「実は、彼らは新婚旅行の最中に交通事故に巻き込まれたようです。さらに、レシピエントである透析患者の職業は不明ですが、重傷を負って臓器提供をしようとしているドナー側の妻は看護師ということでした」

ザワザワと、どよめきが教室内を包んだ。

さすがに、陣内も驚いた様子だった。

「ドナーが医療従事者なら、このケースは当人同士が移植に対する互いの理解と意思を、日頃から話し合っていたのだろう」

板橋は続けた。

「腎移植そのものより、新婚旅行中に起きた自動車事故なんて、運転していたご主人の気持ちは想像を絶するものがありますね。この状態で、新妻の脳死を知らされたら、精神的ショックで腎臓移植どころじゃなくなるかもしれません」

「腎臓のことだけでなく、臓器移植提供に事故を起こしたご主人や脳死状態の妻の家族が同意するかは、また違った意味での問題だね……」

陣内も困った顔をして伊藤に意見を求めた。

「移植の問題だけでなく、その背景もかなり複雑なようだ」

伊藤も状況の難しさに眉をひそめる。

「大森君、奥さんが臓器移植の提供だけでなく、腎臓バンクにご主人のためにと腎臓提供の登録をしていたことを、当のご主人は知っているのだろうか」

返答を躊躇している大森のかわりに板橋が答えた。

「さあ、そこまではまだわかっておりません。このカンファレンスが終わり次第、私が、至急ドナーが入院しているＩＣＵ（集中治療室）に行って、家族にも会ってこようかと思っています」

「その方がいいね、ちょっとメンタルな面でも問題点がありそうだからね」

「難しい問題ですね……」

一連のやり取りに、カンファレンスルーム全体が重苦しい雰囲気に包まれていった。

無駄口をたたく者は誰もいない。

「たとえ脳死からの臓器提供の意志があったとしても、ドナーの家族に夫への腎臓移植の承諾を得なければ臓器を取り出すこともできないからね」

陣内の忠告に板橋が答える。

「はい、ドナーサイドの状態を十分に把握した上で、移植が可能であればレシピエントへのムンテラを僕が直接してきます。移植コーディネーターの話では、聞く耳を持たないくらい夫が動揺していると報告がありました。こんな腎移植のケースも滅多にないことですから、ドナーの家族も含めて何とか腎移植だけでも同意にこぎつけるつもりです」

「決して、無理しないようにね」

「夫の身体の中で妻の腎臓が生き続けることは、意義のあることだと思いますが、あくまでもドナーの臓器を受け入れるのは透析をしている夫ですから……」

「そうだね。事故の責任をいちばん感じているのは運転していたご主人だから」

陣内の念押しに、板橋は何度も頷いた。しかし、一刻の猶予もないほど、ことはせっぱ詰まっていた。カンファレンスルームを出た板橋は、数名の医局員とともに病院の廊下を走るようにＩＣＵに向かった。

緊急カンファレンスは終了したが、衝撃的な事例に対し、大きな波紋が医局員の中に広がっていた。

カンファレンスルームを足早に立ち去ろうとする山崎を見つけた京祐は慌てて挨拶に駆け寄った。

「カンファレンスに参加させていただいてありがとうございました」

京祐の声かけに山崎が振り向いた。

「特殊なケースだが、勉強になっただろう」

しかし京祐はまだ腎移植に拘っていた。

「はい。しかし事故を起こした夫は、妻からの腎臓を受け入れるでしょうか」

「それは、難しい問題だね。これからすぐにでも板橋先生が説得するだろうが、事態はそう簡単じゃないだろう。事故を起こした責任もあるからな……」

「移植が成功したら奥さんの腎臓が夫の身体の中で生きていくことになるんですね……」

「そこは本人や脳死状態の家族が判断することで、われわれ医師が口を出すことじゃない」

「透析のご主人が移植を拒否されたら、本人の臓器提供の意思があっても、すべての臓器が移植の対象から外されるのですか」

「それは臓器移植センターが決めることだから、わからない。ところでずいぶん君は臓器移植に拘るね……。そうか、そういえば君も透析を受けているから、腎臓移植には人一倍関心が高いのだな」

山崎は皮肉とも取れる言い方をしたが、京祐にはいっこうに通じない。

「事故は不幸な出来事だったとしても、せっかくのドナーの臓器提供の意志があるのなら、それは大切にするべきだと思います。レシピエントに指名された夫は、ドナーである妻からの腎移植を素直に受け入れればいいんですよ。僕はそう思います」

むきになって自分の意見を主張する京祐の顔を、山崎はまじまじと見つめた。

「それは君が透析患者だとしても、医師が言葉に出すセリフじゃない」

険しい表情に変わった山崎の方が驚いたようであった。

「今日は研修病院には行かなくてもいいのか」

「少し遅れると連絡しておきましたが、今からすぐに向かいます」

頭を下げた京祐は急ぎ足で病院を出た。新婚旅行に出かける前の事故なのか、それとも新婚旅行を終えて東名高速から帰宅の途中での事故なのか、京祐の頭の中はレシピエントの対象にもならなかった悔しさが渦巻いていた。

第九章
泡沫の華

救命救急センターに搬送された脳死状態の妻からの腎臓提供に対して、レシピエントを指名された夫は最後まで移植には同意しなかった。

新車を購入して、愛車での新婚旅行という特殊な状況の中で引き起こされた悲劇である。絶頂の幸せから奈落の底に突き落とされた事実を受けとめられない。しかも事故を引き起こした責任は重大であり、取り返しのつかない自責の念に夫は動転していたのに違いない。また看護師である妻が臓器移植の提供を承諾していた事実も夫には知らせていなかったことが、事故の後になって明らかになった。いくら透析治療の身であっても、事故を起こした責任からも妻からの腎臓の提供は受け入れることはできなかった。

しかし、その事実を京祐が知ったのは、カンファレンスから約一カ月が過ぎてからである。山崎講師から直接京祐に連絡がくることもなかった。ドナーカードを持った妻の臓器がその夫や妻の家族の同意が得られないまま、すべての臓器移植は断念せざるを得なかった。


研修医の身分とはいえ、特別なカリキュラムである京祐は、第二内科の医局内でも孤立していた。透析患者であることを強く意識していたのは京祐の方であったが、医局内で語り合える友達はいなかった。

そんな毎日の中で、いつからだろう。いつのまにか立川市立中央総合病院の内科病棟の看護師である中野奈津子の存在が気になるようになっていた。院内で偶然に奈津子の姿を見かけると緊張している自分に気がついた。そんな一方的な好意を持ち始めてから、京祐はしだいに片想いでは我慢できなくなっていった。透析患者であることが足かせとなり、京祐はためらっていたが、悩みぬいたあげく走り書きのメモ用紙を病院の廊下で手渡すことに成功した。

それは立川駅の近くにある喫茶店への誘いであった。

そして約束の日がやってきた。勤務が終わるのを待ちかねたかのように京祐は立川駅の北口にあるカフェ・ド・モアに向かった。

暦は九月に入ったというのに、残暑が続いている。店の中に一歩入るとクーラーが効いて、火照った体を冷やしてくれて気持ちよかった。

京祐が注文した、水出しのアイスコーヒーを口に含んだとき、水色のブラウスにフリンジのスカートのすそを揺らめかせながら奈津子がドアーを開けて入ってきた。慌ててポケットからハンカチを取り出し額の汗をぬぐう京祐。

白衣姿と違って髪を下ろした奈津子の華やかな雰囲気に、思わず京祐は笑顔になった。

「すみません、仕事が遅くなったものですから、お待たせしてしまって……。それにしても新町先生が私を誘うなんて驚いたわ」

「迷惑だったかな」

「迷惑だなんてそんな……」

笑顔の奈津子に京祐はひとまず安心した。

「ごめん、いちど、ゆっくり話したかったから……」

緊張している京祐は話のきっかけがつかめないまま、アイスコーヒーのストローをコップの中でぐるぐると回した。また京祐の額に汗がにじむ。

「どうなさったのですか。急にお話があるなんて……」

奈津子の問いに、京祐の返事は歯切れが悪い。

「腸ろうの前川さんに鰻を食べさせたことで、田所先生からひどく怒られてしまって……。あの時は助けてくれてありがとう」

「新町先生は優しいから、患者さんに一生懸命なのですよ……。そんなに落ち込まないで下さい。きっと前川さんは天国で感謝していると思いますよ。それでいいじゃないですか」

奈津子は鰻事件のことはそれ以上話したがらなかった。近づいてきたウエイトレスにホットのコーヒーを注文する。

「ありがとう。そう言ってくれると失いかけていた自信も取り戻せるよ」

奈津子は視線を運ばれてきたコーヒーカップに移した。

「それより先生からのお話ってなんでしょう」

京祐は思い切って自分の気持ちを口に出してみた。

「時々でもいいから、僕とつき合ってくれないかと思って……」

急に硬い表情になった奈津子は言葉を濁した。

「それはちょっと……」

京祐の不安はすぐに的中した。

「それは僕が透析患者だから……」

奈津子がキッと顔を上げ、京祐の顔をまっすぐ見た。そしてはっきりとした声で答えた。

「それは違います。じつは今、付き合っている人がいるんです。その人が好きだから……。たとえ先生でなくても、他の方とはお付き合いは出来ないのです」

ここで、二人の会話は途切れた。気まずくなった雰囲気の中、大きなため息をついて京祐は喉から絞り出すように声を出した。

「そうか……。それじゃ仕方ないね。今日の僕の言ったことは忘れて下さい」

すぐに京祐は引き下がった。奈津子の意志は固そうだったからだ。これ以上の未練は惨めになるだけだった。

「ごめんなさい。誘ってもらったのに、先生に嫌な思いをさせてしまって……。でもこれだけはわかって下さい。先生が透析患者であることは全く気にしていません。透析が理由ではありません。その事だけはわかって下さい」

「そう……。でも透析は紛れもない事実だから」

京祐は不機嫌になるのを抑えられない。その表情を見た奈津子は、長居する必要もなくなりすっと立ち上がった。引き止めても無駄と知りながら、京祐もまた椅子から立とうとした。

「私はこのままひとりで帰りますから」

「わかった。あっ、コーヒー代はいいから気にしないで……」

支払いを気にする奈津子に、京祐は目線を合わせることができない。

「じゃあ、気を付けて……」

さよならという言葉も投げかけられなかった。始まりもなければ結論はいたって簡単だった。奈津子はもう出口に向かって歩き出していた。

ひとりになった京祐は気まずさに茫然としたまま、奈津子がひとくち唇をつけたコーヒーカップを眺めていた。アイスコーヒーは氷も溶けて空になっている。気づかれないように奈津子のルージュが微かについている残されたコーヒーを啜った。冷めたコーヒーの味は苦い……。しばらくして京祐も喫茶店を出た。

急ぐ理由もなかったが、カフェ・ド・モアからはできるだけ遠く離れたかった。糸がぷつんと切れて、手に持っていた風船がどこかに飛んで行ってしまった。手から離れた風船はもう見当たらない。あてもなく歩いていたとき、目の前に行く手を遮るように遮断機が降りてきた。

カン、カン、カン……。青梅線の踏切だった。夕暮れ時のうす暗くなりかけた空気のよどみに、突然踏切の警報音が鳴り響く。ボーッとしていた京祐の耳には聞き慣れている音なのに、なぜか耳障りに聞こえた。

開かずの踏み切りなのか、上り線、下り線がひっきりなしに通過する。次から次へと警報音は鳴り止まない。

プゥオオ～ン！　突如、心臓を揺さぶるような警笛の音と共に、目の前を青梅特快が通り過ぎた。身震いがして、思わず京祐は後ずさりする。線路を挟んで向かい側の遮断機の後ろでは大勢の人たちが、ただ電車が通り過ぎるのを待ちわびている。開かずの踏切に、冷めた表情が無気味だった。

上りと下りの電車を何度か見送った。もう一度踏切の反対側の遮断機に目をやると、ちょうど六、七歳ぐらいの男の子が母親に手を引かれて列車が通り過ぎるのを待っているのが見えた。

こちらを見つめている子供の顔の目や鼻に特徴があった。

ダウン症……。京祐は、遠くから子供に向かってニッと笑って見せた。

子供は京祐の仕草に気づくと、にっこり笑い返した。可愛かった。

しかし、次の瞬間、身体中の血液がいっぺんに逆流するほどの事態に京祐は硬直した。

突然、その男の子が遮断機の下をかいくぐると、京祐に向かって駆け出してきたからである。

「あっ、危ない！」

次の電車が近づいているかどうか、左右を確かめる余裕は京祐にはなかった。

ただ、耳の奥深くに警笛音が入り込み、京祐の鼓膜を揺さぶった。

次の瞬間、京祐は線路に飛び出すと、子供を抱え込むようにタックルして宙を舞った。

枕木に打ちつけた肩が悲鳴を上げる。身体から数センチしか離れていない距離に、すさまじい風圧を感じた。ゴウゴウとうなるごう音が耳をつんざく。無意識のうちに自分がまるで小人にでもなったかのように全身を小さく縮めた。男の子の体温と鼓動を感じただけで、時間が止まった。それが一、二秒なのか、それ以上なのか見当もつかない。しかし、京祐にとっては恐ろしく長い時間だった。

次の瞬間には鉄の車輪とレールが火花を散らしながら軋む音が京祐の体に覆いかぶさってきた。金属が擦れる轟音が止んだ。しばらくして誰かの悲鳴が聞こえたとき、ようやく自分がまだ生きていることが理解できた。

「人がはねられた！」辺りは騒然となった。

「大丈夫、怪我はないか」「駅員に連絡しろ！」

悲鳴とバタバタと数人が駆け寄ってくる足音に、目を開けた京祐は両腕の中に強く抱きしめている子供の姿を見た。まるでラグビーのようにタックルされた驚きからか、今もまだしっかりと歯を食いしばり、目は硬く閉じたままである。そのあどけない表情に、京祐はほっと安堵の胸をなで下ろした。

「助かった……。助かったの？　怪我はないの。良かった、良かった」

大声で叫びながら母親が駆け寄り、子供を京祐から奪い取り抱き寄せる。頬ずりしながら母親は泣いていた。京祐はどうにか起き上がってズボンの裾を手で払う……。路面に叩きつけられた肩が痛かった。

「ありがとうございます！　ありがとうございます、怪我はありませんか」

何度も何度も繰り返し礼を言う母親に黙って頭を下げた。京祐の左手の甲から血が滲んでいる。しかし、前腕の大切なシャントには影響はないらしい。

「僕は大丈夫です。何とか、かすり傷ですんだから。それよりボクは？　ボクには怪我はなかった？」

母親にしがみつきながら泣きじゃくる男の子を見て京祐は、何も考えず踏み切りへ反射的に飛び出した自分の衝動に驚いた。何も考えずに瞬時にとった行動だった。

「救急車呼ぼうか」

そこに居合わせた中年の男性が声を掛けてきた。

「いやいや、いいですよ」

京祐は照れくさそうに、その場を取り繕おうとした。

ふと上を見上げると、急ブレーキで止まった青梅線の後部車両の窓から、身を乗り出すように大勢の乗客が京祐を見つめている。踏み切りの周りにも、あっという間に人垣ができてきた。京祐は一刻も早くこの場から逃げ出したかった。

駆け出そうとする京祐に、子供の母親が後ろから声をかけた。

「なんとお礼を言ってよいのか……。ありがとうございました」

母親はまだ恐怖の余韻に声の震えが止まらない。助かった子供の方はもう涙は乾きかけているようだった。どう応じればいいのか戸惑う京祐にとって、肩や腕の痛みは苦痛でなかった。

京祐は振り向きざまに母親に向かって言葉をかけた。

「よかったですね。ボクが助かって……」

事故の知らせを受けた警察官や駅員が駆けつけてきそうな気がしたので、とにかく逃げるようにしてその場から離れた。

子供を助けたことで、注目されたくなかった。京祐は、その場から逃げるように買い物客で賑わう近くの大型スーパーに駆け込んだ。手洗いに入り、擦りむいた手の甲を冷やしながら汚れを洗い流す。誰もいないスーパーの手洗いで、鏡に向かって自分の顔をまじまじと見つめた。何故か人助けをしたというような充実した感情は湧いてこなかった。

決して奈津子との未練を断ち切ろうとしたわけではない……。しかし、何が自分をそうさせたのかわからない。ただ男の子に笑いかけて、きっかけを作ったのは確かだ。とにかくよかった。しかし鏡の中の顔は、額から汗がしたたり落ち、唇が紫になり、手足がガタガタと小刻みに震え出した。

陽射しの照り返しがようやく穏やかになり、急に街路樹の木立がいっせいに色づき始めた。落葉樹が木の葉を容赦なく振り払うように地面に落とす。秋を楽しむより冬の到来を気遣っているようだ。

十二月に入った六日水曜日の勤務日のことである。京祐は病棟の回診を終えると、すぐに医局に戻ってきた。

窓際のデスクで次の担当看護師に申し送りをしている中野奈津子がいた。あれから、気まずさもあって、一度も言葉を交わしていない。奈津子の方もそれとなく京祐を避けているような気がした。

医局のロッカーで帰り支度をしていると、高森が医局に顔を出した。京祐を見つけると探していたと言わんばかりに声をかけてきた。

「新町先生、ちょっとお願いがあるのだけれど……」

京祐は高森の軟らかい言い方に違和感を感じた。

「なんでしょうか」

「明日木曜日の夜なのだけれど、当直のバイトを代わってくれないか」

「まだ夜間の当直はしてないですから、僕には無理ですよ……」

「大丈夫だよ。救急外来は止めてもらうから。それに研修医といっても、ちゃんとライセンスを持っているのだから、勉強だと思って当直すればいい」

「でも……」

京祐にとって、行ったこともない病院での夜間当直は不安だった。しかし、高森は代わりの当直医を探すことに切羽詰まっているらしく強引だった。

「田所先生にも許可をもらうから、頼むよ。入院患者の『おやすみ』回診だけで、後は当直室で寝ているだけだから心配ないよ。それに、もしもの時は、俺の携帯番号を教えるからかけてくれ。いつでも出るから、だったら安心だろう」

同じ年といっても、医師としては先輩である。京祐は強く断れなかった。

「住所のメモを書いておいたから、六時には絶対に遅刻しないで病院に行ってくれよ。ありがとう、助かるよ」

はっきりと承諾したわけでもないのに、高森はもうそのつもりだった。京祐は気が進まなかったが、高森の強引さに押し切られた。

「田所先生には、許可をもらって下さいね」

京祐は念を押した。

「ああ……。後で言っておくから」

高森は、京祐の夜間当直の決心が鈍るのを心配したのか、病院の住所と電話番号を書いたメモを手渡すとすぐに医局を出て行った。


翌日の透析の間、ずっとその日の夜間当直のことが気がかりだった。京祐は安易に当直を引き受けたことを後悔していた。その反面、新たな経験を積むことも医師としては成長するためには必要であると自分に言い聞かせた。

透析が終わると、いつものように体重を量り、さっさと家に戻った。好きな本を読んで気を落ち着かせようとするが集中できなかった。昨夜のメモに記された当直病院は練馬区にあり、ここ豊島区からそう遠くはなかった。高森はそのことを知っていたのかもしれない。

少し予定の時間には早かったので、家に帰ってからコンビニで買ってきたサンドイッチと野菜ジュースで早い夕食をすませた。当直病院には車で出かけることにした。駐車場で車に乗り込みエンジンをかけた。暖房の熱気を確認しながら病院の住所をナビに入れる。後はナビの指示通りに運転すれば到着するはずだ。アクセルが踏まれ、車は走り出した。

ナビの誘導で練馬大森記念病院に到着した京祐は、すぐに駐車場に車を入れることをためらった。想像以上に大きな、百床をゆうに超えた病院だったからだ。

しかし、今さら頼まれた当直を間際になってキャンセルできるわけがない。職員の表示の駐車スペースに車を置いた。

覚悟を決めた京祐はひとつ大きく深呼吸をすると、コートは車の中に置いたまま鞄を小脇にかかえて病院に入った。夜間入口の事務室を覗き込み、声をかける。

「高森先生に代わって当直に来ました新町です」

中から若い男性の事務員が顔を出した。

「先ほど高森先生から連絡がありました新町先生ですね。鍵を開けますから、どうぞ中へ」

その日の当直用紙に住所氏名を記入すると、事務員の若い男性に、三階の医局に案内された。

医局では交代の医師が待ちかねたように京祐に声をかける。

「あっ、高森先生の代わり？　よろしく、今夜の入院患者は比較的落ち着いていますから、もう重篤な患者は昼に送り出しましたから、いませんよ」

申し送りも早々に内科の勤務医は、当直医にバトンタッチすると足早に帰って行った。

ひとりになった京祐はあたりを見まわす。立ち上がって医局の奥のドアーを開けると簡易ベッドがあり、横には、小さな机と椅子と電話があった。

腰かける間もなく部屋のインタホンが鳴った。慌てて当直室から医局に戻る。

検食の知らせだった。しばらくすると検食が配膳係によって医局に運び込まれた。聞いてはいたが、患者食にしては豪華に思えた。入院中の腎臓食が思い出されたからだ。

再び内線のインタホンが鳴った。今度は内科病棟からであった。

用意されていた白衣に着替えて、内科病棟へ向かった。

「あれっ、今夜の内科当直は、高森先生じゃないのですか」

ステーションで出迎えた小柄な看護師、泉田の第一声だった。

「高森先生の代わりに来た新町です。何か変わったことはありませんか」

なるべく自然に振る舞おうとする京祐に、二人いる看護師のうち少し年配の病棟の看護師田中が先に答えた。

「今夜は、先ほどお送りしたので、重症者もなく平穏です」

「お送りした？」先ほどの医師が言った「もう」の意味がようやく理解できた。

「じゃあ、さっそく就寝前の回診に行きましょう」

「もう行かれるのですか」

最初に出迎えてくれた眼鏡をかけた若い泉田が立ち上がった。非常用のライトを肩から下げ、当直のカルテ盤を持って準備は整った。

「先生は、こちらの病院は初めてですし、早く終わった方が安心ですね。じゃあ行きましょう」

入院患者の病室をまわり、「お変わりありませんか」と「おやすみなさい」を、繰り返し声掛けする。そして一通り回診を終えステーションに戻ってきた。

「お疲れさまでした。お茶でも入れますから」

ステーションに戻り京祐の緊張がとけた。椅子に腰かけた京祐に、回診に同行してくれた泉田がお茶を入れて勧めながらねぎらう。

「新町先生は、立川の高森先生と同じ病院ですか？」

突然の質問だった。

「そうです」

「先生が内科なら、中野奈津子って看護師をご存知ですか」

予想外の問いに、京祐は眉をひそめかけたが、なんとか平静を装った。

「ええ、うちの内科の美人看護師でしょう。もちろん誰でも知っていますよ」

京祐は苦笑いでごまかす。

「私、奈津子と看護学校が同期で同級生なのです」

眼鏡をかけた泉田は、得意そうに仲良しを強調した。

「やはり美人は得ね。それに高森先生とは恋人同士だし……」

「高森先生と付き合っていたんですか。それは知らなかった」

驚いたのは京祐の方だった。言い返す勇気も失せていた。

「奈津子は超美人だからいろいろな先生にも口説かれるのですって。先生もその一人じゃない？」

泉田のからかいに京祐の顔色が変わった。

「いい加減にしなさい」

見るに見かねて年配の田中が注意した。

「ごめんなさい、余計なことを言ってしまって」

自分との交際を断った奈津子が、高森と付き合っていたなんて考えてもみなかったことだ。しかも、無理やり今日の当直を押し付けたのも高森である。何か自分の役割が滑稽に思えて仕方なかった。

「それではもう当直室に戻ります」

不機嫌さを隠し、京祐は足早に誰もいない医局に戻ってきた。

残された検食も今はもう食べたくない。この気持ちを嫉妬だとは思いたくなかった。

片想いにすら発展もせずに終止符が打たれた。しかし、高森と奈津子の面影が重なると、心拍数が上がった。

テレビのスイッチを入れるが頭の中はいらついていた。当直室で寝るには時間が早かった。その時、医局の内線の電話が鳴った。

「先生、外来患者さんの診察をお願いします」

当直事務からの連絡だった。

「救急の外来は止めてあったのではないですか？」

おもわず京祐は不機嫌な声で、受話器に向かって問いかけた。考えてもいなかった状況に、たちまち不安が京祐を襲う。そんなことはお構いなしに事務員は現状を伝えた。

「患者さんは初診じゃないですから……。それにもう受付に来ていますから、すぐにお願いします」

京祐の抵抗に当直事務員は当惑している様子だ。この病院の中にいる以上、逃げ出すわけにもいかず、京祐はしぶしぶ白衣を羽織ると階段を下りて行った。

暗く静まり返った外来の受付には、小学生の女の子を毛布にくるみ抱えるようにして父親が座っていた。側には先ほど連絡したカルテを持った男性の事務員が立っている。

「小児科じゃないですか」

患者の姿を見た京祐は思わず声をあげた。

「うちは内科の先生が小児科の患者さんも診ていますので、もちろん小児科医がいないときは、赤ん坊のような乳幼児の急患は断っていますが……」

話が違うじゃないかといくら心の中で叫んでみても、今さら何の意味もない。この状況では診察するしかないのだ。

すぐに外来診察室の電燈がつき、病棟の眼鏡をかけた泉田が患者を案内する。先ほど話した奈津子の同期生だった。病棟の田中に怒られたのか、京祐に急に無愛想な態度で接する。

診察室に蹲るように座っている患者は小学六年生とはいえ、京祐にとって小児科の患者を一対一で診るのは初めての経験だった。京祐の自信のなさは、たちまち患者の父親にも伝染した。京祐の診察態度に父親が不安感をあらわにした。

「先生、大丈夫ですか。娘は来年の中学受験に向けて遅くまで塾で勉強していたのですが、風邪をこじらせたようで……。帰ってきて薬を飲ませたのですが、高熱が下がらないのです」

「売薬ですか?」

「いつもテレビで宣伝している薬ですよ」

父親の言う風邪薬の説明では何かわからない。泉田が父親に声をかけた。

「小児用のこの包装ですか?」

泉田が薬局から売薬の見本のコピーを持ってきて見せた。

「そうそう、それです」

父親の表情が穏やかになったことで、京祐はひとまず安堵した。

「どれぐらい前に飲ませたのですか?」

「風邪薬は二錠、二時間ぐらい……。いや三時間前です」

「ちょっと口を開けてみて……。熱は」

「熱は38・2度です」

泉田が体温計を京祐に示した。京祐は早く診察を終わらせたかった。苦しそうにしていたが、喉の奥は扁桃腺が腫れている。頸を触ると右の頸部のリンパ節も触診ですぐにわかるほど大きくなっている。顔をよく見ると、黒目がちのお人形のような色白の可愛い女の子であった。しかし、頬部は熱で紅潮してリンゴのほっぺのようであった。

「息苦しい?」

京祐の問いかけにも、女の子は黙って頷くのが精いっぱいである。

「先日インフルエンザの予防接種は打ちましたから……」

父親の説明に京祐は二度ばかり頷いた。しかし、父親の目の前で少女の胸を曝《さら》け出す聴打診は、あえて羞恥心への配慮のつもりでパスさせた。小児の心音や呼吸音を確かめる聴打診には自信がないことが本音だった。

「抗生物質を処方しておきますから、帰ってから服用して下さい」

診療を終えた京祐はホッとしていた。

「こんなに熱があるのに、入院しなくても大丈夫ですか」

突然、父親が心配そうな顔をして京祐に質問した。入院という言葉に驚いたのは、京祐の方だった。

「ただの扁桃腺炎からくる風邪の症状ですから、入院の必要はありません」

「入試が近いので点滴とか注射とか何とか早く治る手立てはないのですか」

「その必要はありません」

父親からの要求には応えたくなかった。京祐は処方箋に大人で出す半分の量の抗生剤と消炎鎮痛剤を記入すると、急いで看護師の泉田に処方箋を手渡した。

「新町先生、調剤しますから処方されたお薬の確認をお願いします」

「あ、これで大丈夫です。それと会計箋も事務に渡して下さい」

京祐は泉田が調剤した投薬の説明もすることなく、外来患者から逃げ出すようにその場を離れた。

小児科の急患への対応も、あえて高森の携帯に報告することはなかった。奈津子といっしょにいるであろう高森のことは考えただけで不愉快だったからだ。

入院患者の発熱の報告や不眠を訴える病棟からの電話が鳴る度にビクビクした。当直室では何度寝返りをうっても、ほとんど眠りにつくことはなかった。

朝になって、やっと出勤してきた内科医に当直の申し送りをすると、京祐は逃げ出すように大森記念病院を後にした。車をマンションに置きに帰ってから急いで立川に電車で向かわなければならない。どっと疲れが京祐を包むが、やっと当直の義務から解放された安堵の方が優先した。


金曜日の病院研修を無事に終え、帰り支度をしているときになって事件は起きた。いつものように京祐が医局に戻ってきた時、医局の電話が鳴った。呼び出したのは事務長の田村であった。

階段を下りて一階にある事務長室に向かった。

ノックして中に入ると、部長の川西と事務長の田村、その他に中年の男が厳しい表情で立っている。張りつめた部屋の空気に京祐の体が硬直した。

　男が京祐の顔を見るなり怒鳴りつけた。

「こいつが新町か、こいつが娘を殺した医者だ！」

　名指しされ、大声で激高する男の言葉の意味がまったく理解できなかった。しかし、男の顔には見覚えがあった。昨日の夜間に練馬大森記念病院に外来の診療に来た少女の父親である。

「………」

　京祐は事態をまったく把握できず黙ったまま立ちすくんでいると、川西が実状をゆっくりと説明し始めた。

「君が昨夜、当直外来で診た患者さんが、自宅に帰ってから急変して亡くなったのだ。搬送された救急病院にも確認を取ってもらったが……。間違いない」

「えっ、風邪で診察したお子さんのことですか？」

　愕然とする京祐に川西の表情は厳しかった。

「君が処方した薬のアレルギーも疑われているらしい……」

「………」

院内の抗生物質の約束処方を半量にして書き写しただけなのに……。京祐の顔は一瞬にして青ざめた。父親の怒りは京祐に向けられた。

「馬鹿野郎！　俺は具合が悪いから入院させてくれって言っただろう。お前は具合の悪い娘を入院させなかったじゃないか！　注射や点滴も何もしないで帰らせただろう。家に連れて帰ってから母親が部屋に見に行ったときには、すでに娘の心臓は止まっていたんだ」

「そんな……」

京祐は絶句した。

「救急救命士が、原因は飲んだ風邪薬じゃないかって……。お前の出した薬を飲んだ後で娘は死んだんだ。お前が殺したんだ」

今にも殴りかかりそうになる父親を田村が割って入った。

「処方箋は練馬大森記念病院からファックスで送ってもらっていますから、すぐに確認します」

田村が必死でなだめるが、興奮は収まる気配もない。

「必ず訴えてやるからな」

京祐は、父親の形相に圧倒され後退りした。

「新町君は処方箋の薬を、患者さんに手渡す前に中身を確認しましたか？」

今度は川西が訊ねた。

「それは………」

何がどうなったのか、なぜ少女が心不全で亡くなったのか、京祐には事態を把握することよりも、心不全を引き起こした事実そのものがまだ信じられなかった。謝りもしない京祐の態度に父親の怒りが爆発した。

「この野郎！」

京祐の胸ぐらを掴み殴りかかろうとするのを、田村が必死で後ろから抑えた。

「暴力は止めて下さい。新町先生！　お嬢さまが亡くなられたことに対して、まず謝って下さい」

「申し訳ありません……」

二つ折りになって京祐は、深々と頭を下げた。川西も田村もその場で同じように頭を下げ続けた。数秒間の沈黙が流れた。

数秒経って顔を上げた川西が冷静な口調で説明する。

「とにかく今は、監察医務院の行政解剖の結果を待って、原因究明と当直医が行った医療行為に対する適正な判断を待ちたいと思います。すでに練馬大森記念病院から当直時における事実確認の連絡も入っていますので、後ほどあらためて報告させていただきます。お子さまを亡くされたお気持ちは察するにあまりあるものがありますが、今日のところはお引取りいただけないでしょうか」

川西の説明にも納得がいかない父親は京祐を睨みつけた。しかし父親の目には涙がこぼれていた。

「医療ミスで訴えることだけは、病院側も承知しておいてくれ。それに、お前！」

京祐を指差した男の形相はさながら不動明王のようであった。京祐はその視線を避けるように思わず目を伏せた。

「きっちり落とし前をつけてやるから、覚悟をしておけ」

嘆き悲しんでいる父親をなんとか椅子に腰かけさせると、それからは田村が対応する。

「医療に関しては、あくまでも医療行為を行った医師と患者さんとの問題です。それに医療行為が行われたのは、練馬大森記念病院ですから……」

父親の怒りは田村にも向けられた。

「じゃあ何か、この病院はこの医者を雇っておいて、責任はないとでも言うのか」

「責任がないとは言っておりませんが、なにぶん新町先生は当院の研修医ですので」

「なんだ、この医者は見習いか」

吐き捨てるような言い方に悔しさが滲み出た。

「研修医といっても医師免許は持っております」

話がそれていきそうになったので、川西は慌てて付け加えた。まずは責任の所在ではなく、急死に至った原因を究明しなければ何も始まらないのだ。

父親は納得したわけではなかったが、川西の応対に「また来るから」と言い放ってドアを蹴破るような勢いで帰って行った。


これからどうなっていくのかわからない。不安が京祐を支配していた。

無言のままうつむいている京祐に、これから起こる事態の重大さが受けとめられない。しかし、あの風邪で診察した少女が亡くなってしまったことはおそらく事実なのだろう。

外来を中断している川西は、病棟から田所を呼び出し外来に戻った。

事務長室に急ぎやって来た田所は、事務長の田村から死亡に至った当直診療の一件の報告を受けた。

田所の表情も厳しいものだった。昨夜の当直における外来診療についての質問が始まった。

「君は具体的にどのような診察をしたのだ」

田所の勢いに押され萎縮している京祐であったが、昨夜の診察の経緯を具体的に再現、詳細に説明する。田所が気にしているのは小児の患者の診療がいかに難しいかだった。

「小学校六年生の女の子か……。それで心音に異常はなかったのか」

「……。すみません。聴打診はしませんでした」

「えっ、心音も呼吸音も診察して直接聞かなかったのか」

驚いて声を荒げる田所に、京祐は返す言葉もない。

「それはまずかったな。風邪だと思っても、時にはウイルス性の心筋炎を起こすことがあるからな……。子供と言っても思春期の女性に対する配慮は必要だが、シャツを着せたままでもいいから、少しシャツをまくって必ず心尖部の心音や呼吸音は、異常音を確認しておくべきだったな」

「聴診すれば……わかるのですか」

京祐の経験のなさが露呈する。

「いいか、心雑音を僧帽弁や大動脈弁に異常音を聞き取ったら、すぐに心電図をとって心筋障害や不整脈を確認する。時には心筋の虚血変化にも注目する。胸部のレントゲン写真をすぐ撮って肺の状態と、うっ血性心不全の兆候をつかむ……」

「小学生でもですか」

「あたりまえだろう。子供の患者は大人より症状が急変するから、重篤な変化の疑いがある時にはまず入院させて、慎重にバイタルを確保する。それで状態をしっかりと把握することが重要なんだ。それが判断ミスを防ぐことにもなる」

田所の判断は正しい。しかしたとえ入院させたとしても患者を救える自信は京祐にはなかった。

「熱は38・2度でしたが、すでにインフルエンザの予防接種を受けていると父親が言っていましたので、インフルエンザではないと思います……」

「それでインフルエンザのテストはしたのか?」

「だからインフルエンザではないと思っていましたから、しませんでした」

驚いた田所は京祐の判断の甘さを指摘する。

「馬鹿な……。予防接種を受けていても子供の場合は特にインフルエンザの感染が重症化されることもあるから、必ずチェックはするべきだったな。ところで市販の風邪薬や解熱剤を先に服用していた可能性もあるが、服用については聞いてみたのか？」

「父親から三時間前に市販薬を服用したと聞きました……」

「それで、高熱に対して抗生剤は何を出したんだ？　患者に手渡す前に調剤薬は君の目で確認したのか」

「………」

「中小の病院で夜間に薬剤師が当直しているわけがない。たとえ当直の看護師が用意してくれても、あくまでも確認するのは処方を指示した医師の責任なんだぞ」

言葉が出てこなかった。頭の中に奈津子の同期生だといったあの小柄な眼鏡をかけた泉田の顔が浮かんだ。

「まあ、監察医務院の行政解剖の結果次第だろうけれど、死亡原因しだいでは、訴訟は免れないかもしれない……」

京祐は当直に行ったことを悔やんでいた。側にいる田村はあきれ顔で眉をしかめている。

「田所先生、僕はどうすればよかったのでしょうか」

「あきれた奴だな、そんなこともわからないのか、君は。まだ一人で夜間当直できる技量は備わっていない。そんないい加減な診療しかできないでどうして当直に行ったんだ」

「すみません……」

京祐は再び深々と頭を下げた。田村は急ぎ足で練馬大森記念病院との医療事故対策のため席を離れた。国友院長への報告もあったからだ。

「とにかく時間を昨日に戻すことは出来ないのだから、待つしかないだろう。高森君にも練馬大森記念病院から連絡が入ったようだ。ことは新町君だけの問題じゃないからな」

「ただ、高森先生に当直を頼まれたときに、田所先生の許可を取ってもらうように言いましたが……」

「俺は聞いていない。それに他人のせいにするな」

田所は京祐を叱りつけた。

その日から京祐の病院研修は自宅待機となった。

自宅に帰ってもマンションの明かりは消したままであった。カーテンも閉め、手探りで風呂を沸かした。食欲が落ち身体に変調を感じていたが、自分ではどうすることも出来ない。しかし、明日の透析だけは休むわけにはいかない。

翌朝には大通りに出て、タクシーを拾う。運転には自信がなく駐車場には行きたくなかった。誰かに監視され、つけ狙われているような、恐怖心が常に付きまとった。

当直医が高森だったら、あの少女は助かったであろうか……。

透析中も頭の中にはあの少女の顔が浮かんだ。食欲はなく胃痛と吐き気が治まらない。精神的にも不安定になり、初めて安定剤の処方を求めた。

体調の異常さを察知したのか、透析医は軽い入眠導入剤を処方すると京祐に持たせた。

四日目の夕方、透析を終えた京祐の携帯に田所から連絡が入った。監察医務院の行政解剖の結果が出たのだろうか。

たちまち不安が京祐を襲う。恐る恐る通話ボタンを押すと、田所が話し始めたのは思いもよらない内容だった。

「先ほど、君の書いた診断書について、生命保険会社から問い合わせがあってね」

「生命保険会社ですか？」

「君が前川さんに頼まれて生命保険の診断書を作成しただろう」

京祐の携帯を持つ手が震えた。

「はい……。書きました」

「君は前川さんが病院の外来に来た時、初診で診ただろう。そして家まで押しかけて検査を勧めた。しかし、彼がとった行動は、まず検査を受けることより入院医療保険や生命保険に入ることを選んだのだ。そして数カ月してから再び病院で検査を受けて、がんの診断を受け手術を受けた。そうだな」

「………………」

「聞いているのか、ちゃんと返事をしろ」

「は、はい……」

京祐は前川が、外科手術を終え、外科病棟から内科病棟に転科した日に手渡された医療保険の書類を思い出した。

結局、田所には相談することなく自分で記入捺印して送付した。相談すれば反対されるのはわかっていた。しかし京祐は、初診の記入日はあえて再診日の日付で記入した。がんの診断はその後の内視鏡による病理検査で確定したものと自己判断したからである。

「前川さんは生検による病理検査での、がんの確定診断以前に生命保険に入ったようですが……」

京祐は恐るおそる言い訳をした。

「馬鹿なことを言って。そんな話は生命保険会社には通用しない。初診で診た直後の君の行動が、患者にがんを示唆したものとみられたらしい。何か君との裏取引があったのではないかと疑われているようだ」

「そんな……。確かに生年月日が全く同じだったので、他人とは思えず同情の気持ちはありましたが、それ以上は研修医といっても医師としての行動はとったつもりです」

京祐は必死に弁解した。

「君の性格からして、金品の問題や、意図的に告知を書き換えたとは思いたくないが、生命保険会社はそうは考えないんだよ」

「過去二年間に対する、告知義務違反になるのですか?」

「それだけじゃないのは、その『がん保険』の額なのだが……」

「知りません。一体いくらの保険に入っていたのですか」

「総額で一億円だそうだ」

「えっ、そんなに高額だなんて……」

前川が手を合わせて必死に頼んだ意味が、今わかった。

「そのうちに生命保険会社から問い合わせが来るだろうから、医師としてのコンプライアンスだけは守って説明するように」

「電話で、ですか」

「いや、場合によっては立川の病院か、それが嫌なら、直接保険会社に出向くことになるかもしれないな」

自宅待機中の京祐は立川市立中央総合病院に行くことには抵抗があった。まして透析病院で、患者の立場で保険会社の人間と会うのも避けたかった。

そのとき、田所が思い出したように訊ねた。

「初めて会った時に、君が蜘蛛の糸の話をしたのを覚えているか」

「……そうだったかもしれません」

「君は自分が掴まっている蜘蛛の糸のことを忘れて、前川さんにも摑まらせたんだろう」

京祐は田所の言葉の意味が理解できない。

「いっしょに堕ちたのは地獄ですか……」

「それはわからない。しかし君の蜘蛛の糸は切れずにまだ残っている可能性はある。もう一度しっかり掴めなおせるかは、君のこれからの心がけ次第だろう」

さらに田所は付け加えた。

「新町君の文学的素養は豊かかもしれないが、そのことが医師としてはかえってマイナスになっているかもしれんな」

「やはり僕は医師としては不適格ですか」

「そうは言ってない……」

京祐は適切な言葉が見つからないままに、電話は切れた。


数日経って京祐の研修医としての退職願が、立川市立中央総合病院に送付され、ただちに受理された。透析管理による体調不良がその理由だった。

第十章
決断

師走も押し迫った十二月十九日、土曜日の透析が終わるとその足で京祐は東京駅に向かい、東京発新大阪行きの新幹線『のぞみ』に乗り込んだ。

京都の実家である七条病院に帰省するのは、医師国家試験合格の報告以来である。下京区西大路通り七条に在る四十床にも満たない小さな病院だが、京祐は実家に帰る前に、大谷西本願寺に立ち寄り、がんで亡くなった母の墓参りを先にすると決めていた。

医療問題を抱えた今回の帰省はさすがに気が重かった。

父親と話し合っても京祐の決意が通る可能性は低かった。父親は自分の出した結論に反対するに違いない……。そう考えると口渇感が強くなり、携帯用の氷の入った小さなボトルに口を付けた。口を湿らせる程度で我慢する。透析の身では喉を洗い流し、食道全体を潤すような水分を取るわけにもいかない。

京祐は父との話し合いは苦手だった。言うべきことを端的にセリフのように落とし込もうと頭の中で繰り返した。

やがて定刻通りにのぞみが京都駅に到着すると、南口から並んでいるタクシーに乗り込む。愛想よく話しかける運転手にも無愛想な返事しかできない。

小型のタクシーは京都駅からそう遠くない西本願寺の山門に到着した。閉門にはまだ時間があった。辺りはすっかり薄暗くなり冬の木枯らしに落葉樹の枯葉が石畳を舞った。思わずコートの襟を立て前かがみで歩いた。子供の頃はよく祖父母に連れられてきたものだったが、大人になって一人で墓参りに訪れるのは三回目だった。本堂にお参りした後で裏の墓地に向かった。大きな杉の木が目印だった。お線香を供え、花を手向ける。

新しく加わった母の名前が刻まれた石碑を水で洗い流す。経験不足とはいえ死に至る医療事故を自分が引き起こしたことは間違いない。しかし、何故そうなったかについては納得がいかなかった。これからの身の振り方に対する不安が頭から離れない。

再びタクシーに乗り実家に向かう。小規模の地域密着型の七条病院である。入院患者の大半が介護の必要な近隣の高齢者であった。

京祐は通用口から、病院内に併設されている自宅に入り、階段を上がってそのままに置いてある自分の部屋に入った。昔の懐かしい匂いだけが、かつての主が帰ってきたことを歓迎してくれているようだ。しかし、ここが京祐の探している安住の居場所ではない。なぜそう感じるのであろう。

ドアーがノックされ、高校生の妹の洋子が顔を出した。久しぶりにみる洋子はひとまわり大きくなったというより大人に成長していた。

「お兄さん、お帰り」

振り返った京祐に声をかける。異母兄弟は照れくさそうに挨拶を交わす。

「洋子は元気そうだな……」

「来年は大学受験やから、元気でもないわ。それより、お父さんが居間で待っているって……」

「ああ、すぐに行くから」

居間兼応接間では父がいつもの椅子に腰かけて待っていた。ダイニングテーブルだが冬になるとこたつ布団が掛けられ、冷えた足を温めてくれる。京祐も腰かけ、足を入れた。そこに義母の文子がお茶を運んできた。

「京祐先生には何を出したらええのかわからへんから、とにかくお茶と羊羹にしました」

「気を使わないで下さい。ちょっと用事で家に帰っただけですから……」

他人行儀な会話で返す。京祐は父と二人きりで話したかった。父にはそのことがすぐにわかったようだった。少しの間に白髪の増えた父は年老いた気がした。なぜそう思うのだろう。

「院長先生にもお茶を入れておきました」

文子が雰囲気を察して、台所に姿を消した。未だに父のことを院長先生と呼ぶ。それを見届けた父の秀忠が京祐に話しかけた。

「お前が急に家に帰るなんて、何かわけがあるのだろう」

秀忠がそれだけを言ってお茶を啜った。

「実は相談があって……」

京祐の言葉は歯切れが悪い。秀忠はすでに立川市立中央病院の川西部長から、京祐の当直時に引き起こした患者死亡の連絡は受けていた。だが、医療事故を引き起こした事情を京祐の口から直接聞きたかった。

大切な研修期間も中断しているらしい。思い詰めている京祐の悩みは秀忠にも理解できた。しかし医療事故の問題だけではなさそうだ。秀忠は単刀直入に切り出した。

「お金の問題か?」

「いや…」

即座には否定しなかったものの、父の眼差しは鋭い。京祐は二度ゆっくりと頷いて答えた。

「確かにお金のことだけど……」

「何の費用だ?」

京祐の引き起こした医療問題の解決には、弁護士を含め多額の費用と時間がかかるとは承知していた。しかし、京祐の口から出た言葉は意外だった。

「臓器移植の提供を受けたいから、その費用だけど……」

「えっ、臓器って、お前が腎臓移植を受けるのか？」

驚いた秀忠は聞き返した。予想もしなかった京祐の言葉に絶句する。しばらく沈黙が二人を包んだ。

湯飲み茶わんの中の煎茶はすでに残っていない。京祐がポツリと本音を漏らした。

「透析を続けながらの、研修医はつらい……」

「だからと言って、腎臓移植をするのには誰かの腎臓を提供してもらうことになるのだろう」

秀忠はそう言って眉を顰めた。京祐からの返答はない。

「他人の腎臓を海外かどこかで買いに行くのだろう。気持ちはわからないでもないが、それは医者がやることじゃない」

突然言い出した京祐の提案に、父は医師としての正論をぶつけた。

「親父は、そう言うだろうと思った」

心の中では期待をしていたのだろう。京祐の落胆は如実に顔に現れていた。一方の秀忠はショックを隠せない。

「生体移植なら、俺の腎臓でもいいが、高血圧と糖尿病で腎臓も患っているから腎移植の役に立たないだろう……」

「親父の腎臓を欲しいとは思わないよ。洋子だって来年は医学部を受験するのだろう。長生きしてくれないと……。実際には三等親の親戚からといっても誰も提供してくれる人なんているわけがない」

腎移植の話を持ち出したものの、京祐自身も迷っている様子が手に取るようにわかる。

突然、京祐はこたつ掛けをめくり椅子から立ち上がった。

「帰るよ……」

「せっかく意を決して帰ってきたのだから、飯でもいっしょに食べて行けよ。明日は日曜日で透析も休みだろう。それに事情をもう少し詳しく聞かないとわからんじゃないか」

秀忠は息子である京祐が追い込まれていることがその態度から読み取れた。

「もういいよ……」

立ち上がった京祐は襖をあけ隣の仏間に行った。がんで逝った実母の遺影に手を合わせる。病床の母には最期まで優しくできなかった。がんに蝕まれていく母の姿を凝視できなくなり京祐は逃げ出した。今さら墓参りしても、何の懺悔のかけらにもならない。わかっているふりをして、また現実から逃げ出そうとしている。腎移植だけが解決の道ではないはずだ。京祐の心は揺れ動いた。

秀忠も優柔不断な京祐を憂いていた。

なぜ京祐は抱えている医療訴訟の問題を相談しないのか。なぜ突然腎臓移植を受ける気になったのか、これからの将来をどうするつもりなのか、秀忠の疑念は膨らむばかりである。秀忠は仏間から出てきた京祐に声をかけた。

「そこで受ける臓器移植手術は、確かなものなのか？」

「いいよ。もういいよ」

京祐は手を大きく横に振った。

「いいよじゃないだろう。いい加減なオペで命を落とすかもしれんだろう。何処の国に行って受けるのだ」

「具体的に決めたわけじゃないから……」

そう言ったものの、すでに京祐は、腎臓移植コーディネーターである井上に連絡していた。やはり具体的な話になると片手ではすまなかった。

父にお金を借りるしか手立てはない。とにかく今の置かれた環境から逃げ出したかった。それにはまず鎖でつながれた人工透析から解放されなければならない。そう思った京祐は、再びこたつの中の椅子に座った。

父の秀忠は腕組みをしたまま、じっと考え込んでいるようだった。

口を開いて出た言葉は京祐には厳しいものだった。

「そんないい加減な気持ちじゃ、止めた方がええ。金だけ取られるだけじゃなく命まで取られる危険もあるだろう」

「臓器移植を選択する限り、それでもいいと覚悟はしている……」

声は小さかったが自暴自棄とも受け取れる京祐の真意がどこにあるのか、父にも推しはかることが出来ない。医療事故の問題も少なからず影響しているのに違いない。また会話が途絶えた。

「その腎移植にはどれぐらい費用がかかるのだ」

社会的、道義的にも臓器を金銭で売買することは許されるはずがない。しかし、反対の気持ちとは逆に、京祐を何とか助けてやりたい親心があるのもまた事実だった。

京祐もまた頼みにきたはずなのに、具体的な金額は言えない。

そこに文子がコーヒーを入れて運んできた。盆の上には洋菓子が載せられている。京祐の身体を気遣いながら遠慮がちに差し出した。

「京祐先生には、お口に合うかどうか……」

「そんな長居もできないから、すぐに東京へ戻ります」

「久しぶりに戻ってきやはったんやから、せっかくやから、夕食でもいっしょに如何です」

「それぐらいの時間はあるだろう」

秀忠も勧める。しかし、京祐との話し合いは何の問題も解決していない。京祐にとっても、ここですべてを投げ出して諦めるわけにはいかなかった。

「じゃあ、夕飯は食べていくよ」

京祐の気持ちが揺らいだと見た文子は顔を綻ばせたが、しかし、秀忠の厳しい表情を見る限り、話の内容に口を出す状態ではなかった。

「寒くなったから、すき焼きはどうやろ」

文子の提案に秀忠も声をあげて賛成した。

家族ですき焼きを囲むのは何年振りだろう。父が再婚した文子は病院の総師長でもあり、母が生きているときからの関係である。外に産まれた洋子を引き取り、いっしょに育てた母を恨んだ。そのことを気にする京祐と、父秀忠との関係が未だにしっくりいかない理由がそこにあった。

そんな京祐だが、夕食に用意された新町家の京風すき焼きには懐かしさが込められていた。霧島亭から取り寄せた牛肉、九条ネギ、玉ねぎ、壬生菜、糸コン、焼き豆腐などいずれも亡くなった京都育ちの母のすき焼きの味付けであった。

住み込みで看護学校に行っていた文子が、いつの間にか今ではその味を継承している。洋子も笑顔でこたつの食卓に着いた。久しぶりの家族団らんのヒトコマだった。京祐はコップに半分注ぎ込まれたビールでのどを潤した。鍋から立ち上る湯気が心も癒してくれるのか、久しぶりに旨いものを食べた気がした。

糖尿病の父も笑顔で食べている。後でインスリンの注射を打つであろうが、それを気にする様子はなかった。

片づけに台所に行く文子を見て、秀忠が声を潜めて京祐に囁いた。

「移植が成功したら、透析はもうしなくてもいいのだろう」

突然出た秀忠の言葉だった。

「たぶん……」

父が心配そうに息子、京祐の顔を覗き込む。

「腎臓移植がうまくいったら、うちの病院に帰って来てくれるか」

「……」

交換条件のような話に、京祐は返答に困った。

秀忠はコップに残ったビールを一気にあおった。

「まあその件については、東京に戻ってからゆっくり考えて結論を出しても遅くはないだろう」

その件が腎臓移植を意味するのか、京都の病院に戻る話なのか京祐はよくわからなかった。

「そうするよ……。ご馳走さま」

京祐は台所にいる文子に向かって声をかけた。

義母を気遣う態度を見て秀忠は驚いた。社会に出た京祐も大人になったと感心した。

しかし秀忠の心の中には同時に不安も渦巻いていた。京祐を取り巻く医療環境は、決して生やさしいものではないだろう。医師としての責任が問われているのだ。そんな背景が京祐を臓器移植に駆り立てたのだろうか。

結局、言葉には出さなかったが、乗り越えなければならない医事紛争は、京祐自身が乗り越えなければならない問題である。そのことは医師である秀忠も十分承知していた。


東京に戻った京祐はかつての同級生である加藤を呼び出した。加藤が学生時代から水島と付き合っていることはもちろん知っている。それでも加藤に面会を求めたのは、加藤が最近になって第三外科から腎研グループに移籍したことを聞いたからだ。もっと腎臓移植の実情を知りたかった。他国で売買による腎移植を考えているなんて言えるはずもなかった。

晦日の忙しい時期にもかかわらず加藤は快く返事をくれ、京祐と池袋駅近くの珈琲館『橘』で待ち合わせた。入口の大きな木のドアーを開けると暖められた空気と共に珈琲の心地よい香りが鼻を刺激した。

「新町が俺に連絡してくるなんて珍しいね。第二内科に入局したって聞いたけれど、透析を受けながらの研修医は大変だろう」

加藤は京祐が研修医を中断していることはまだ知らないらしい。安堵した京祐は加藤に笑顔を見せた。

真冬なのに水出しのアイス珈琲を京祐が注文する。

「水分量が多いのにアイスなんだ」

加藤はホットの珈琲を注文すると、不思議そうな顔をして京祐に質問した。

「新町が入院していたのは第二内科だろう。それがどうしてそこに入局したの」

「入院中も世話になったし、それになんとなく……」

付き合っている水島からの情報がなかったのか、京祐が第二内科に入局したことも知らなかったようだ。京祐のことは二人の中では話題にもならなかったのかもしれない。

京祐の表情が急に暗くなった。

「急性糸球体腎炎で休学させられただろう。長い闘病生活で足止めをくらったから恐らく考え方も変わったんだよ。病気にならなかったら僕の人生は違っていただろう……」

京祐は病気になったことを強調した。黙って聞いていた加藤は京祐の考え方に違和感を感じていた。

「そう言えば、外来透析をしながら国家試験にパスした時も、法医学教室の前で会っただろう。法医学の佐藤教授に相談したから、てっきり大学院にでも進むものと思っていたよ」

加藤は京祐が法医学の佐藤教授を訪ねた時のことも覚えていたようだ。京祐は自分の医師としての進路の選択に口を挟まれたことが不快だった。

「そうか……」

加藤はそれ以上のことは問わなかった。会話が途切れた。

「ところで水島は元気なの？」

「神奈川の横浜市民中央病院に出張中だよ」

「だから、医局でも見かけないと思ったよ……」

京祐の方が第二内科の医局会やカンファレンスにはほとんど出席していなかった。特別研修が許可された立川市立中央総合病院も、あの事件以来顔を出していない。田所からの携帯の呼び出しにも応じていなかった。気まずさがさらに医療から足を遠ざける。

加藤は京祐が自分を呼び出した本当の理由がわからない。水島の消息でないことは明らかである。しかし敢えて水島のことを口にした。

「今は婚約中だが、水島の出張が終わったら結婚するよ」

加藤の言葉に京祐は作り笑いする。

「それはよかったね……」

「新町も誰か好きな人を見つけて結婚しろよ」

「そんな、無茶だよ。透析をしているのに結婚してくれるなんて、そんなもの好きな女はいないよ」

加藤はその京祐のなげやりの態度が気に入らなかった。しかし女性の話題が京祐には気に入らないらしい。

「そう言えば半年くらい前だけど、交通事故に遭った新婚の新妻が、透析を受けている夫に腎移植を希望するケースがあったよ」

加藤が始めた突然の話に、京祐はどきっとした。あの早朝カンファレンスに加藤も参加していたとは知らなかった。今さら自分もその場に出席していたとは言い出せない。

「それでどうなったの？」

京祐は慌てて知らないふりをした。

「結果的には妻からの移植は腎臓にかかわらず、夫の同意が得られずに移植は断念された」

「そうだったの。勿体ない……」

京祐は暗い表情で空になったコップを見つめた。

「妻を愛していれば脳死状態から妻の腎臓を移植する気持ちにはならないだろう」

「そうかなあ。妻の身体の一部が自分の中でいっしょに生きていると思えばいいじゃないか」

京祐の考え方に加藤は疑問を抱いた。そこまで移植に拘るのはなぜだろう。

「夫が運転していて引き起こした交通事故だよ。ショックで移植どころではなかった心情を俺は理解できるよ」

「透析から解放されるチャンスだったのに……」

加藤は京祐の顔をまじまじと見つめなおした。

「新町はそんなに透析が嫌なのか」

「ああ嫌で嫌でたまらない。透析している僕が女性と結婚できるか？　いや、恋愛すらもできっこない」

京祐はむきになって抵抗した。

「何を言ってるんだ。透析なんて腎臓の問題だけじゃないか。そんなことで結婚できないなんて考えはナンセンスだよ」

「それは透析を受けたこともないやつのセリフだ」

「おかしなやつだ。新町は女の人を心から好きになったことはないのか」

「大きなお世話だ。友達でも言っていいことと悪いことがあるだろう」

「わかった。じゃあ、何にも言わないし、俺に何も聞くなよ」

加藤はとたんに不機嫌になった。京祐は気まずくなった雰囲気では、海外での腎移植のリスクについての情報など、何ひとつ聞き出せなかった。自称移植コーディネーター井上のことも、移植に携わっていれば何か知っているのかもしれないが、もう遅かった。

「新町は変わったな……」

加藤はそう言い残し立ち上がった。先に『橘』を出たのは加藤だった。


田所からの再三の呼び出しに、渋々京祐は応じることにした。逃げ隠れしても済む問題ではない。それは京祐も知っている。知っていても一人の患者を死なせてしまった医療行為が、過失としては納得できていない。確かに不十分であった診察も、処方薬の確認も経験不足からくる未熟さもあったことは認めるが、あの子がなぜ数時間後に突然死に至ったのか、事実がいまだに信じられなかった。行政解剖の結果はまだ京祐には知らされていない。

呼び出されたのは、皮肉にも立川駅北口にあるカフェ・ド・モアであった。奈津子のことは、昨日のようでもあり、またずっと昔のことのようにも思えた。喫茶店に入ってきた田所の表情は最初から厳しかった。椅子に座る間もなく田所は切り出した。

「医療訴訟に対する訴状が、東京地裁に出されたようだ」

「そうですか……」

想像していた結果だった。京祐は肩を落とし力なく答えた。

田所は鞄から封筒を取り出した。

「訴状は君が当直をした練馬大森記念病院と当直時に診察をした医師の連名になっている」

田所は送られてきた訴状のコピーを封筒から取り出し、京祐に手渡した。

「内容証明付きで新町君の住所にも送られて来ているはずだが……」

「気がつきませんでした」

「こういう問題は知らなかったではすまないからね。病院側は医療事故に対する保険にも入っているが、君の方も個人的に弁護士を立てておいた方がいいね」

差し出された訴状をながめていた京祐が、突然声を上げた。

「これは僕じゃありません」

眉を顰めた田所が確認するかのように、広げた訴状を見た。京祐がひとさし指で自分の名前を指し示す。

「新町京祐の名前が京輔になっていますから、これは僕じゃありません」

田所はあきれた顔で京祐をじっと見た。

「そんなことが通用すると思っているのか。一字の漢字の誤字で切り抜けられるほど甘くないよ裁判所は……」

京祐は再び黙って下を向いた。

「この一件は、川西部長から君のお父さんにも連絡したはずだが、お父さんからは何の連絡もなかったのか。君のお父さんは病院を経営されているのだろう」

「それはいつ頃のことですか」

「だいたい二週間ぐらい前だったと思うが……」

帰省した時すでに父はこのことを知っていたのだ。知っていて京祐には何も聞かなかった。それだけではない。東京に帰ってから、京祐口座名義に多額のお金が振り込まれていた。

「田所先生、行政解剖の結果はどう出たのですか」

「病理組織のこともあるだろうから、事実関係がはっきりするまでは、時間がもう少しかかると思うよ」

「僕はどうしたらいいのでしょう」

「研修医も中断したままだろう。実際のところ透析を受けながら臨床医を続けるのは精神的にも身体的にも大変なことだろう」

田所は新町のこれからについても第二内科の伊藤教授に相談に行っていた。しかし、医療訴訟を抱えたままで臨床医を続けることに伊藤は難色を示した。

何とか立川市立総合病院での研修医復帰を願い出たが、返事は保留のままである。このまま何もしないでいれば、ますます臨床医の道は閉ざされる。田所は京祐の真意を確かめたかった。

「苦労して得た医療の道を放棄するわけにはいかないだろう。もう一度、臨床医として頑張ってみるか、基礎医学に転換するのか考えてみなさい」

やがて考え込んでいた京祐が訊ねた。

「透析の身なのに臨床医を目指したことが、無理だったのでしょうか」

「透析をしていることか？　それは関係ない。透析のせいにするな。君自身の医師としての努力の問題だ」

カフェ・ド・モアのカウンターには大きな鉢が飾られている。そのポインセチアの鮮やかな赤が京祐には血の色に見えた。

第十一章
拒絶反応

シートベルト着用のアナウンスが機内に流れた。小さな楕円形の窓から外を覗くと銀色に光る大きな翼が、眼に眩しい。

その時が近づいてきたことを知らせるかのように、飛行機は徐々に高度を下げていった。

新町京佑は腕時計を見た。1時間の時差を修正する。永遠に母国に帰ることがなければ、この1時間は得をした時間ということになるのか……。悩みぬいたうえでの結論であった。シャントの腕を逆の手のひらでサポーターの上からそっと撫でてみた。

飛行機はたいした揺れもなく、フィリピンのマニラにあるニノイ・アキノ国際空港の滑走路に滑り込むように着陸した。巨大なタコ足のようなボーディングブリッジが伸びて、搭乗口に吸い付いた。

京祐は他の旅行客に混じって、飛行機から一歩ずつ確かめるように歩き出す。

出国時の成田国際空港は年の瀬を迎え真冬空であった。しかし、ガラスで遮蔽されてはいても、地面から照り返す熱風が、ここが明らかに「東南アジアの異国の地」であることを伝えている。京祐はブリッジのガラス越しの日差しに、手をかざしながら空港を見渡した。空は抜けるように青かった。

急激な気候の変化による温度差に身体がまだ馴染めない。玉のように吹き出てくる汗をタオルで拭いながら、ゆっくりと入国ゲートに向かった。

ニノイ・アキノ国際空港に降り立った京祐は、他の観光客とは違って内心は穏やかではなかった。

緊張したまま入国の手続きを済ませると外に出た。首筋に一滴、二滴と頭から汗が滴り落ちる。申告できないような多額の現金を所持していたからだ。現金は腹巻とトランクに分散していた。しかし、心配していた入国時の入管検査に際しては、意外なほどスムーズで簡単な手続きで終わった。ほっと安堵の胸をなで下ろす。また汗が額から噴き出してきた。急いで手拭いでふき取る。

到着ロビーには数十人が、それぞれ出迎える人の名前が書かれたプラカードを掲げながら大声で叫んでいる。自分から探し出す必要はなかった。井上が人垣をかき分けるようにして京祐の目の前に現われたからだ。

「やあ、先生、お待ちしていましたよ」

いかにも大げさに大歓迎するかのように両手を広げて京祐を出迎える井上義男は、陽に焼け、現地人と見間違うほど半袖の花柄の開襟シャツが似合っていた。

「新町先生、トランクを持ちましょう」

そう言いながら、京祐が手に持っている小型のキャスター付きのトランクをつかみ取ろうとした。

「あっ、これはいいですよ。大事なものが入っているから」

「そうでしたね」

にやっと笑みを浮かべた井上に対し、京祐はポケットから取りだした手拭いでまた汗を拭った。

早速、二人は空港からタクシーに乗り込み、ひとまず宿舎である『マニラホリデイ・イン』に向かった。前もって決められていたスケジュール通りの行動である。

生体腎移植……。いくら覚悟を決め、開き直っているとはいえ、この結論に至った京祐に不安がないわけではない。

初めて見るマニラの町並みや街路樹も、観光が目的ではない京祐にとっては、何の興味の対象にもならなかった。カタコトの日本語を交えて、愛想よく話し掛けるタクシードライバーに対しても京祐は無言のままである。

「コンニチワ。オキャクサン、マニラ、ハジメテ」

慣れた日本語での挨拶。それまでも京祐にとっては煩わしかった。

ホテルに到着すると、井上は慣れたそぶりで京祐の代わりにチェックインを済ませる。キーを自分が預かったまま、三階の部屋の中まで井上が京祐を案内した。その理由は京祐にもすぐに理解できた。

「約束のものは持ってきましたから」

部屋の中に入った京祐はすぐに用件を切り出した。

「それはよかった……。いやあ、新町さんがどうのじゃなくて、時々入管で引っかかって、現金を取り上げられる人がいるのでね。そのことを心配していたのですよ」

井上はほっとしたような表情を浮かべたが、すぐに照れ笑いでごまかした。

いつの間にか呼び方が、「先生」から「新町さん」にかわっている。

古くて湿度が高いホテルの部屋はお世辞にも綺麗とはいえない。

「ちょっと、ここで待っていて下さい」

井上を制すると、京祐はバスルームに入った。中から鍵をかける。

トイレで二重になった腹巻を外すと、その中に隠していた二袋の分厚い茶封筒を持って、部屋に戻った。

「約束通り、残りの金額、USドルで2万8千ドルです」

京祐は茶封筒を無造作にテーブルに置いた。前金の三百万円は日本円ですでに支払われていた。井上が提示した片手以外にも入院費用などの諸経費がかかった。

「どうも、どうも」

さっそく、井上は百ドル札を千ドル毎に束ねながら、テーブルの上で丁寧に数えなおしている。その様子を黙って見ていると、麻薬の売人とでも取引しているような錯覚に陥る。まるで映画のワンシーンのようだ。これが芝居で、現実ではない世界だと京祐は思いたかった。

「井上さん、ここまで決心をしてきたからには、大丈夫ですよね」

金を渡した京祐は急に不安になって井上に念を押した。

「大丈夫ですよ、先生。手術はうまくいきますよ。確かに現金は預かりました。もう、若くて生きのいいドナーの目途も付いていますから、心配しないで下さい」

井上はまるで臓器売買のバイヤーのような暴言を吐いた。いや、彼はバイヤーそのものに違いない。貧しい国だからといって腎臓提供は簡単なことではない。ドナーだってよくよくの事情があるのに違いない。しかし、京祐はそのことには触れないことにした。

「今日は長旅で疲れたでしょうから、ゆっくりと身体を休めてもらって、明日からはさっそく、イースト・アベニューにある透析のできる病院に移ってもらいますからね」

「明日にはもう入院するのですか?」

京祐は急に不安そうな表情になった。

「手術の準備といっても、透析のこともあるでしょう。入院してもらった方が早く移植手術ができますから」

井上は京祐から受け取った約束の残金2万8千ドルを、持参してきた小さな手提げカバンにしまい込むと、安心したのか急に愛想よく笑顔で対応する。

京祐は大きく頷くが話の内容はほとんど聞いていなかった。

こんなところまで、うさんくさい井上を信じて来てしまった。目的は、透析からの解放に他ならない。しかし臓器移植のブローカーがこれほどまで、大きな顔でどうどうとしていられるこの国の事情が不思議で仕方なかった。しかし、その片棒を担いでいるのは紛れもなく京祐自身である。

空港に着いてからここにやって来るまでに、井上以外の人物が現れないことにも疑念を抱かないわけではなかった。当然のこと、闇のルートであるがゆえに現金を渡した後はこのままどこかに姿をくらます可能性も充分にあった。

それは京祐も覚悟の上である。サイは投げられ、もう後戻りは出来ない。不測の事態が起きても、身を守ろうにも異国ではどうすることも出来ない。

落ちつかない様子の京祐を見て、井上が言葉をかけた。

「もし、疲れていないのなら、今夜はフィリピンの夜でも満喫しましょうか。先生も嫌いじゃないのでしょう。いいところへ案内しますよ」

小指を突き出すポーズをとって、井上は京祐の顔色を窺った。

現金を手にしたら態度が豹変するなんて、まさに金だけで動く嫌なやつだと京祐は思った。

「遊びや観光じゃないから、いいですよ。それに目的はあくまでも腎臓移植だから、そんな気持ちになれないですよ……。食事はホテルの中でメニューをみて適当にすましますから大丈夫です。どこへも出かけません」

「それならいいですが、先生のような金持ちの夜の外出は危険ですからね」

井上は念を押すように一人での外出を京祐に忠告した。

「とにかく、僕はちょっと疲れましたから……」

「そうですか。じゃあ、明日の昼前には迎えに来ます。私の現地事務所の電話番号を書いておきますから、何かあったらここへ連絡下さい」

井上はそう言い残すと、メモ用紙を置いてそそくさと部屋を出て行った。

クーラーが入っていてもホテルの部屋は蒸し暑い。

ここまでやって来てしまったことを、今更、後悔する気持ちにはなれなかった。しかし、京祐の心の中には自分でも理解できない不透明な部分があった。それがストレスとなって渦巻いているが、一方では医療訴訟から逃げ出せたことによる一種の安堵感があることも確かだった。

何を迷っているのだろう。決めたからには、たとえ移植手術に失敗して、命を落とす結果になっても、すべてが清算できると覚悟して日本を出発したはずだ。ただ、考えまいとしても、これから自分の身体の一部になる腎臓提供者のことが気になって仕方なかった。道義的な問題ではなく、取り出して、京祐の身体に植え付ける他人の腎臓が、はたして機能してくれるかが気がかりだった。

そして、腎臓移植後の自分はどう変わっていくのか……。透析から解放される期待と嬉しさもあった。もちろん、それは成功したら、の話である。

翌朝、井上がホテルに京祐を迎えに来たのは、約束の「昼前」を過ぎた午後の一時であった。

このまま誰も自分を迎えには来ないのではないか……。覚悟は出来ているといっても、やはり井上に対する不信感は拭えない。心配でイライラしていたものだから、井上の顔を見て笑顔でホッと胸を撫で下ろす始末である。

「いかがですか？　新町先生、体調の方は」

驚いたことに、今日の井上は白の麻のスーツ姿で現われた。

「ここまで来たら、まな板の上の鯉の心境ですね」

京祐は余裕を見せようと、わざと機嫌よく取り繕って答えた。

「新町さん。鯉は料理されるけれど、あなたは生きのいい腎臓によって、あの人工透析器から永遠におさらば出来るのですよ。まな板から大きな川に戻れるのですから」

「それは、この腎臓移植が成功したらの話でしょう」

「先生の場合はきっとうまくいきます。大丈夫です、僕が保証しますよ。今まで大勢の人が、我々の手によって救われているのですから……」

京祐はこれ以上、不安感を出すのはよくないと思った。

「よろしくお願いします。ところで、その腎臓移植をやってくれる病院はここから遠いのですか？」

「ケソン市（QUEZON CITY）にありますから……。車を飛ばせば直ぐですよ」

京祐は荷物の中身を外に出さなかった。昨夜洗ってハンガーのかけておいた下着は乾いていた。小型のトランクとバックを手にするとホテルの部屋を出た。

井上がすでにチェックアウトを済ませていたらしく、京祐はフロントには立ち寄らず、ホテルの前に待たせてあったタクシーに乗り込んだ。

極度の緊張感が京祐の背中を押す。タクシーの中でも京祐は殆ど井上と会話を交わすこともなかった。


二人は一時間程でイースト・アベニューに面している「PHILIPPINE MEDICAL CENTER FOR ASIA」に到着した。

病院の前には噴水があり、歴史的にも西洋の香りがする建物だった。

井上が病院の受付で一言、二言フィリピン語で話し掛けると、中から日本語が堪能な現地の若い男が出てきた。病院と井上との関係はわからなかったが、井上がかなり病院の中で重要な役割を受け持っていることがその態度でも理解できた。

「ようこそ、マニラへ。新町さんをお待ちしていました。さっそく病室に案内しますから」

現地職員の男が、流暢な日本語で話しかけ、笑顔で京祐に応対する。

日本人の利用者が多いのだろうか。病院内を行き来している現地のスタッフを見なければ、ここが東南アジアの比国の地であることを忘れるような西洋風の雰囲気があった。

「え〜と、そうそう。新町さん、この用紙の質問事項に、出来るだけ詳しく答えを記入して下さい」

京祐をいくつかある応接セットの椅子に腰かけさせた。

日本語で表記されている入院手続きの用紙が挟まれたボードとボールペンを渡された京祐はそれを見て驚いた。姓名、生年月日から始まって日本の病院の既往歴と殆ど同じである。さらに、ボールペンには日本の医薬品会社の名前や薬のコマーシャルがプリントされていた。

「じゃあ、私はこれで。新町先生、頑張って下さい。移植手術は絶対成功しますから、手術が終わったらまたお会いしましょう」

力強い言葉を発すると、立ち上がった京祐に井上は自分から先に手を伸ばして京祐に握手を求めた。自分の役割を終えた満足感からか、嬉しそうに足早に玄関から消えていった。

日本語の用紙に記入し終えた京祐は、次には英語で詳しく書かれた三枚の手術同意書にサインを求められた。今さらその内容を確認するまでもなかった。

一人になると急に心細くなって周囲を見渡した。ホールは吹き抜けになっており、大理石をふんだんに使っていて統治時代の建物を改築したようだ。想像していたよりはずっとりっぱで大きな病院である。

しかし普通の病院とは明らかに違っている部分がある。外来患者の姿がどこにも見あたらない。ここが特殊な病院であり、一般の外来診療は行われていないことがわかる。

何故このような病院がこの国に存在するのだろう。臓器移植専門の病院なのかどうか、京祐には見当がつかなかった。

しばらく受付前のソファーで待たされていたが、再び日本語で京祐は呼びかけられた。

「新町さん、こちらへおいで下さい」

京祐に呼びかけた女性の声も日本語であった。三十五歳ぐらいだろうか、しかし、目の前に立っているのは明らかに日本人の看護師ではなかった。横には若い看護助手の男性もいた。

「新町です……。よろしく」

京祐はソファーから立ちあがって、ペコリと頭を下げた。よく見ると看護師の名札にはM・金井と英語で記入されている。

「担当します看護師の金井です。ところで昼食は召し上がりましたか?」

「いえ、まだですが、朝が遅かったものですから……」

京祐は看護師金井の案内で、歩調をあわせるように隣を歩いた。外科系の看護師が着る半袖のパンツスタイルの看護服が小柄でスレンダーな身体に似合っていた。しかし、京祐にとってはすべてが初めてである。

「ここにはほとんど日本の透析病院と同じような設備が整っていますから、人工透析についても安心して下さい」

緊張しながらも京祐は日本語で質問をしてみた。

「失礼ですが、こちらの方ですか?」

「父は日本人ですが、母は違います……」

「だから日本語が流暢なのですね」

父親を日本人に持つ日系二世であった。金井はそれ以上の質問には答えたくない素振りだった。黙ったまま長い廊下を歩き、別の棟へと向かった。目的が目的だけに、もう無駄口を聞く気にもなれなかった。トランクは現地の男性看護助手が運んでくれていた。

階段を上り、長い廊下をまた歩く。たどり着いた病室は思っていたより広い個室であった。

病室は渡り廊下を通り抜けた三階に位置するらしく、窓の外には広い中庭が見えた……。名前も知らない南国の木々が、明るい太陽をいっぱいに浴びてキラキラ輝き、眼を細めても半開きの瞳には眩しかった。

「こちらには、いつ来られたのですか」

金井が京祐に話しかけた。

「昨日、着いたばかりです」

「この病室は気に入りましたか」

「ああ、綺麗な広い病室ですね」

「ちょっと、クーラーのききが悪いので暑く感じるかも知れませんが、すぐに慣れますからね。マニラでは日本のようにギンギンには冷やさないのですよ」

強い日射しを避けるために、ブラインドを半分降ろしながら話しかける金井に、京祐は相槌を打った。ギンギンという日本語の表現が可笑しかった。

「早速、本日は夕方から透析の準備をしますから、この服に着替えて下さい」

「日本から持ってきた自前のパジャマでは駄目ですか」

京祐は金井に尋ねた。

「気にされるのなら、どうぞそれでもかまいません。でも、名札の入ったカードは必ず首から下げておいて下さい」

ほんのちょっと困った顔をした金井は、オーバーなジェスチャーで肯定した。それがいかにもこの国での大らかな生活習慣を表しているようだ。

「しばらく経ったら迎えにきますからね」

そういい残して金井は病室を出ていった。

最初に出会った時は、三十代半ばのように見えたが、実際の年齢はもう少し若いのかも知れない。金井が日本人の父親のことをどう思っているのか興味があったが、京祐はそれ以上詮索することは避けた。

看護助手が運んでくれたトランクを開け、木製の大きなロッカーに荷物を整頓する。日本から持参した麻混紡の薄手のパジャマに着替えた。

金井が少し降ろしてくれたブラインドの隙間から、もう一度中庭をのぞいた。日射しを優しく遮る木漏れ陽が一時の恐怖感を癒してくれる。それも束の間、蝉の鳴き声の大合唱が京祐の耳の中に飛び込んできて不安を煽りたてた。とても京祐を歓迎しているようには聞こえない。蝉の種類など知る由もないが確かにその主は蝉である。

鳴き声は京祐の身には明日がないと警告しているのかもしれない。何も考えたくなかった。京祐は大きくひとつ溜息をつくと窓のブラインドを下まで降ろした。


三十分ぐらい経ったであろうか、テレビもなく部屋の中は殺風景である。時間を持て余していた京祐であったが、やっと病室に金井があらわれた。京祐が自前のパジャマに着替えているのを見て、苦笑いしたが注意はしなかった。

再び長い迷路のような廊下を歩き透析室に案内された。

まるで教会のような上部にステンドグラスの窓が付いている木の大きなドアーを開けた。中に一歩足を踏み入れたとたん、京祐は驚いた。

現地の透析スタッフに指示を送る数名の看護師、また、明らかに日本人と思われる医師が欧米人医師に混じって働いていた。採血管も注射器も透析機器もすべてが日本の病院で使われている馴染みの医療器具であった。

日本にあるどこかの透析病院ではないかと、見間違うほどであった。

「気分はいかがですか？」

40代後半と見られる一人の医師が、声をかけながら京祐の前にやってきた。間違いなく顔は日本人である。

「この病院の設備の素晴らしいのには驚いています。これでは日本の透析病院と変わりませんね……。気分は上々です」

「私は、この病院の臓器移植科チーフドクターのマイケル中田です」

堪能な日本語であったが、英語での会話の方が流暢であった。

「新町です。よろしくお願いします。先生がオペを担当されるのですか」

「そうです。新町さんの腎臓移植に関しては私が担当します」

「日本人の先生で良かった」

親しみを込めて思わず本音が出たが、マイケル田中は日系二世のアメリカ人だった。

田中は腎臓移植の仕事だけを請け負うプロの外科医かもしれない。

「ところで先生、ドナーから他の臓器の移植も同時に行われるのですか？」

日本語が通じると安心した京祐は不安感をぶつけてみた。その質問に中田は驚いたような表情を見せ即答を避けた。ドナーは事故による脳死からの移植ではなさそうだ。そんなことは当たり前のことなのに、腎臓をお金で買いにきた後ろめたさがあるのだろう。京祐は慌てて質問を取り消した。

「すみません、よけいな質問をして……」

「新町さんの職業は医師だと伺っていますから、専門的にもよくご存知でしょう。だから腎臓移植に関しては要点だけを端的にお話しします」

急に中田の表情が硬くなった。そう言えば日本語の発音がぎこちない。

大きな茶封筒から取り出したのは間違いなく日本における京祐の透析データのコピーである。いつ、どのようにして手に入れたのかはわからない。同時に英語で書き込まれているカルテを取り出すと、ゆっくりとした口調で説明を始めた。いつの間に京祐の個人のデータがこれほど詳しく情報管理され、しかも外国の医療機関にまでに提供されていたのか見当もつかない。

そのことについても、中田は何も触れようとはしなかった。やはりこの国でも臓器売買による移植は禁じられているらしい。

「特殊な異国における環境での手術ですから、新町さんの病腎の摘出は移植時に同時進行で行います。従って、右の腎臓を外して、新たな移植のための移植床を作ります」

京祐は緊張した面持ちで聞く。田中の説明は続いた……。

「従って手術は右の腹直筋外縁切開を行います。日本でよくやられているBergmann法の斜切開は行いません。それに場合によっては、脾臓が腫れている場合は脾臓をとる手術も行います」

「えっ？　脾臓もとるのですか」

「もちろん脾臓が大きく腫れていて、脾機能が亢進している場合に限りますが。脾臓を取り除いたからといって、摘脾による新たな腎臓への影響はほとんどないと思います。これから行うCT検査で具体的には明らかになると思います」

「そうですか……」

「オペ中は、当然、気管内挿管による吸入麻酔を行いますが、麻酔によるショックやアレルギーは今までありませんでしたか？」

「詳しいことは、オペの経験がないのでわかりませんが、なかったと思います」

「腎臓を提供してくれるドナーサイドの問題もありますが、これから行われる臓器移植のオペ時期はおよそ2、3日か、遅くても一週間以内にはオペは可能だと考えています」

「ドナーはもう決まっていると聞いていますが、それは若い人ですか」

京祐は生きのいいといった井上の言葉を思い出していた。

「臓器の提供者についての情報は、規則ですので一切お話できません」

「この病院では、腎臓以外でも臓器移植はされるのですか」

「そういう質問に対してもお答えできません」

厳しい表情で繰り返す中田は、それ以上の発言を控えた。

「そうですか……」

術前の説明にしては不十分であった。しかし、海外で行う違法である臓器移植の実状を考えると、仕方なかった。

「オペの日時が正式に決まってからもう一度説明しますが、手術当日からは、高カリウム血症を防ぐために腹膜透析を行いますから了承しておいて下さい。それに、拒絶反応が起きないように前もって免疫抑制剤を大量に投与しますから、よろしいでしょうか」

今さら何を聞かれても返答はイエスしかない。京祐は眉を顰めた。

「よろしいも、よろしくないも任せるしかありませんから……」

もはや中田の説明に京祐はただ黙って頷くだけであった。

今日の透析後にはさっそく心電図検査やヘリカルＣＴ検査が組まれていた。想像していたより、高度の移植医療に取り組んでいるこの病院の姿勢に感心したが、一方では不安を払拭するには至らない。しかし、京祐にはここまできた以上、腎臓移植手術の成功を祈るしかなかった。

腎移植に際しても最も重要なことは、免疫抑制剤に関するものである。ドナーとレシピエント間の組織適合性や、抗リンパ球グロブリン（ＡＬＧ）の使用方法が、腎移植の成功の鍵を握っているといっても過言ではない。

胸部レントゲン検査、心電図検査、腹部超音波検査、ヘリカルＣＴ検査、血液凝固機能検査、血液型、膀胱洗浄、喀痰培養等、あらゆる検査が入院中の京祐に課せられてゆく。

さらに、感染症検査、尿素窒素、クレアチニン、尿中ＮＡＧ、血清電解質、肝機能等の数値が透析のたびにチェックされ、まさにレシピエントとしての京祐の生体腎移植を待つ準備は整った。

それから4日後、運命の日がやってきた。ついに新町京祐の腎不全に陥った腎臓摘出と、それと同時にドナーからの生体腎移植術が施行される。しかし、脾臓には問題なく、摘脾の手術対象からは外された。

オペ室ではまずドナーの腎摘出の準備が行われていた。

ドナーの腎臓摘出チームとしては、アメリカ人の元陸軍軍医であるマイクギルバート医師が執刀することになっている。その他2名の術者に助手2名、麻酔医1名、介助看護師2名の計7名のチームがオペを担当する。

予定されていた時刻が大幅に遅れた。その理由は明らかではなかったが、ドナーの腎摘出は予定していた時間を四十分遅れて開始された。

原則としてドナーの腎臓摘出は左の腎臓で行われる。

腎臓につながる血管は大静脈の分岐部まで、尿管もできる限り末梢まで取り出さなければならない。従って、ドナーに対する生体腎摘出術にはドナー自体の将来に支障をきたさないように経腹膜到達法が取られた。

ドナーの年齢や、どのような事情で腎臓提供に至ったのかは、京祐にはまったく知らされていない。

通常よりも少し時間が余計にかかったが、左の腎臓は無事に摘出され、直ちに洗浄が行われた。

腎動脈にテーパーカテーテルが挿入され、37度Cに加温した乳酸加リンゲル液にプロカイン0・5㎎／㎖、ヘパリン10u／㎖を加えたものを1分間に100㎖の流量で、数分間洗浄した後に、4度Cに冷却した洗浄液で冷却される。

同じ手術室の奥にある手術台には、腎移植を受ける側の患者、すなわち新町京佑がすでに全身麻酔をかけられ待機していた。

移植チームのマイクギルバート医師が、中田に声をかけた。

二人は入念に手順を確認している。しかし英語でのやり取りは京祐には理解できなかった。

京祐が待機している逆サイドの手術台には全身麻酔で移植を待つレシピエントがもう一人いることを、京祐は知る由もない。

笑気が気管から肺胞に入り込み京祐の意識は遠のいた。チーフドクターである中田の手によって、京祐サイドのオペが始まった。

ドナーからの腎摘出の終了時刻を推し量るように、タイミングを見計らってレシピエントのオペチームが仰臥位にされた京祐の臍部に対して右の弓状切開をおこない、移植床の作成に取りかかった。

ドナーの腎洗浄が完了したのを受けて、いよいよ移植操作の第一歩である腎静脈と外腸骨静脈の血管吻合が開始された。

まず、ヘパリンの加わった生理食塩水で適時、静脈内腔を洗浄しておき、血栓を除去しておく必要があった。次に腎動脈と内腸骨動脈の血管をつなぎ合わせる作業にとりかかる……。動静脈吻合が終了した時点で尿管再建術前に血流を再開させなければならない。慎重に静脈鉗子が外され、次に動脈鉗子を外してゆく……。

中田が心配していた縫合部からの出血はなさそうである。再開された血流によって移植された腎臓は血の気を取り戻し、表面の緊張も良好となった。

生体腎移植の場合には、血流再開の数分以内には尿の分泌が始まるはずだ。

中田はオペの成功を確信していた。

早速、ドナーの腎臓を移植されたレシピエントである京祐に、利尿を促すためにマントニールが点滴で落とされた。一方では尿路の再建法として、尿管膀胱吻合術が行われる。

手術が計画通りに運んだことを確認した中田は、切開されたレシピエントの腹部をていねいに縫合してゆく。さらに一時間が経過した。

そして京祐の生体腎移植は無事終了した。


移植前から免疫細胞であるT細胞に作用することを期待して、免疫抑制剤としてイムランが使用されている。合併症としての感染症より、オペ直後の拒絶反応が懸念されるからだ。生体腎移植では当然起きることであるが、手術直後から京祐の発熱は5日間続いた。


6日目になって京祐の容態が急変した。ICUに搬送されてからも、高熱がさがる気配はなかった。移植後の多尿期を経て、血清クレアチニンは順調に下がっているのに、意識レベルは悪く依然として重篤なままであった。

「臓器移植のオペは成功したのに……。とにかくこのまま様子を見るしかないな」

手術を担当した中田が、ICUに詰めたまま、京祐の状態を観察するが、術後の経過は回復に向かうどころか、昏睡状態が続いた。

点滴の滴下された量だけが時間の経過を伝えていた。

「今朝の熱は、どれくらいあるの」

診察をしている中田は、ペンライトで京祐の瞳孔反応を確かめる。

カルテを抱え立っていた金井が答えた。

「体温はまだ39度のままです……。下がりません」

「氷枕をもっと脇の下にも入れるから、用意してくれ」

金井が病棟ステーションから乾いたタオルを持ってくると、中田は自分の手で氷枕を丁寧に包みなおし両方の腋の下に入れた。

中田は少し疲れたような表情で呟いた。

「GVHD、拒絶反応だな」

田中の言葉にICUにいた看護師たちにも動揺が広がった。受け持ちの金井が心配そうに京祐の顔を覗き込む。

「新町さんはかなり危険な状態なのですか」

「かなりシビアーだな。心臓の状態を24時間モニターで見ておいてくれよ」

「はい」

金井はベッドを離れようとする中田に急いで訊ねた。

「先生、患者の意識はいつ戻るのですか」

「わからない……」

「なにか、新町さんのためにやっておくことはありますか」

「今は、特にない……」

「わかりました」

「あとは待つしかないな……。彼の生命力にかけよう」

中田はそう言ってICUを後にした。


京祐は異国の地で、昏睡状態のまま死線をさまよっていた。

どこか遠くの方で、蝉の鳴き声がする。

それは遥か、遥か遠いところから聞こえてくるようだった。突然、鋭い鳴き声をあげて一匹の蝉が樹木から滑り落ちた。「落ち蝉」であった。必死になってもがき飛び上がろうとするが、数メートルも上がらないうちに力尽き再び地面に叩きつけられる。

地上ではそれを今か今かと待ち構えていたかのように、獲物めがけて蟻がいっせいに群がってくる。あっという間に羽の一部が無残にも食いちぎられた。それを合図にところかまわず体中を噛みちぎってゆく。微かに手足が震えた。このままだと「骸蝉」になってしまう……。その鳴き叫ぶ声はドナーの腎臓から発されているように京祐には聞こえた。

第十二章
アルコール依存症

腎臓の移植手術を受けてから三週間が経過していた。

しかし、手術直後から京祐の移植臓器に対する拒絶反応はすさまじく、意識障害からの回復は奇跡的であった。まさに九死に一生を得たにもかかわらず、その後も京祐の体調は芳しくなかった。

京祐の最大の目的であった腎臓移植は成功した。そして新たにドナーから移植された腎臓は京祐の身体の一部として機能し始めたのだ。それによって透析からは開放され、あの腎臓病に苦しめられていた以前の姿に戻れた。

奇跡の技としか言いようがない。にもかかわらず、免疫抑制剤の副作用からか術後の体調の回復は思うようにはいかなかった。

しかし、日本の療養型の病院とは異なり、臓器移植の目的が達せられれば入院の必要性はなくなり、退院を迫られた京祐であったが、日本へ帰国できる程の体力はなかった。

相談する相手もなく途方に暮れていると、京祐の担当である日系人看護師の金井マリアが病室に顔を見せた。術後にGVHD、拒絶反応を起こし、まる一週間意識が回復しないまま死線を彷徨っているときに、マリアが必死になって看護してくれたことなど京祐の記憶にはない。

「新町さん、具合は如何ですか」

マリアが京祐の腕にマンシェットを巻きつける。カフを閉じ血圧を測る。

「124の80です」

今は降圧剤を飲んでいない……。血圧の安定は京祐が望んでいたことだ。マリアにコップに差し出され、氷水を口に含み恐るおそる喉に流し込む。

「ああ、なんて美味いんだろう……。生きて水が飲めるなんてよかった」

声を出して感激する京祐の瞼から涙がこぼれた。急いで乾いたタオルを差し出すマリアも嬉しそうに笑顔で応えた。

「身体は動かせますか」

　ゆっくりとマリアが京祐の身体を支えて起こす。

「ベッドから起き上がって、トイレに行くのがやっとです……。しかし、今ではトイレでおしっこが出るのが楽しみです」

　尿が尿道から勢いよく出る快感は何年ぶりだろう。比較的尿量は保たれていたのだが乏尿には違いなかった。クリアランスは腎不全の一途をたどってしまった。過去を振り返れる京祐は嬉しかった。京祐は苦笑いしながら、身体の一部になったドナーの腎臓に話しかけた。

「これから身内になったのだからよろしく……」

　声が小さかっただけでなく京祐が何を言ったのかわからない。マリアは不思議そうに首をかしげた。しかし、これから先の京祐のことを考えると喜んでばかりいられない。心配そうにマリアが訊ねた。

「それにしても、これからどうされるのですか」

「どうもこうも、退院を言い渡されていても行くところがない。しばらくでもいいからどこかで落ち着いて静養できる場所はないですか」

すがるような京祐の問いかけにマリアはちょっと困った顔をしたが、今度はマリアが聞き返した。

「腎移植に成功されたのだから、すぐに日本には帰らないのですか」

「歩くこともままならない身体では……」

帰国できない事情を抱えた京祐には、回復の遅れを強調するしかない。歯切れの悪い返事しかできなかった。

移植コーディネーターと自称していた井上との連絡は途絶えたまま、京祐の前に井上が顔を出すことはなかった。それにしても腎移植が成功したのだから連絡ぐらいよこしてもいいのにと思っていたが、会えばまた何がしかの金銭を要求されるかもしれない。当初の目的であった腎臓移植は成功したのだから、これ以上京祐の方から井上に連絡することは止めることにした。

「やっと透析から解放されたのだから、少しこの国でゆっくりしたい……」

京祐のどこか寂しそうな様子に、マリアはほおっておけなくなった。

確か職業が医師であるはずの京祐がなぜこの異国に滞在していたいのか、何かの事情があるにせよ、どこか住まいを見つけなければならない。

とりあえずケソン市の中心部にマリアがアパートメントを見つけてくれたので借りることにした。京祐はマリアの好意に甘えることにした。幸いなことに多少のドル札はトランクの二重底に隠されたまま残っていた。

腎臓移植が成功したからと言って、投薬のすべてがいらなくなったわけではない。術後に必要な免疫抑制剤や抗生剤など最低限度の薬は購入しなければならない。処方薬の手配から食事の世話まで、マリアが面倒をみてくれることになった。初めて出会った時には京祐より年上にみえたが、実は三十二歳で京祐と同い年である。

スリムな身体とオリエンタルな雰囲気を持つマリアに、恋愛経験の乏しい京祐はしだいに心を惹かれるようになった。移植後の体調を気遣い、身体を拭ってくれ献身的に看護するマリアと男女の仲になるのに時間はかからなかった。

マリアは自身の身の上話についてはあまり話したがらない。何かマリアにも複雑な事情があるのかもしれないが、深入りするのは避けた。

マリアが仕事で出かけている間、一日の半分近くがベッドかソファーに横たわる身体であった。だが透析から解放された京祐にとってマリアとの生活は楽しい充実した時間であった。最初は透析による性機能障害をひどく気にしていた京祐であったが、マリアからの愛を自然に受け入れられるように回復していった。二週間もすると体力も回復して、少し離れたスーパーにいっしょに買い物に出かけられるようになっていた。

初めて経験する女性との同棲生活は京祐を夢中にさせた。

歩行にはサポート杖をついているものの、移植による腎機能も順調に機能している。買い物を終えアパートメントに戻ってきた京祐は、三階のテラスでベランダの草花に水をやった。サンパギータ（茉莉花）と言ってジャスミンの白い小さな花である。乾燥させて束にするとジャスミン茶になる。木製の椅子をベランダに持ち出し、足を投げ出した格好のまま通り沿いのビルの谷間に沈む夕陽をじっと眺めていた。

さっそくキッチンで夕食の準備をするマリア。

「京祐、今夜はシシグをつくるからね。お粥も飽きたでしょう」

ベランダから顔を覗かせ京祐は訊ねた。

「シシグって何？」

京祐の問いにエプロンをかけながらマリアが笑顔で答える。

「フィリピンの代表的な家庭料理よ。豚肉に醤油にビネガー、唐辛子で味付けしたら、カラマンシーをかけて食べるの」

「それは楽しみだね……」

小さなダイニングテーブルを挟んで二人は向かい合って食べた。冷蔵庫は引っ越してすぐに京祐が近くの電気屋で中古ではあったが買い求めた。中にはダースで缶のサンミゲルのビールが冷えている。マリアがまた冷蔵庫から缶ビールを取り出す。

「京祐はビールが好きだね。もう三本目だよ」

「ここの風土なのかビールがうまい。以前は透析中で水分量の多いビールは飲まなかったからね。でもいつの間にかビール党になってしまったよ」

缶のまま乾杯する京祐の表情には笑顔が絶えなかった。


マリアが仕事に出かけると、体調の戻った京祐は午後にはケソン市の繁華街へ出かけるようになっていた。ティモッグ通りに面する小さなカウンターバーが京祐の行きつけの店であった。そこでいつものサンミゲルのビールで喉を潤す。冷えたビールを飲む心地よさは格別であった。時には勧められてタンデュアイのラム酒を飲んだ。酒好きではなかったはずだが、最近では毎日のようにここで飲むアルコールが日課になっていた。

いつものようにカウンターでビールを飲んでいると、なぜか気持ちが落ちついてくる。この狭い空間が昔から行きつけの店のように気持ちが和んだ。

ひとりのちょび髭を生やした現地の若い男が近づいてきた。ニタニタと片言の日本語で話しかけてくる。まるで知り合いのような態度であったが、何を言っているのかわからない……。もちろん顔見知りではない。物乞いではなさそうだが煩わしかった。

カウンターのマスターにおごる仕草を伝えると、ジントニックをカウンターに置いた。男はトニックのグラスを一気飲みするとカウンターから離れた。

何かを伝えたかったのだろうが、その素振りからジントニックをおごらすために話しかけたのではないことは京祐にも理解できたが、それ以上のことはわからなかった。

いつものように夕ご飯の買い物をして戻ってきたマリアに、京祐はハグで迎え入れたが、その表情は何となく落ち着かない様子であった。

笑顔ではあったが、どこか不安そうな表情の京祐を気遣うマリア……。

「今日の京祐は、元気ないけど何か心配事でもあるの」

「いいや、何もないよ」

慌てて首を横に振るが、なぜかぎこちない。

「私には隠し事しないで、何でも話してよ。身体のこと、それともお金……」

マリアは本気で京祐のことを心配しているようだ。京祐はしばらく黙っていたが、ちょっと言いにくそうに話しだした。観光を目的としたビザの期限が迫っていたからだ。

「一度、日本に帰ろうと思うんだ。移植手術のために取った長期滞在のパスポートの期限がもうすぐ切れるから……」

京祐の言葉にマリアは驚いたが、気を取り直して京祐の胸にしがみついてきた。

「私もいっしょに日本に連れて行って。京祐と日本で暮らしてみたい」

京祐には予想していなかった反応だった。

「離れたくない……。京祐を愛してるから」

「手続きが終わったらすぐに帰って来るから。待っててよ」

「うそ……。京祐は嘘をついてる。腎臓も手に入れたから、ここにいる理由がないでしょう。日本に帰ったらもう戻ってこない」

「そんなことないよ。マリアの愛を裏切らない」

しかし京祐はマリアを連れて日本に帰国することを拒んだ。それは帰国するや否や待ち構えているであろう医療訴訟や、保険会社に提出した診断書の問題が山積しているからだろうか……。古いしきたりの京都に妻としてマリアを連れて帰ることに自信がなかった。

「愛しているのなら、京祐のご両親や家族にも紹介して欲しい」

「少し時間をくれないか……。腎臓移植をしたばかりでこれからのことは今、決められない」

「体は向いていても心はよそを向いているのね」

「ひどい言い方はするなよ」

京祐の態度が変わったことにマリアも必死で抵抗した。

「はっきり言って！　マリアは京祐の奥さんにはふさわしくないからなの？」

「そんなこと、いちども言ってないじゃないか」

そう言ったものの京祐の考えは変わらなかった。肩を落とすマリアには、その京祐の真意がわからない。

「京祐も父と同じなのね……」

慌てて京祐は言い訳した。マリアを傷つけたことには違いない。

「マリアのお父さんと僕は違うよ」

「同じよ！　好きな人が出来て子供を作っても、そのうち会いたくなくなり、そのうち仕送りも止まる……。京祐も日本に帰ったらさよならでしょう」

「そんなことないよ。マリアは命の恩人だし、それに愛している」

愛という言葉には責任が伴う。

「そんな愛なんて言葉なんていらない。愛があるならずっとここにいて……」

マリアはバツイチであり、かつての夫がマリファナを吸ってバイク事故を起こし死亡するという苦い過去があった。京祐にはまだ打ち明けてはいない。そんなことを打ち明けたら、京祐の心はもっと離れていくに違いない。

「じゃあ、ほんとうにマリアを愛しているのなら、いっしょに日本へ連れて行ってよ」

マリアも京祐の本心が知りたくて、だんだんむきになってきた。

「それが……。僕にも日本での事情があるから、今すぐには連れて帰れない」

マリアの表情が曇った。

「何故いっしょに日本に行っては駄目なの。日本には奥さんがいるからなの？　それとも私が日本人じゃないからなの……」

「それは違うよ！　そんなこと気にしない」

確かに京祐が出国する時に持ち出した現金も底をついている。京祐は苦笑いでごまかしたが、結婚となると父をはじめ家族がマリアを受け入れてくれるか一抹の不安はあった。

マリアは相当怒っているようだった。慌てて弁解する。

「もちろん独身だよ。今回はやり残したことをきちっと片付けたら、すぐにマリアのところに戻ってくるからね。それにマリアのお父さんの消息も調べて来るから」

「父のことはもういいよ……」

それ以上マリアは京祐を責めなかった。今にも泣き出しそうな顔をしている。

「本当のことを言って、いつまでなの……」

京祐の眼をじっと窺うマリア。

「そう、絶対よ。すぐに帰って来てね」

マリアの瞳から大粒の涙がこぼれ、頬を伝って流れた。

マニラのニノイ・アキノ国際空港まで、マリアが知人から借りてきた車で移動した。最後まで京祐の帰国に反対だったマリアは、京祐の体調管理を気遣う以外、車内での会話はほとんどなかった。

出国ゲートでマリアはひと目をはばかることもなく、抱きついて泣いた。いつまでも京祐の手を握って放そうとはしない。見つめ合う京祐の胸にも熱いものが込み上げてきた。

「マリアのおかげで命が救われたんだ。必ず戻ってくるから……」

京祐は何度もそう言ってマリアを抱きしめ出国ゲートを潜った。

久しぶりに日本に帰国した京祐はもう透析患者ではない。だが、数カ月留守にしていただけで、京祐を取り巻く環境は一変していた。もはや研修医を中断した立場では、まともな医師としての仕事に就くことは難しい。

東都大学医学部の第二内科ではかろうじて休職扱いになっている。医局員としての立場だけは田所の計らいで教授預かりの保留になっていた。

前川に協力して提出した生命保険の初診過誤記入の問題……。保険会社の呼び出しにも応じず日本を飛び出したことは、京祐の医師としての立場をさらに悪化させていた。前川からの金銭の授受がなかったことで、刑事告訴には至らなかったようだ。さらに、京祐には裁判所から告訴状が突きつけられていた。

田所からの連絡を受けた父が京祐の体調不良を理由に、代わって専属の弁護士を依頼していた。海外での腎臓移植を決断して逃げ出した京祐に、その事情は何も知らされていない。

京祐が腎臓移植を終えて無事に帰国するとの知らせに、父の秀忠はすぐさま新幹線に乗って上京してきた。成田国際空港から東京駅に向かう京祐に、秀忠は東京駅のステーションホテルに部屋を予約していた。京祐が大学に入学した時に家族で泊まって以来である。

秀忠は昔のことを思いだしたのか懐かしそうにしながら、ホテルのロビーで待っていた。腕時計を何度か確かめた時、日焼けした京祐があらわれた。手術を終え無事に帰国を果たした京祐の姿を見た秀忠は喜びを全身で表し笑顔で迎えた。

「少し痩せたようだが、とにかく無事で帰国できてよかった」

多くを語ろうとしない秀忠であったが、無謀ともいえる外国での臓器移植を許して送り出したことを何度も後悔していた。それでも京祐との再会にホッと胸を撫で下ろす。

「実は日本にはもう帰れないかと思っていたんだ……」

久しぶりに父の顔を見た京祐も思わず本音が出た。

秀忠もあらためて京祐の顔を観察した。

「腎臓と言っても移植手術が成功する保証はどこにもないからな……。無事な姿を見るまでは本当に心配したよ。何の連絡もなく退院までずいぶん時間がかかったな……。術後の具合が悪かったからなのか」

秀忠が恐れていた臓器の拒否反応については直接言葉にしなかったものの、移植後の状態は想像をはるかに超え重篤であったのだろう。

「とにかく無事に日本に帰ってこられてよかったな」

秀忠は何度も無事の言葉を口にした。

「無理を承知で頼みに行ったのに、腎臓移植のお金を出してくれて本当にありがとう」

まず京祐は臓器移植に多額のお金を出してくれた父に感謝した。

「役に立ったのならよかった。それでもう透析は行わなくてもいいのだな」

京祐は黙って、うんうんと二度頷いた。

「よほどのことがない限り、再び透析には戻らない」

京祐も結果として危ない橋を渡った決断を、今思い出すと背筋が凍る思いであった。

秀忠も同じ思いであったに違いない。

「ところで京祐はこれからどうするのだ」

秀忠は医師としての修練をこれからどうしたいのかを確かめたかった。確かに透析患者からは開放された。だが、医療訴訟の問題も、これからどんなペナルティが待ち構えているかわからない。しかし、京祐の口から出た言葉は秀忠が考えていた想定範囲をはるかに超えていた。

世話になった看護師のマリアと比国で暮らしたいと言いだしたからだ。

秀忠は京祐の将来を考えると気が重くなった。

「それは確かに心からお前を看病してくれたかもしれないが、だからといって結婚することは世帯を持って子供も出来ることだ。その覚悟は『愛という言葉』だけでは長続きしない。今は医師免許を持っているだけで、研修医も終わっていないのはペーパードライバーと同じじゃないか。どうやって比国で生計を立てていくつもりだ」

秀忠は出来るだけ怒りをあらわさず言葉を選んだ。

「向こうで日本企業の産業医の仕事を見つけるよ」

医療に対して安易な考えに走ろうとする京祐の考え方に秀忠はついていけない。医療問題を引き起こした責任から逃げ出したいのだろうか、秀忠はそう思った。

「産業医をやるにしても、医師としての経験を積んで資格を得なければ採用してくれないだろう」

「そうなのかな……」

「それに結婚するなって反対しているわけじゃないが、その娘のことはよく熟慮してからでも遅くはないんじゃないか」

「じゃあ、比国に戻ることは、お父さんは反対なんだ……」

京祐は抵抗した。比国はあくまでも腎臓移植の手段であったはずなのに、『比国に戻る』と言った京祐の言葉が秀忠にはひっかかった。京祐の頭を冷やす時間が必要だった。

「飯でもいっしょに食べに行こう」

秀忠は立ち上がって京祐を食事に誘った。

東京駅前の新丸ビルに向かった。東京駅周辺は見違えるように整理され、周囲には高層ビル群が立ち並んでいる。病院を経営していては中々病院を留守にはできない秀忠には、十数年ぶりに見る東京駅丸の内の光景だった。

横断道路を渡り向かったのは新丸ビルの中に店を構えている中華料理の『楼外樓』だった。フカヒレの姿煮に舌づつみを打つ。

「やはり日本の中華料理はうまい」

そう言って京祐がみせる笑顔は久しぶりだった。その食べっぷりに秀忠もほっと胸を撫で下ろす。

「もう何を食べても構わないのか」

秀忠の問いに頷きながら京祐は、生ビールをグビグビと喉を鳴らしながら豪快に飲んだ。

「酒もずいぶん飲めるようになったな」

京祐の顔をまじまじと見つめる秀忠は、最近まで透析をしていたとは思えない回復ぶりに驚いた。海鮮料理のコースが進むにつれビールは老酒に変わった。老酒をロックアイスで飲む京祐が呟く。

「今までが飲めなかっただけで、意外と飲むと飲めるんだ」

「肝臓のこともあるから、ほどほどにしなさい」

何の根拠もなかったが、移植によって何かの体質が変わったかもしれないと秀忠は疑った。折角の二人での食事中に、水を差すつもりはなかったが、息子の考え方が秀忠は聞きたかった。

「これからどうするのだ」

お酒が入っても秀忠の表情は厳しかった。息子の京祐を前にしてこんな話をする機会は滅多にないチャンスだった。

「しばらくしたら比国に行くよ。助けてくれた看護師のマリアを裏切れないから」

「そこまで考えているのなら、いっそ彼女を日本に連れて来たら」

秀忠はあくまでも日本女性との結婚を望んでいる。しかし日本人でなければいけないとは言い出せないのかもしれない。京祐は日系人であるマリアの、消息が途絶えた父のことは言葉に出せなかった。

「………」

返答のない京祐に代わりに父が代弁する。秀忠には医療訴訟の方が気になっていた。

京祐の恋愛問題より先に解決しなければならない。

「医者は人の生命を預かる仕事であって、生半可な気持ちでは良い医師にはなれない。ここで本当に一人前の医師になることを真剣に望むなら、スタート地点に戻って研修と勉強を一からやり直す。その覚悟の方が恋愛よりも大切だろう」

親父より先輩医師の経験者としてのアドバイスだった。

「……」

京祐は無言のまま聞いていた。父は自分が起こした医療事故のことをすべて知っていて話している……。その先も考えてのことらしい。しかし、ここですぐに答えが出るわけじゃない。京祐の手に握られた老酒のロックの氷はすでに溶けていた。アイスペールから氷を取り出しグラスに入れる。不満げな京祐の態度に秀忠はひるまなかった。

「まあ日本に帰ってきたばかりだから、ゆっくり心と身体を休めて考えなさい」

すぐにでも京都に帰って来いと言われたが、もう少し時間が欲しいと京祐は願った。心の整理には時間がかかるだろう。そう言って父の秀忠は翌日には再び新幹線の『のぞみ号』で帰京していった。元気そうに笑って見せたが、寂しそうな背中が印象的であった。

父秀忠に再び前借りした金額を銀行口座で確認すると、さっそく京祐は新築の西荻窪の１ＬＤＫのマンションを借りた。風呂とトイレは付いている四階建の一階の角部屋である。しかし、陽当たりはあまりよくなかった。話す相手もなくテレビもない。いやテレビを買う気にもなれなかった。

じめじめした梅雨の時期に入った。クーラーの除湿をかけっぱなしでベッドに横たわる。透析から解放されたにもかかわらず、この無力感に心を閉ざされてしまった原因は何であろう。重ったるい気分が京祐を『うつ状態』の世界に引きずり込んでいく……。

今では酒だけが唯一の友となった。このままだとアルコール依存症になるかもしれない。そう思いながらも台所の隅には空になったワインボトルがゴロゴロと転がっていた。その多さに分別ごみで廃棄する気にもなれない。

そんな中、愛し合ったマリアのことだけは気になって仕方なかった。時が経つにつれケソンで過ごした日々が熱病のように京祐の心を支配する。

日本に帰国して以来、これからの人生の選択に比国に行くという強い結婚の意思が固まるまではマリアに連絡は取りたくなかった。

悶々として不眠が続いた。居ても立ってもいられなくなった京祐は、思い切ってマリアの携帯に国際電話をかけた。意外なことにコールは着信不能だった。それ以来、何度も何度も連絡を試みたが結果は同じだった。マリアを裏切ったのではないといくら自分に言い聞かせても、心拍は上がり寝られない夜が続いた。

やっとのことでマリアが探してくれたケソンのアパートメントの不動産屋に連絡がついた。そこで驚きの返事が返ってきた。京祐が日本に帰国した翌日に部屋は引き払われたという。二カ月分の前家賃を残し京祐は支払ったのにいったいどうしたのだろう。それ以降のマリアの消息は不明である。

あのままマリアとケソンにいれば幸せは続いたのに……。日本に帰ってこなければよかった。京祐にとってまた寝苦しい夜が続いた。

第十三章

腎臓移植の代償

陽当たりの悪い窓辺に枯葉が吹き付ける季節になった。通り道を挟んだ屋敷の中に大きな紅葉の樹木があった。近づくと真っ赤な装いをまとい存在感を見せつけている。ひと月もすれば五本の指を折り曲げるようにして舞い落ちていくのに……。

夜になると一階のベランダからは裏道を走り過ぎる車の排気音が耳障りだった。不眠が続き身体の状態はいたって不健康だった。倦怠感と、時には息切れもする。再び健康への危機感が京祐をかろうじて医療機関に向かわせた。

ＰＣのネットで医療機関を検索した京祐は、新宿東口にある医療機関を選び、さっそく出かけることにした。すでに健康保険証は身体障害者手帳と共に失効していた。しかし、再交付の手続きが出来るわけがない。腎臓移植を、こともあろうにお金で買い受けた行為が問われることになる。京祐は公の場に顔が出せる状態ではなかった。ましてや海外での腎臓移植が明るみになれば、医師免許を持った京祐は、なおさら世間から非難されることは明白である。

ネット検索では最新の医療機器の整ったクリニックだった。まったく知らない初めての医療機関が京祐にとっては都合がよかった。

大理石の三橋共同ビルディングの広いロビーを通り抜け、高速エレベーターでクリニックのある二十二階で京祐は降りた。

看板に「安藤クリニック」とある玄関で立ち止まってみたものの、今さら臆病風に吹かれて帰るわけにもいかない。意を決して入口に近づくと、自動ドアーが音もなくスーッと開いた。

受付で保険証がないことを告げるが、この新宿ではそんな患者はめずらしくないのか、淡々と応対した事務員が自費診療の費用の説明をする。

京祐があらかじめ電話で健康保険証がないことを告げていたからだ。

待合室には他の患者は見当たらない。輸血によるウイルス性肝炎の有無と肝機能、そして移植された腎機能のクリアランスの値が知りたかった。待合室で長く待たされることもなく、京祐はすぐに診察室に案内された。

「どうされました」

ノンフレームの眼鏡をかけた恰幅の良い女医が、診察室の中央にある黒い革張りの椅子に座っていた。診察椅子に座ると、回転椅子を回し京祐と向き合った。院長の安藤であった。自信に満ちた話し方で医師としての経験が豊富であることがわかる。五十は過ぎているらしかった。

京祐は患者として最近の症状を訴えた。

「体調がすぐれないので、腎臓と肝臓の機能をチェックしてほしいのですが……。できれば肝炎ウイルスも……」

「東南アジアにでも行ったの？」

日焼けした顔色からそう思ったのだろう。京祐は答えなかった。安藤は京祐の話し方にも注意を注いでいる。当然、昼間にもかかわらず京祐の呼気のアルコール臭は見逃さない。

「とにかく、一応、診察台の上に仰向けになって」

ぶっきらぼうに言い放った。京祐からの情報で、不眠による睡眠薬の常用はカルテに書き込まれた。これらによる薬剤性の肝障害の可能性もあったからだ。

「診察ですか……」

安藤はまじまじと京祐の顔を見た。

「診察を受けるのが嫌なら、尿と血液の検査だけでもいいですよ」

健康保険証を持参しない患者には、なにか裏事情があるに違いない。安藤は疑った。

緊張しているが、小刻みに震える京祐の両手指の振戦も見逃さない。

「どうするの。診察は受けるの？」

優柔不断な態度に業を煮やした安藤の問いかけに、京祐の気力は後退りする。

「昼間っからお酒を飲んでいるのね」

アル中と言わんばかりに強い口調で言い放つ。

京祐は観念したかのように言葉を絞り出した。

「お願いします……」

ウールの上着とベストを脱ぎ診察台に上がった。長袖のシャツを胸の上までたくし上げ、両膝を立ててベルトを緩めた。横についている看護師の村上がそれを手伝う。

「どうしたの？　この手術の痕は事故なの。それとも……」

京祐の腹部を見た安藤は、京祐の手術の真新しい瘢痕に釘付けになった。しかし、その手術について、ただちに問いただすことはしない。

安藤は不審の目で京祐の身体を視診した。看護師の村上も眉を顰めて京祐の腹部を凝視する。

「超音波で肝臓や胆嚢、それに腎臓を診てみますか」

安藤の指示に黙ったまま大きく頷いた京祐はもう抵抗しなかった。手術以来、血液の検査結果を言い渡されたのは一度だけである。

透析から解放された今、移植された腎臓の状態が京祐のいちばん知りたいことであった。

腹部超音波の機械が診察台の手元に引き寄せられる。安藤によって京祐の腹部にジェリーが塗られ、ひやりとした感覚が上腹部に広がった。

側臥位で右の腎臓部に超音波の端子が当てられた。

まず超音波が腹部の腎臓を、コンピュータ画像に映し出す。

突然、安藤が声を上げた。

「この右の腎臓は、誰かから移植したもの？」

安藤がマスク越しに声をかけた。鋭い眼光が画面をとらえる。

「それも最近でしょう……」

内科の専門医には隠せない。京祐は腎移植の事実を告白した。

「ええ、そうです。つい最近ですが、僕は海外で腎臓移植の手術を受けました」

「それでね……。左の腎臓はこんなに萎縮して石灰化しているのに、右の移植された腎臓はしっかりあなたの身体の中で機能しているようね……」

安藤は京祐を仰臥位に戻すと、滑らせるように右の横隔膜に端子を動かせた。急にその手が止まった。次に出た安藤の言葉に、京祐は愕然とした。それは余りにも衝撃的な宣告であった。

「移植は腎臓だけ？　肝移植もしたの？　あなたの肝臓の左葉が切り取られて、無いわよ」

「えっ！　そんな……」

思わず京祐は引きつった表情で上体を起こした。本人ですら正確に把握できていなかった腎臓移植の実態が、今、腹部の超音波で明らかにされた。

京祐の肝臓の画像が、端子から画面に映し出された。静止画面に切りかわる。

「これだけの手術を受けたのに、なにも知らされてなかったの……。腎臓を提供してもらう条件として、肝臓の一部を提供したのじゃないの」

安藤の推測に、京祐の身体は震えた。

「それは……。今の今まで気がつきませんでした。左葉の肝臓が無くなっているって本当ですか……」

「この画像を見たら、左の肝臓がないのがわかるでしょう」

京祐は身を乗り出して、静止された画像のモニターを凝視した。言葉が出てこなかった。

安藤は長袖から覗く左手のシャントの痕も見逃さなかった。

「腎移植を受けたぐらいだから、以前は日本のどこかで透析を受けていたのでしょう」

それ以上安藤の質問には答えたくなかった。

「ええ……」

「臓器移植は、東南アジアのどこかの病院で行ったの？」

安藤の問に、京祐の頭は真っ白になったままである。京祐は言葉を失ったまま茫然としていた。

「別に言いたくなければ、言わなくてもいいわよ」

京祐は我に返った。

「……。マニラの病院です」

「あなたには悪いけれど、日本にも悪徳な臓器ブローカーがたくさんいるのよ」

「………」

黙ったまま、京祐の心は怒りを飛び越え、肝臓の左葉を切り取られた事実に茫然自失の状態であった。

「金持ちの透析患者に透析から逃れたい気持ちを利用して、腎臓移植の話を持ちかける。確かに日本では臓器移植法が制定されても、実際には脳死患者からの移植は到底現実的じゃないから、不可能に近い……」

安藤は腎臓移植そのものより、移植に至った背景が知りたかった。

「それにしても臓器を他国へ買いに行く行為は違法よ」

ことさら海外での腎移植を非難する安藤に、京祐は反発した。

「透析患者の苦しみは、それは透析患者自身じゃなければ誰にもわからないですよ」

ショックを受け興奮している京祐に、安藤は冷静だった。

「そうね。確かに痛みや苦しみは透析患者にしかわからないわね」

そう言われると、京祐も返事につまった。看護師に渡されたティシュで腹部のジェリーを拭う。

「すみません……。つい興奮してしまって。腎移植のために海外に渡ったのに勝手に肝臓を切除されたことが許せないのです」

京祐は小刻みに震える手指をしっかりと押さえながら、診察台からゆっくりと起き上がった。

安藤は超音波の所見用紙に記入する。

「海外で交通事故に遭って、気がつけば腎臓を取られていたって話は聞いたことがあるわ」

「僕の場合は交通事故じゃないですよ」

「あなたの場合は、腎移植を持ちかけて国外に連れ出す。しかし、実際は、腎臓移植の時に強制的に、肝移植を待ち望んでいるドナーに肝臓を取られた可能性があるわね」

　京祐は大きく溜息をついた。

「そんなバカなことがあるなんて……」

「あちらでは、腎臓を提供する代わりに、黙って肝臓の一部を失敬する。オペでは肝臓移植される側の患者もそこにいたはずだわ」

「そんな事前の説明はなかった……」

「説明したらあなたはドナーになった？　断ったでしょう。オペの麻酔を利用して無理やり肝臓移植の提供者にさせられたのね」

　術後の回復が遅れたのも、拒絶反応を起こし死線を彷徨ったことも、すべてが点と線でつながってくる。

　安藤はたたみかけるように訊ねた。

「オペの同意書にはサインしたの？　ちゃんと内容は確認したの」

　そう言えば、簡単な日本語の同意書の他に、やたら分厚い英語の手術同意書に何カ所もサインしたことを思い出した。しかし、小さく英語で書かれた中身の確認はしていない。

黙っている京祐に安藤が言った。

「今更外国の病院を訴えても、法的には勝てないでしょうね……」

そんなことは考えてもいなかった。もうどうすることもできない。

落ち込んでいる京祐に安藤が慰めの言葉をかけた。

「でも無事に腎移植を成し遂げて、生きて帰ってこられたのだから、終わったことは忘れなさい。とりあえず透析だけでも受けなくてもよくなったのだから、良いと思わなければ」

移植手術に裏切られ、肝臓の一部を奪われた京祐は、憮然としたまま何を言われても放心状態であった。

「そもそも安易な気持ちで臓器を買いに、海外に行くこと事態が間違いなのよ」

安藤の叱責に京祐が言い返した。

「透析患者の苦しみは、先生には理解できないですよ」

「そんなことを言ったら、がん患者が、がんの苦しみは、がんになった者しかわからないと言っているのと同じでしょう」

経験からくるゆとりなのか、安藤は一歩も引かなかった。

「そんなこと僕も医者だから、わかりますよ」

京祐はうっかり口を滑らせてしまった。

安藤の顔色がさっと変わった。

「えっ、あなたは医者なの？　それなのに、外国に臓器を買いに行ったの？　信じられない。親子とか兄弟ならわかるけれど……。三親等からなら親族からも腎臓の提供は受けられるでしょう。医師としての立場をわきまえれば、許されない破廉恥な行為だわ」

それまで優しかった安藤の態度が豹変した。明らかに軽蔑する視線と非難の矛先が京祐に向けられる。

「隣の検査室で、とりあえず尿と血液の検査を受けなさい。あなたが望むように肝機能と腎機能、それに感染症としてウイルス性肝炎の検査はしておきましょう。それに東南アジアに行ったのならＨＩＶもしておきますか？」

「あっ、はい……」

安藤に見抜かれている京祐は、そう答えるのが精いっぱいであった。頭の中にマリアの顔が一瞬浮かんだ。

「そんな事情があったから、保険証もなかったのね。明後日以降なら至急で検査結果が出るから、もう一度診察に来なさい」

年上というより、命令調の先輩医師のセリフだった。

さらに背中を向けた京祐に安藤が訊ねた。

「それから、もう一点、あなたは今、アル中でしょう。昼間からの酒臭さと、手指の振戦をみればわかるわ」

指摘された京祐は慌てて両の拳を強く握りしめた。

「移植前にはあまりお酒は飲まなかったのですが……」

次に出た安藤の言葉は、京祐にとってさらに衝撃的なものだった。

「腎臓移植のドナーが、アルコール依存症ってこともあるわよ」

「そんな……」

返す言葉もなく、京祐は背中をまるめ頭を垂れたまま新宿のクリニックを後にした。

マリアの携帯が突如として音信不通になり、連絡が途絶えたことがようやく理解できた。たとえ偽りであったとしても愛し合った日々は懐かしく切ない。だが肝移植に加担していた疑念は払拭出来ない。虚しく悔し涙がこぼれた。ぽっかりと空いた心の片隅では諦めきれない京祐がいた。

それからどこを歩いたのか、京祐には記憶がない。中央線の特快を乗り換え、西荻窪駅に着いた時は、辺りがすっかり暗くなっていた。

西荻窪のガード下で、一軒の飲み屋のカウンターに潜り込む。瓶ビールを一本開けた後、すぐに日本酒をあおった。昂った気持ちを抑えるために酒は必要だった。

安藤の言葉をひとつひとつ思い浮かべた。肝臓を取られただけじゃなく、ドナーによってアル中まで抱え込んでしまったのか……。酒を持つ手がまた激しく震えた。立ち上がれないほど脆弱な精神になっている。

店が片付け始めたころになって店を出た。まっすぐ歩けない。

ようやく京祐はマンションの自室にたどり着いた。玄関を開け、履いていた靴を投げ捨てるように脱ぎ、よろよろと倒れ込むようにベッドに横になった。

今さら誰かに文句を言ってもどうなるものでもなかった。着たままのダウンジャケットを脱ぐ。急に気分が悪くなりトイレに駆け込んだが、意識がもうろうとしたまま便器を抱え込むようにして吐き続けた。

昼過ぎになってようやく胃の中に吐く物がなくなったらしく、嘔吐は止まった。気分は優れなかったが、夜は温かいうどんにした。翌日になって少し体調は回復してきた。もう一度検査の結果を聞きに新宿に出かけなければならない。

高速エレベーターで安藤クリニックのある二十二階で京祐は降りた。受付で診察券を渡す。昨日と違って患者が二名待合室で待っていた。三十分が過ぎた頃、京祐は診察室に呼ばれた。昨日とは異なった大きなテーブルにＰＣモニターが三台設置してある。安藤はさっそく京祐のＩＣコードをクリックした。モニターに新町京祐の情報が表示される。左上の画面の表示は項目ごとに別けられている。

「肝機能だけど、ＧＯＴ、ＧＴＰは二桁で多少の高値傾向だけれど、γ-ＧＴＰは８６３にも上がっているわよ。おそらくお酒の影響でしょう」

京祐は心配そうな顔をした。透析中でもこれほど肝機能が悪くなったことはなかった。

「治りますか」

「それはまず、今からでも酒を絶って禁酒することね」

そう言い切る安藤は、アルコール依存症がどんなに大変か知っているようだった。

「入院して治療するか、断酒の会にでも入って頑張るしかないわね」

「そこまで必要なのですか？」

「そう。よほどの覚悟を持たないと、あなたの人生そのものが駄目になるわよ」

安藤は画面のクリックを腎機能に当てた。

「尿素窒素やクレアチニンの値はこんなに頑張っているじゃない。クリアランスをみても、これじゃあ腎臓の提供者に感謝しなくてはね」

「でも先生、アル中まで背負わされたのじゃあ何にもなりませんよ」

京祐の言い方に、安藤の表情がいっそう厳しくなった。

「それはあなたの意志の問題でしょう。解決できるはずよ」

血液一般の白血球分画で安藤の手がまた止まった。

「腎臓移植後には免疫抑制剤は服用していたでしょう。今はどうしているの？　薬は飲んでないの」

「……」

確かにマリアが術後に管理してくれた免疫抑制剤や抗生物質は、日本に帰国してからは中断したままである。

「移植後はしばらく飲みつづけないとね」

安藤の指摘は再び肝機能の画面に戻った。

「高いビリルビン値をみても肝機能障害は薬剤性肝障害の疑いもあるけれど……。オペの影響もあるから。でも肝炎ウイルスはいずれも陰性だった。それにＨＩＶも陰性だったわよ」

京祐は安藤からＨＩＶ検査を勧められたとはいえ、一瞬でも愛し合っていたマリアからの感染を疑ったことを恥じた。

「移植後の薬で免疫抑制剤は、今は飲んでいませんが……」

「だってどこで処方されているか知らないけれど、ハルシオンを飲んでいるのでしょう」

「いろいろのことがあって寝られないのです」

「でも知っているとは思うけれど、ハルシオンは依存性の強い薬剤だからね」

今の検査結果を見れば、京祐の西荻窪での生活習慣は手に取るようにわかるのか、安藤は京祐に向き直って言った。

「しっかり入院でもして治療しないと、これからの人生は保証出来ないわよ」

「入院はちょっと……」

「まあ、医師という職業以前の問題だからね……。あくまで決めるのは患者さん自身だから、検査データはコピーしてあげるから持って帰ってよく検討しなさい。まずはアルコール依存症と肝機能障害を治さないとね」

「有難うございました……」

京祐はよろよろと椅子から立ち上がり、軽く会釈すると診療室から出た。

「おだいじに……」決まり文句のような若い看護師加藤の声が後ろから聞こえた。京祐が診察室から出たのを確認すると、今度は院長の診察についていた看護師の村上が安藤に訊ねた。

「新町さんの職業は医者なのですか？」

「そのようね……」

「なぜ医者なのに外国まで行って移植手術をしたのですか？」

村上には単純な疑問だった。

「詳しい事情は彼にしかわからないけれど、まさか腎臓移植を目的で渡航したのに、逆に臓器提供者になって肝臓の一部を奪われるとは思ってもみなかったでしょう」

「院長先生、腎臓移植は日本では出来なかったのですか」

「それはわからない。最近では、生体腎移植は三親等でなくても、場合によっては六親等まで可能だからその範囲は広がっているけれどね……。脳死患者からの移植にはまだまだ問題があるから」

村上は驚いて安藤に訊ねた。

「移植には誰でもいいというわけじゃなくて、組織適合のタイプなんかもあるのですよね」

「それがね。血液型が違っても最近ではプアーマッチではないらしいのよ。米国から帰ってきた先輩の増渕助教授なんか、腎臓移植手術は腹腔内視鏡を使って一時間以内でこなす名人域の職人技で、少し開けた腹部から片手だけを入れて腹腔内視鏡の画像を見ながら行うそうよ」

目を丸くした村上が感心したような表情で頷く。

「それなのに、なぜ危険な海外にまで行って移植したのでしょう」

「可哀そうだけど、医者で金持ちだから臓器ブローカーに狙われ騙されたのよ」

内線電話が鳴った。加藤が受話器を受け取る。受付の事務からだった。患者さまがお一人お待ちです。

「すぐ診察室に呼び入れて下さい」

安藤の指示で加藤が待合室に行くが、もうそこには京祐の姿はなかった。

マスク越しに安藤が村上にも聞こえない声で呟いた。

「残念だけど、決めたのも彼だし、それを実行したのも彼だから……」


京祐は自分でも身体の異常は感じていた。西荻窪の自室に戻った京祐は机の前のＰＣのスイッチを付けた。安藤に言われた言葉が気になったからだ。『アルコール依存症』を検索する。

慢性アルコール中毒の特徴的症状は、コルサコフ症候群といい、記銘力障害、記憶保持障害、失見当識、作話などを呈してくる。自分の生年月日は覚えていても、朝ご飯は何を食べたとか、ここまでどうやって来たかなど、ごく最近の出来事は覚えていないような記銘力障害が出現する。

「腎臓と入れ替えにこんな病気を抱えてしまったのだろうか……。そんなことはない。今朝の食べた食事も正確に覚えている」

記憶保持の障害とは、任意の数字が数分後の復唱では答えられない状態である。

さらに失見当識は的外れな言動、行動を意味し、作話とは妄想概念の増加からいつしか自分に都合の良いでっち上げの話を、さも本当の出来事のように悪びれることもなくしゃべりまくることであった。時にはそれが真実であると思い込むことも決してまれなことではない……。自己検証してみたが、それらの該当はなかった。

確かにアルコールの量は増えているが、決して自分はアル中ではない。アルコールの排泄も他人の腎臓が、その尿細管機能が引き受けてくれているのに違いない。そう思いたかった。

さらにひと月が過ぎ去り、季節は十二月を迎えていた。大都会の片隅では社会に取り残された人たちが、数少ない空いている店に群がっている。その中のひとりに京祐がいた。京祐のアルコール依存症がどこに向かっているのか、まだ終着駅は見えてこない。

十二月七日木曜日、陽が落ちてから京祐は新宿の東口のガード下にいた。師走というだけで人の流れが気ぜわしかった。

新宿東口の赤ちょうちん『よっちゃん』で飲む酒が、京祐にとって平和な時間だった。酩酊だけが、臓器移植に依存した行為を忘れさせてくれた。

酒のつまみには気を遣い、辛うじて栄養のバランスを考え注文する。狭いカウンターにはモツ煮込み豆腐と、もろキュウが並べられた。透析中には考えられない濃い塩分量である。

ゆっくりと燗酒をあおる。栄養を少しは気にしているのだから、すぐには死なないだろう。そう思いながらも、口に運ぶグラスが小刻みに震えた。

酒が口からこぼれ落ちるほど酔ってはいなかった。どこかに醒めた部分があるからだ。

話し相手がいない京祐はダウンの内ポケットにしまい込んでいた小さなマリアの写真を取り出した。今となってみれば、京祐を愛してくれたたった一人の女性だったのかもしれない……。裏切られたとしても、今でも未練は断ちきれていない。

「お兄さん、いっぱいおごってくれない」

横を向くと、厚化粧の女性が声をかけてきた。よく見ると、女装の男だった。年齢は不詳だが五十はとっくに過ぎていそうだ。そういえばこの『よっちゃん』では何度か見かけたこの店の顔なじみかもしれない。

「このお姉さんに一杯ついであげて」

店の親父に酒を注文すると、女装の男が京祐の隣に強引に割り込んできて座った。見かけはあのヨシゾウさんと変わらない……。京祐が最初の日に診た外来患者の一人だ。確かにあの頃の京祐は透析患者だった。しかし今は、他人の腎臓の助けによって透析から逃れられている。水も飲めるし、酒も飲める。

「お兄さん、ごちそうさま……」

京祐と違って、出された酒を、なめるように唇を突き出し口に含むと笑みがこぼれた。

「遠慮しないで、飲んで下さい」

「この不景気なのに気前がいいわね……」

声をかけられることが煩わしいはずなのに、なぜか今夜は気にならなかった。

新宿のヨシゾウさんは、まじまじと京祐を見た。

「何の事情かは知らなくてもいいけれど、あんたの飲み方は酒を憎んでいる」

新宿のヨシゾウさんは声が大きかった。

「ああ憎んでいるとも。酒だけじゃないけどね……」

京祐の答えには興味がないらしい。

「あたいも……。あたいの場合は体だけじゃなくって、心も病んでいるからどうしようもない」

「心も、ですか……」

「けっきょく、あたいは社会的健康じゃないのよ」

京祐は、彼?彼女がＷＨＯの健康の定義を知っていることに驚いた。

「ずいぶん難しい言葉を知っているのですね」

「以前、中学校の保健の先生をやっていたことがあってね……。でもさ、これがばれて首になったけれど」

新宿のヨシゾウさんは、自分の身なりを指差し吐き捨てるように言った。酒のグラスはとっくに空になっている。京祐は自分も含めてお代わりを注文した。今度は少しだけ笑顔を見せ、ヨシゾウさんはグラスに口を付けた。京祐と違って、酒の味を楽しむかのように旨そうに舌で転がし喉に流し込む。

その違いに京祐は大きく溜息をついた。

「人生って結局こんなものなのですかね……」

「そうよ。こんなものよ。お兄さんだってこんな飲み方しているぐらいだから、次はクスリに手を出すわよ」

京祐は驚いた。睡眠薬のハルシオンのことを意味しているのじゃないのはわかっていたが、心の隅を覗かれたようだった。

「僕は薬には手を出しませんよ」

憮然とした表情で反論した。

「みんなそう言っているけれど……。苦しいからさ、人生は」

それから二人の会話は途絶えた。

アルコール依存症の先にあるものは薬物中毒なのか。京祐はアリ地獄に滑り落ちていく姿を思い浮かべた。かろうじてまだ薬物には手を出していない。

京祐を診察した安藤が言うように、やはりドナーがアル中であったのだろうか。ましてそれが、移植によって宿主に伝播したという確証は得られていない。しかし、ここにいる京祐がすでにアルコール依存症であることは紛れもない事実であった。


背中を丸め丸椅子から立ち上がった京祐は支払いをすませ、新宿のヨシゾウさんを残し『よっちゃん』を後にした。挨拶はなかった。冷たい風が首筋を撫でた。この冬一番の寒さだ。黒のダウンの内ポケットはいつものように父からの仕送りで財布が裕福になっている。次は西口の歌舞伎町、通称親不孝通りにあるスナック『紫苑』に向かう。師走だから人通りは賑やかだった。

　小さなクリスマス飾りがセロテープで入口に張り付けてあった。中に入るとカウンターの奥の椅子にひとり若い女性が座っていた。マスターが京祐に声をかける。頭頂部が禿げているのに僅かな髪を後ろで束ねている。京祐が呑みに来るのは初めてではなかった。

「いつもの〝中々〟の麦ロックに梅でしたよね」

「お願いします」

　京祐は十席もない椅子に先客の女性から二つ開けて腰を下ろした。

「お姉さんも何か飲みますか？」

「いいわよ、気を使わなくても、酒ぐらい自分で払えるから」

　愛想ない返事に京祐はたじろいだが、やたらこちらから声をかけることもない。そう言えば以前ここで見かけたことのある特徴のある容姿だった。ダメージジーンズ、半袖のTシャツに手編みのマントを肩からかけている。

　マスターが酒を京祐のカウンターの上に置いた。京祐が口を付けようとすると客の女がニヤッと笑ってグラスを挙げた。

「寒くないですか?」

「ちっとも……」

「朱美さんはダンサーだから、裸には強い」

バンダナを巻いているマスターの取りなしともとれる冗談に、朱美は苦笑いした。京祐の視線を受けとめたのか声をかけてきた。

「そんなにおごりたいのなら、焼きそばでもご馳走してよ」

「いいですよ。じゃあマスター、焼きそば二つ作ってよ。それにマスターも何か飲んで下さい」

「じゃあビールでもご馳走になるかな。京ちゃんはいつも裕福だから……」

マスターはビール瓶を開け、自分でコップに注いだ。会釈すると一気に喉を潤し、さっそく焼きそばに取りかかる。

「仕事は何をやってるの?」

京祐に興味を持ったのか朱美が訊ねた。

「何も……。今は酒を飲むだけが仕事かな」

深い意味はなかったが、仕事もせずに酒浸りの生活を擁護する京祐の言葉に、朱美は不信感をあらわにした。

「仕事もしないでどうしてお金を稼いでいるの」

「親の仕送り……。すねかじり」

朱美が眉を顰め、京祐を睨んだ。

「いい歳をして情けない男！　自分で稼いで自分の金で酒は呑めよ」

京祐は朱美の勢いに圧倒された。

朱美は物心付いた時にはすでに両親は離婚、高校も中退してこのストリップダンサーの世界に入った。しかし、今まで一度も自分の境遇を恨んだことはない。愚痴をこぼすこともない。むしろ楽しんで仕事をしている。そんな朱美には親のお金で漫然と呑んでいる男が許せなかった。

焼きそばが出来上がった。

「頂きます」

箸を挟んで手を合わせ、からしと紅生姜を混ぜながら朱美はうまそうに食べた。京祐は黙ってカウンターの焼きそばを見つめている。朱美が顔を上げた。

「あんたのおごりだけど、あんたも食べなよ。もったいないよ。モノには罪はないんだからね。あたいの言い方が気に入らなくってもさ」

朱美は構わず旨そうに焼きそばをほおばった。京祐はやっと焼きそばを箸に挟んだ。

「他人に説教する柄じゃないけど、あんたには酒は似合わない。そんな呑み方してるとアル中になるわよ……。もうアル中かもね」

「そうかも……。言われる通り酒が僕を誘惑するんだ」

「それは違う。悪いのは酒じゃなくって呑むあんたが悪いのだから、酒のせいにしちゃあ駄目だよ」

朱美は自分の支払いでハイボールのお代わりを注文した。

「僕にはもう一人の僕が身体の中にいて、そいつが酒を要求するんだ」

「何を言ってんの。馬鹿じゃないの他人のせいにして」

朱美は愛想を尽かしたようにぷいっと横を向いた。

「わかったよ。酒は今日限りできっぱりやめる」

「嘘ばっかり……。止められるぐらいならここにはいないわよ」

確かに京祐のカウンターの前のロックは三杯目が空になりかけていた。京祐は朱美に自分の境遇が如何に甘やかされているか揶揄されても実感がなかった。京祐は無意識のうちに四杯目のロックを手にしていた。

　朱美は何を思ったのか急に寡黙になった。マスターも口を挟まず、残りの瓶ビールをグラスに注いであおる。

「わたし帰る……。マスターご馳走さま」

　朱美は立ち上がって会計をすませ、身支度すると店を出た。帰り際に京祐に声をかけた。

「遅くなると物騒だから、酔っ払いは気を付けなよ」

　京祐の酔い方を心配した朱美にマスターがフォローした。

「口は悪いが、悪気があって言う子じゃないから気にしないで」

「大丈夫ですよ……」

　腕時計を見ると終電はとっくに過ぎていた。京祐はタクシーで西荻窪まで帰るしかなかった。師走はタクシーも簡単には止まってはくれない。『紫苑』を出たところでたちの悪い客引きに声をかけられ、逃げるようにして駆け出した。息切れしたが花園神社まで足をひきずるように走ってきた京祐は、急に気分が悪くなり、吐き気に襲われ急いで境内の中に入り込み草むらにしゃがみ込んだ。地面はすっかり冬支度で落屑した銀杏の葉で全体が覆われていた。凍りつくような寒さが首筋を襲う。次の瞬間、さっき胃袋に詰め込んだ焼きそばが次々と吐物となって勢いよく口から流れ出た。

その時、背後に数人の人影が近づく気配がした。酩酊状態の京祐の意識はもうろうとしている。

「おい、酔っ払い大丈夫か？」

声をかけてきた人物に、京祐は突然後ろから蹴りを入れられ、前のめりになって突き飛ばされた。その隙に、仲間の一人が京祐の抱えていた小さなカバンを奪い取る。

「よせっ、返せ」

「きたねえんだよ。この馬鹿やろう」

仲間の一人が何回も京祐の横っ腹に蹴りを入れた。足蹴にされた京祐は声ひとつ上げることも出来ない。襟首をつかまれ引きずるように公園の奥に移動する。ベンチ脇に京祐の体を押し込むと、ポケットの中から財布を抜き取った。

「あったから、頂こう」

彼らは戦利品である京祐の財布とカバンを得意そうに見せびらかすと、腕時計を外し、再び蹴りを入れた。何の悪びれた様子はない。

身体を動かすことも出来ない。そのとき、再び嘔吐が始まった。

吐物が気道につまったのか、ゼイゼイと音がするだけで呼吸が出来ない。顔面が真っ赤で息が止まりそうだ。

「ヤバいから、ずらかろうぜ！」

彼らが走り去るのは早かった。

誤飲による窒息状態なのか息苦しくて呼吸が出来ない。消えゆく意識の中、京祐は失禁した。一瞬、生暖かい感覚が下半身を襲った。右の腎臓が働いている……。しかし、いつの間にかこの後から侵入してきた腎臓に京祐自身が完全に支配されている。もう自分が自分でないように思えた。しだいに冷たい皮膚感覚に体が小刻みに震えだした。

深夜になって花園神社を巡回中の警察官が、蹲るようにうつ伏せに倒れている京祐を発見した。

「どうした！」

懐中電気で顔を照らす。警察官の声掛けにも応答はない。

「宮地さん、かなり吐いていたようですが、すでに息はしてないようです」

後ろからのぞき込むようにして警察官の宮地が、呼吸停止を確認する。宮地の息が白く濁った。

「すぐに本部に連絡しろ」

ぼんやりとした月明かりの下で京祐は、すでに心肺停止の状態であった。

第十四章
医学生

東京都豊島区大塚に在る、東京都監察医務院の見学実習を終えた東都大学医学部の医学生たちは、丸の内線の新大塚駅まで誰一人言葉を交わすこともなく、口を閉ざしたまま黙々と歩いた。

十二月八日金曜日、四年生今年最後の学外実習の日である。行政解剖の見学内容についての話題は、たとえ家族であっても他人に話すことが固く禁じられている。しかし、そういった規則にもまして、行政解剖という社会における生々しい現実の姿を目の当たりにした経験が、口を貝のように閉ざさせていた。

「プァ～ン！」突然、耳をつんざくような大きな警笛を鳴らして、赤い色をした丸ノ内線の地下鉄が新大塚駅構内に滑り込んできた。真っ暗なトンネルから突然現れた怪物のような地下鉄に、プラットホームに無言で立っていた数名の医学生たちが、驚いて後ずさりする。

その中に新町京祐がいた。この実習に参加していた東都大学医学部四年生の学生だ。黙りこくったまま中に乗り込む。

発車のベルが鳴り終わり、地下鉄のドアーがシューと音を立てて閉まった。動き出した赤い色の地下鉄は、カーブのたびに車輪の軋む金属音を残し徐々にスピードを上げていく。しかし新大塚駅から離れて行くにつれて、京祐は何かの緊縛から開放されるような安堵感を感じ取っていた。

丸ノ内線の終着駅である池袋に到着すると、乗客はホームにどっと押し出される。人波の中、京祐はこのまま家に帰るのが怖くなった。ちょうど前を歩いている西田に声をかけた。

「もう、頭の中がまっ白だよ。西田、池袋で珈琲でも飲んでいかないか」

「そうだな。今日は10回分の講義に匹敵するぐらい、僕も疲れたよ」

西田と呼ばれた学生の顔も少し青ざめていた。

京祐はちょうど横を通りかかった同級生の二人にも声をかけた。人数が多いほど京祐にとっては心強かった。声をかけられた加藤は、いっしょに歩いている女子学生の水島が頷くのを確認してから京祐に同意した。

地下の駅中街では十二月に入り年末商戦を控えて騒がしかった。階段を上がり外に出ると街路樹が晩秋の落葉に彩りを添えている。

池袋駅の東口を出た京祐は、急に駈け出すと点滅する横断歩道を走って渡った。仕方なく他の三人も京祐の後を追うように走る。息が上がっても、誰も文句を言わなかった。

京祐が目指す珈琲館『橘』は信号を渡って、すぐそばの横丁にあった。大きな木枠のドアーを開けると、暖房が効いていて暖かい。部屋の中から心地よい珈琲豆の香りが京祐たちを迎えてくれた。冷え切った体に暖を取りこむと、ようやく監察医務院の実習が終了したような気分になった。

黒のダウンコートを脱ぎ椅子に掛ける。広い店内には客はまばらであった。京祐たちは一番奥のコーナー席を陣取った。ウエイトレスが、注文を取り終わってテーブルを離れるのを待ち構えていたかのように、まず京祐が声を潜め話し始めた。

「監察医務院に行く前の想像をはるかに超えて、今日の行政解剖の実習は迫力があったね。西田の感想は？」

「そう、確かにすごかったよ。とにかく生の実習はすごいよ」

『生』という表現に、学生たちの息づかいが途絶え溜息が交差した。

それぞれが、たった今、行われたばかりの行政解剖の『生』の場面を思い出していたのだろう。

そこへ、氷の触れ合う音と共に、水出しのアイスコーヒーが運ばれてきた。外は寒いはずなのに、温かいコーヒーは誰も注文しない。

会話が中断されたにもかかわらず、なぜかホッとするような表情を見せた四人はそれぞれに目の前に置かれた細長い大きなコップを引き寄せた。

無造作にガムシロップとミルクを入れ、かき混ぜたミルクの輪をじっと見つめながら京祐はストローに唇を寄せた。

すでに季節は十二月の上旬だというのに、額に汗を浮かべ、京祐の口の中はカラカラに乾ききっていた。冷たいコーヒーが喉を潤す。

「頭の皮をこうして、後ろから剥いでゆくだろう……」

指先で頭皮にメスを入れ、まるで帽子を脱ぐような仕草に仲間たちは顔をしかめた。

京祐の話す声が一段と低くなった。

「その時、死体の顔の表情が変わったんだ。それは僕を見て無気味に笑ったように見えた」

「どの検体の話？」

加藤がストローを口に挟んだまま京祐の顔を指した。

突然、京祐が顔をゆがめた。

「やめてくれよ。ストローで指すのは、僕は尖端恐怖症だから……」

加藤が慌ててストローをグラスに戻した。それを見届けた京祐が安心したように、話を続ける。

「あの、腎移植していた検体だよ」

そこで加藤が大きく頷いた。

「3班の、うちの講師が解剖した男の遺体だろう。確か右の腎臓が臓器移植された腎臓で、おまけに肝臓の一部も、切除されていただろう……」

「加藤、お前よく覚えているな」

京祐が感心したように加藤を見つめる。

「腎臓移植はわかるが、肝臓の一部を切除したのはなぜだろう」

加藤はまるでミステリー物語を謎解く探偵のような話し方をした。

「ああ、その解剖なら僕も見ていた。講師もその理由はわからないって言っていたよ」

西田が会話に割って入ってきた。

京祐がさらに行政解剖の場面を強調する。

「その検体が首を持ち上げた時に、僕を見て笑ったんだ。それは一瞬だったけれどね……。ぞっとしたよ」

「嘘でしょう。新町君は考え過ぎよ。驚かさないでよ、死体が笑うわけがないじゃない」

女子学生の水島が不愉快さを表すが、それでも京祐はむきになって訴えた。

「そうじゃない。確かに笑った。僕の視線に応えるようだった。背筋が凍るよ」

「新町だけがその遺体に気に入られたんじゃない」

ムッとする京祐を加藤がからかう。

「でも新町、俺はそんなこと平気だよ。頭の皮を剥いで顔の筋肉を緩めれば死体の顔の表情だって変わるさ。そうだろう。でも俺たちだって明日はあの台の上かも知れないしな……」

加藤は冷静だった。

「やめてよ。縁起でもない悪い冗談は……」

ポニーテールに髪を結わえた水島が、氷がすっかり溶けて、二層になったグラスの底をかき回した。

「なぜ彼は腎臓移植をしたのだろう」

今度は西田が疑問をぶつけた。

「それは透析患者だったからじゃない?」

「他人から腎臓を移植してまで、透析をやめたい気持ちが俺にはわからない」

加藤が率直な気持ちをぶつけた。

「止むに止まれぬ事情があったのかもしれない」

京祐が透析シャント痕の左の腕を思い出し、眉を顰めた。

「そのまま透析を続けていれば、あんなことにはならなかっただろうに……」

加藤が小さな溜息と同時に呟いた。

「腎臓移植が直接今回の行政解剖とつながったかどうかは、病理の結果を待たないと今の時点ではわからないだろう……」

京祐の意見に加藤が反論した。

「病理の結果が出て死因の特定はできても、腎移植に至った背景はたぶんわからないよ」

西田が二度大きく頷いたものの、京祐は納得していなかった。

「腎臓移植だけでなく、肝臓も左葉の一部が切除されていただろう。とにかく謎だらけだよ、あのミステリアスの検体は……」

「新町、あの若さで腎移植までしたのに、死ななければならなかったのはなぜだろう」

それまで黙って聞いていた水島が口を開いた。

「でも、講師のように解剖をする側と、ステンレス台に乗せられて解剖される側とでは、どこでどうそのひとの人生が違ってしまったのかしら」

「それが人生じゃない……」

西田の嘆きに加藤が答えた。

「西田、わかったようなこと言うなよ。あの遺体にしても腎臓移植までして生き抜こうとしたのに、検案書の説明では新宿の神社の境内でゲロを吐いて、気管を詰まらせ死んでしまったんだから、もっと内面は複雑で深刻な事情があったのだろう。しかし、我々はそれを論じる立場じゃないからな」

加藤の意見は正しかった。解剖場面を思い出したのか水島が表情をくもらせた。

「どんな事情があったにせよ、ドナーとなって腎臓を提供した人が、この事実を知ったら嘆くだろうね。考えると可哀そうだわ」

「こんな変死体の状態で、ドナーの腎臓が取り出されるなんて、ドナーには考えてもみなかったことだろう」

加藤が水島の意見に同調した。

しかし、京祐はまだその検体に拘っていた。

「そう言っても、ドナーがこの現実を知ることはないだろうから、せめてもの慰めだね」

「でもあの検体はどうして肝臓の左葉が切除されていたのだろう。講師が言っていたように、アルコール依存症の可能性が強いとしても、アル中と臓器移植はなにか因果関係があるのだろうか」

　加藤も首をひねった。

「わからない。でも臓器移植で腎臓をもらう代わりに、肝臓の一部を提供したのかもしれないしね……」

「そうなの。そんなことってあるの？」

　水島からの質問に加藤が答えた。

「臓器交換はあくまでも推測だよ」。

「でもアル中なら、アルコール性の肝障害があるから、腎臓のひとつをあげる代わりに、レシピエントとして肝臓を提供してもらう可能性はあるでしょう」

　水島の疑問は的を射ていた。臓器移植に関心があるのか、加藤の推論はさらに進化してみんなの注目を集めた。

「肝移植以前に、腎臓摘出だけでもハードなオペだから、実際のところ臓器交換は不可能だな。あの検体の切り取られた肝臓は他の肝臓を待っているドナーにいっただろう。交換条件で腎臓の持ち主に移植されたのじゃないと思う……」

　加藤の解説に感心したように京祐が頷き訊ねた。

「ところで加藤は、臓器移植ができる外科志望なのか?」

「ああ、これからの時代には臓器移植のスペシャリストの外科医になるつもりだ。そういう新町はどうするのだ」

「今日の行政解剖を見て感激したから、いっそ卒後は法医学教室の医局にでも進もうかな。そうしたら、解剖する側になるだろうから……」

みんなは苦笑いするが、京祐だけは笑わなかった。

西田も将来の夢を語る。

「新町は本気で法医学を考えているんだ……。ところで、水島は親父と同じ循環器内科だろう。僕は脳神経外科医を考えている」

「ちょっとまてよ。西田は外科向きじゃないだろう。西田の適性は精神科医じゃないか」

「それはないよ。ひどいよ加藤は……」

話の興味は将来の医師としての専攻に移っていた。そんな中で、ポツリと水島が呟いた。

「私は、後から運ばれてきた、あの小学生の女の子の解剖が、可哀想でいたたまれなかったわ」

「ああ、後で始まった、あの一番左端の解剖台の女の子だろう」

加藤も思い出しようだ。

「あれも強烈なインパクトだったよな」

西田が顔をしかめ身を乗り出す。西田の位置からは女の子の解剖台がよく見えたからだ。

「でも最初に見た時、胸が真っ赤にただれていただろう。胸に火傷でもしたのかと思ったよ」

西田の疑問に加藤が得意そうに解説する。

「あれは、カウンターショック（高圧電気蘇生器）を何回もかけたからだよ」

「そうなんだ。あんなに真っ白い胸が、真っ赤に爛れるぐらいだから、何度も、何度も蘇生しようと、カウンターショックをかけたのだろうね」

「何だか、あの子が心停止の状態で、救急車に乗ってＩＣＵ（集中治療室）に運び込まれてくる様子が、目に浮かんでくるようだわ」

解剖の場面を思い出したのか、水島がバックからハンカチを取り出し、眼鏡を外し目頭をそっと押さえた。

「あんな小学生のような子供の突然死は、家族にとって相当なショックだろう」

西田も声を詰まらせる。

「そう言えば、あの子、お人形さんみたいな可愛い顔で、それに髪の毛もおさげだったでしょう」

水島も辛そうな表情で話す。

「ああ、西田が言うように、最初にメスが入った時、近くにいた何人かの学生は涙ぐんでいたよ」

加藤も暗い表情で頷いた。

「たしか、歳は十二歳で、小学校の六年生だったのだろう」

「これから、なのにね……。可哀想に」

水島が目を伏せた。

「あんな子供の行政解剖は見る方も悲しくなるけれど、解剖する監察医も死因を明確にしなくてはならないから大変だろうね」

西田の沈んだ声が一段と低くなった。

「当然、結果によっては訴訟問題も絡んでくる」加藤が答えた。

「結局、死因は何だったの？」

それまで黙って聞いていた京祐が加藤に訊ねた。

「なんだ、執刀医の話を聞いていなかったのか」

「だってさ、僕の見学場所からは遠くて、解剖もよく見えなかったから……」

京祐は見えなかったことの言い訳をした。

「僕は後で、先生に頼んでその子の本物の検案書を見せてもらったよ」

加藤が得意そうに話す。

「検案書だけでなく、そこにはＩＣＵでのカルテの記載のコピーも添付してあった」

「見せてもらったの？　何が書いてあったの？　もったいぶらないで、早く話してよ」

水島が催促するようにせかした。

「わかったから、そんなに急がせるなよ」

加藤は記憶を呼び戻すかのようにゆっくりと話し始めた。風邪気味で熱も少しあったから、近くの病院に行ったそうだが、あいにくそれは夜間で当直医は小児科でなくバイトの内科医、それも驚いたことに研修医だったらしい。

「それで……」

西田があいづちを打った。

「それがさ、当直医はただ風邪薬を処方しただけで帰宅させたらしい。ところが真夜中になって容態が急変したらしくて……」

まるでその場にいるような加藤の饒舌な説明に、みんなは注目した。

「病院では入院させなかったんだ」

積極的な診療を避けたというのが西田の感想だった。

「西田君、たんなる風邪と診断したのなら入院させないでしょう。それとも何か診察で見逃すことはあったのかしら……」

急に水島の表情が厳しくなった。

「そのへんのところは病理解剖の結果を待たないとわからないと言っていた」

加藤に対してさらに水島が訊ねた。

「それでいつ急変したの」

「数時間後になって、ただ、うたた寝しているものと思っていた母親が、突然、呼吸をしていないことに気づいて、慌てて救急車を呼び搬送したが、救命救急センターに着いた時は、すでに心停止の状態だったらしいよ」

「えっ、風邪！　ただの風邪が原因なの？」

そこで京祐が驚いたような甲高い声を出した。

「新町、静かに。大声を出すなよ、解剖の時、あの子の心臓を見なかったのか？」

西田が京祐の声を制した
「だから見えなかったって……」

「わかったよ、ゼク（解剖）をしていた先生が、取り出した心臓に割面を入れて、説明してくれただろう」

加藤が詳細な解剖所見を再現する。

「私も、監察医の先生がその時、窓を少し開けて何かボソボソと話してくれていたのはわかったけれど、とても説明の内容までは聞き取れなかったわ」

水島が身を乗り出すように椅子を動かした。

「結論は病理組織の結果を待たないとわからないが、おそらくウイルス性の心筋炎による急性心不全が直接の死因ではないかって講師は言っていたよ」

「えっ、原因はインフルエンザなの？」

加藤の説明に水島が声を上げた。

「まだ確定診断したわけじゃないからね。東京では流行しているわけじゃないから、インフルエンザかどうか、ウイルスであっても本当の原因菌は不明だって」

結論が出ていないことを加藤は強調した。

「そう言えば、あの子の取り出された心臓は、心筋炎による虚血のせいか桜の花弁のように薄いピンク色で、やけにきれいだった」

西田も女の子の心臓を思いだしたのだろう。声を詰まらせた。

「それにしても、当直医はただの風邪だと思ったのは、明らかに誤診じゃないか」

眉をひそめ唇を尖らせた西田が主張する。

「でも小児科の専門医じゃないのなら、子供の急患は断ればよかったのに」

京祐は当直医に同情したのか、簡単に言い放った。

「新町君、それが出来ればこんなことになってないわよ。内科医だって場合によっては小児を診なければならないケースだってあるでしょう」

「診療拒否も社会問題になっているからね」

水島の意見に西田も同調する。

「やはり診察をした以上、当直医の判断が甘かった。あとでこんな重篤な状態を予想できなかったのは完全に医療ミスよ」

水島の結論に西田が大きく頷いた。

「こんなことになるなら、とにかく入院させておけばよかったのに」

しかし西田の入院説に納得がいかないのか、京祐は不満そうな顔をした。

「でも、入院させていたら、あの子は助かったのかな……」

京祐の疑問符に西田は反論した。

「僕なら、とにかく入院させ、そして専門医に連絡して指示を仰ぐ。あるいは対応できる小児科の救命救急センターに連絡して、重篤になる前にすぐ搬送する。そうすれば命が救われた可能性は高いと思うよ」

「西田、だからそれは結果論だって、そんなこと言っていたら風邪の患者は全員入院させなきゃならないだろう」

京祐はそこを強調したが、京祐の意見に賛同する仲間は誰もいなかった。しかし、あえてそれ以上、京祐に異論を唱える者もなかった。

「だけれど、こうやって死という最悪の結末から振り返ると、ほんとうに病気って怖いわね」

水島が大きく息を吐いた。

「しかし、このケースでは行政解剖の結果次第では、医療ミスによる医療訴訟もあり得るね」

加藤の考えは厳しい意見だった。何を思ったのか京祐の不満そうな表情をみた加藤がさらに付け加える。

「新町、訴訟は当然でしょう。あの子の親にしてみれば、こんな死に方じゃあ、行政解剖の説明を聞いても絶対に納得しないだろう」

西田も同じ考えだった。

「これはやはり、医療ミスなのかな……」

京祐は空になったグラスを回しながら呟いた。

「医療ミスというより、当直病院で十分な医療が施されなかったから少女の死を招いたのだからね」

西田が答えた。

「医療訴訟になる可能性は高いって、医務院の先生も言っていたよ」

西田は加藤に意見を求めた。

「加藤はどう思う?」

「それは診察した当直医が、患者の状態を正確に把握できていなかったことが問題じゃないか。風邪薬を処方した時に、どう家族に説明したか……。重篤になる可能性は伝えていなかったからじゃないか。それに当直医は研修医だったらしいよ」

「えっ、研修医か……。臨床医療の経験不足なんだから、小児が急患でくるような当直勤務なんてするべきじゃなかった」

当直医に同情的な京祐が反論する。

「西田、そういっても医療には予測不可能なことだってあるだろう」

「予測不可能って、それはどういうこと」

このやりとりを聞いていた水島が京祐に向かって言った。

「新町君、そんなこと言ったら、何か起きても責任逃れとしか取られないわよ」

水島の勢いに押され、京祐は何も言えなくなった。

「これは他人事じゃないわよね。私たちも、医師免許を取得したら、その研修医と同じ立場になるのだから」

四人の会話は監察医務院の見学実習から医療ミスの話題へと移っていく。近い将来、切実な問題として迫ってくる危機感が、医学生たちの中にも広がっていった。

「そんなことでビビっていたら、医者なんかやっていられないよな」

西田は椅子の背にもたれかけながら、小さな声で言った。

「医者になってすぐに医療訴訟を抱えるなんて理不尽だよな」

「新町、そりゃあ、そうかもしれないけれど、医師としての能力が足らなくて招く誤診は社会が許さないからな」

「そのとおり。卒業しても、臨床経験を現場で数多く勉強するしかない」

西田がぽんと手をたたいた。

「無理だよ。無理、結果から判断して、常に百点満点の医療なんて、どこにもありえない」

京祐は如何にも投げやりな言い方をした。

「そうだが、百点にならなくても一点でも合格に近づける努力が必要なのだろう」

加藤がカバーする。急にみんなの口数が減った。

「医療ミスとか誤診とか……。私たちにとっては嫌な言葉ね」

「あ〜あ、臨床医を目指すのは辛いな……」

京祐の溜息まじりの悲鳴に仲間の視線が集中した。

「新町、元気出せよ。運び込まれた検体には明日はないが、俺たちには今日もあるし、おそらく明日もくる」

それを聞いた京祐が、得意そうに持論を展開した。

「そうだよ。まあ、ヒルティの幸福論に出てくるような、今日はかつ食い、かつ飲もう。明日はないのだから……。なんて、刹那主義的な考え方で生きた方が楽だよね」

「ずいぶんノー天気なことを言っている」

西田が呆れた顔をした。

「新町は相変わらず文学青年だな。医学はあくまでも科学で、文学的概念が医療に入り込む余地はないと思うが……」

加藤との意見に考え方の違いが浮き彫りになった。水島も加藤に同調する。

「悪いけれど、新町君は臨床医としては向かない性格なのかもね」

「だから、新町は行政解剖を見て法医学に興味を持ったのじゃない。死体なら文句も言われないから……」

加藤の意見に京祐は苦笑いでこの場を取り繕った。

「それは正しい選択かもね。情に押し流されたりすると、医療現場では正しい判断が出来なくなるから、訴訟のリスクも高くなる……」

「救命救急医療の現場ではなおさらだ。すぐに結果が出る」

加藤、水島、西田がいっしょになって、京祐との考え方の違いを論じた。京祐は再び深い溜息をついた。

それを見た加藤が、レジの近くに立っているウエイトレスに手を上げ、声をかけた。

「すみません。お水を下さい」

四人分の冷たい水が運ばれてきた。

氷の塊が入った冷たい水を、さもうまそうにゴクゴクと喉に流し込みながら、加藤が言った。

「とにかく疲れたよ。だから今の社会には、監察医務院の制度が必要なのだろう」

「なんだ。総括なのか……」

西田も加藤の総括に納得したのか、やっと表情が普通に戻った。

それぞれの医学生の胸には、若干のわだかまりが残された。だが、やっと出た結論を蒸し返してまで、議論を推し進めようとする者は、誰一人いなかった。

誰が言い出したわけでもなく、それぞれが椅子から立ち上がり、帰り支度を始めた。割り勘のコーヒー代を加藤が集める。

大きな木の扉を開け外に出ると、辺りはすっかり暗くなっていた。池袋に瞬くネオンの光が、街の雰囲気をガラッと変え、まさに夜の繁華街に置き換わっていた。

加藤が水島を誘って、二人で夕食を食べて帰るらしい。

「じゃあ、ここで解散しよう」

西田が右手を上げると、振り返らずに足早に去っていった。加藤と水島も信号の手前で別れた。

新町京祐にとって、長かった東京都監察医務院の実習日は終わった。

冷たい風が京祐の頬を撫でる……。慌てて手に持っていた黒のダウンジャケットに袖を通した。

池袋駅に戻る京祐が、点滅する横断歩道をひとりで駆け出すことはなかった。

堕ち蝉

著　者　小橋隆一郎
発行者　真船美保子
発行所　KK ロングセラーズ
東京都新宿区高田馬場 2-1-2　〒 169-0075
電話（03）3204-5161（代）　振替　00120-7-145737
http://www.kklong.co.jp

印　刷　大日本印刷（株）　製　本　（株）難波製本
落丁・乱丁はお取り替えいたします。※定価と発行日はカバーに表示してあります。
ISBN978-4-8454-2411-5　Printed In Japan 2017